HOLLYWOOD INCOGNITO

KYLIE GILMORE

Chapitre Un

Claire Jordan avait beaucoup d'appellations – actrice la plus canon de moins de trente ans, femme la plus sexy de l'année, Lèvres de Canard (ça, c'était un nom donné par son frère) – mais on ne l'avait pas encore traitée de, euh, salope. Du moins, pas en face.

Elle se retint de glousser, assise parmi le cercle de sept femmes rassemblées dans le salon privé en classe affaires de l'hôtel de luxe à New York qui était sa résidence temporaire. Les femmes dans la vingtaine avaient formé un club de lecture pour célibataires, mais après des mois passés sans que les hommes les rejoignent, elles cherchaient à présent un nom plus approprié. Mad (le diminutif de Madison) Campbell, une petite dure à cuire aux cheveux courts et teints en violet, avait suggéré 'SALOPES' et il s'en était suivi un débat animé sur les avantages et les inconvénients.

Claire ne commenta pas, n'étant que membre temporaire, mais elle profita du spectacle. En outre, cela détournait un instant la chef du club de lecture, Hailey Adams, de sa mission de trouver un rendez-vous galant pour Claire. Cette femme, une organisatrice de mariages/ entremetteuse ambitieuse avec un cœur d'or était atterrée par la pause que Claire faisait dans ses relations avec les hommes depuis un an. Claire avait de bonnes raisons et les rumeurs que l'alchimie entre elle et son partenaire à l'écran avait été transposée dans la vie réelle étaient cruciales pour créer le buzz autour du film. Elle avait dépensé tout ce qu'elle avait pour produire les films de la trilogie Féroce. Elle ne pouvait se permettre une grosse campagne de publicité en plus du reste. Le plaisir temporaire d'un rendez-vous ne valait pas le risque de perdre toute cette attention gratuite des médias avant la sortie du film l'année suivante. Alors, tant pis si la douleur de la solitude l'empêchait parfois de respirer. C'était le prix qu'elle payait pour vivre son rêve.

Mad se redressa, abandonnant sa position habituellement avachie et levant le menton.

— Qu'est-ce qui ne va pas avec les Super Adoratrices de Littérature Optimale Pourtant Éternellement Sous-estimée ?

Hailey rejeta ses longs cheveux blond vénitien en arrière et aboya :

— Pour la dernière fois, nous n'allons pas nous appeler SALOPES !

Mad prit un air rusé en se tapotant les lèvres. Son T-shirt noir, décolleté au centre par un petit col en V affichait : 'Chiche'. Claire aurait donné n'importe quoi pour être comme Mad, pour prendre du plaisir à se foutre de tout. Claire devait toujours se soucier de son image. Elle avait plusieurs fois appris cela à ses dépens. À présent, elle ne laissait jamais personne s'approcher suffisamment pour endommager sa réputation ou son cœur.

— Nous avons besoin d'un nom ayant une bonne énergie, dit une autre femme. Nous sommes un club de lectrices de romances. Un nom avec de l'amour.

Les autres femmes acquiescèrent et bavardèrent doucement entre elles, évaluant les possibilités. Claire resta silencieuse. C'était la fin du mois de septembre et elle ne tournait *Désir Féroce*, d'après le best-seller de la membre du club Julia Marino, que pendant deux mois de plus. Ensuite, elle devait passer au projet suivant. La vie d'une actrice. Il était rare que les amitiés forgées sur place se poursuivent. Bien sûr, elle verrait une partie de l'équipe au tournage du film suivant dont elle était productrice, s'ils étaient disponibles, mais pour la plupart, les gens dans sa vie changeaient à chaque film.

Mad fit un grand sourire et elle se pencha en avant dans son enthousiasme, révélant un petit tatouage d'aigle au-dessus de son cœur.

— Fantastiques Évocations de Nobles Textes Extrêmement Sensuels.

Hailey faillit devenir folle de rage, sa peau pâle devenant toute rouge, avant qu'elle aperçoive l'air satisfait de Mad. Elle reprit alors suffisamment son calme pour dire :

— Mais bien sûr, Mad. Nous adorerions être appelées les FENTES.

Mad voulut asséner le coup de grâce.

— Club de Lecture Idolatrant les Textes…

— Non ! cria Hailey en bondissant de son siège.

Elle regarda autour d'elle, apparemment surprise de se trouver debout.

— Mad, tu es diabolique, dit Claire en souriant.

Mad ricana.

Hailey hocha la tête en direction de Claire et elle recouvra son sang-froid, retournant sur sa chaise en lissant sa robe bleue sur ses genoux. Hailey était la seule à être bien habillée. Claire portait sa tenue décontractée : un chemisier en soie noire avec un jean noir et des chaussures Gucci orange vif. Même au repos, elle devait être prête pour des photos, juste au cas où. Ses nouvelles amies n'avaient même pas demandé à prendre des selfies avec elle, et elle était sûre que c'était grâce à Hailey. Celle-ci avait permis que Claire assiste au mariage de Julia trois mois plus tôt à Clover Park, dans le Connecticut, avec une discrétion impressionnante de la part des gens chargés de la sécurité et une gestion toute en douceur des invités qui n'avaient pas le droit de partager des images ou des histoires sur Claire. C'était vraiment incroyable, étant donné qu'il y avait une centaine d'invités et qu'aucun d'entre eux n'avait signé un accord de non-divulgation. Bien sûr, les paparazzi avaient traîné près de la villa où avaient lieu le mariage et la réception, mais pas une seule photo ou histoire de Claire prise à l'intérieur de la villa n'avait fait surface. C'était le pouvoir de Hailey. Maintenir la vie privée de Claire au sein d'un petit club de lecture, c'était très facile à côté du mariage. En outre, Claire avait déjà confiance en Julia parce qu'elles étaient toutes les deux également investies dans la trilogie Féroce. Les autres femmes lui avaient rapidement plu au cours du dernier mois grâce à leur côté chaleureux et leur humour, et aucune d'entre elles n'avait soufflé un mot au sujet de Claire.

Julia avait invité Claire et elle s'était arrangée pour que le club de lecture se rencontre dans le salon, un endroit neutre aux nuances de gris avec des canapés blancs et des chaises blanches confortables, au lieu de la grande suite de Claire, afin d'aider les autres femmes à se 'concentrer sur la vraie personne que tu es'. Cela ne dérangeait pas Claire. Elle laissait rarement entrer quiconque dans son espace privé. Julia avait été adorable, arrangeant les choses après la première rencontre plutôt gênante et rassurant tout le monde que Claire était une lectrice avide comme elles. Elle avait brièvement rencontré le club de lecture au mariage, où elles avaient été très impressionnées par son statut de star, mais cela leur était passé rapidement à la première réunion du club de lecture, lorsque Claire avait craché son thé glacé par le nez à cause de quelque chose que Mad avait dit. Claire n'avait pas toujours été glamour. C'était un rôle qu'elle jouait, comme le reste.

— Le 'Club de lecture scabreux' ! s'exclama une autre femme. On aime bien les histoires scabreuses.

Une gentille femme à lunettes ajouta en ronronnant :

— Je lis pour le *plaisir*.

Tout le monde se mit à rire.

Ce fut Julia qui trouva enfin l'expression gagnante. Après tout, elle était écrivaine.

— Le Club de lecture Happy End. On aime toutes les happy ends, n'est-ce pas ? Et c'est un petit clin d'œil à une autre sorte de happy end.

— Moi c'est vraiment le sexe qui m'intéresse, dit Mad avec sérieux. Je lisais à peine avant de trouver *Désir Féroce*.

Julia rougit, ses joues devenant rose vif. Elle rassembla ses longs cheveux bruns en une queue de cheval.

— Merci.

— Tu as vraiment les idées mal placées, dit Mad d'un ton admiratif.

Le rose des joues de Julia s'étala jusque dans son cou.

— Merci, marmonna-t-elle en laissant tomber ses cheveux et en s'agitant sur sa chaise.

— Je ne l'aurais jamais cru en te voyant comme ça, dit Mad qui semblait aimer mettre Julia mal à l'aise.

Cette dernière était très introvertie et malheureusement pour elle, elle rougissait très vite. Sa couleur passa au rouge écarlate quand Mad désigna son corps.

— Avec ton apparence ordinaire. Tu ne montres presque pas de peau…

— C'est décidé ! annonça Hailey. Le Club de lecture Happy End. Des objections ?

Elle pointa son ongle rose à chacune d'entre elles et, ne trouvant pas d'objection, elle fit un grand sourire.

— Très bien ! Chers membres du Club de lecture Happy End, notre livre suivant sera…

Les femmes se penchèrent vers elle.

— *Autant en emporte le vent* ! s'exclama Hailey. Et nous pourrons regarder le film après avoir lu le livre.

Les femmes parurent satisfaites de ce choix. Lorsque la pièce se calma, le regard de Hailey se posa sur Claire et celle-ci fit de son mieux pour rester calme. Chaque pause semblait rappeler à Hailey que Claire avait vraiment besoin de se remettre dans le bain de la séduction. Elle était restée fixée sur Claire, sûrement dans l'espoir de planifier un grand mariage de célébrité. Claire prenait ses précautions et elle restait polie, ne souhaitant pas que les choses deviennent embarrassantes dans le club de lecture. Elle savait que Hailey avait de bonnes intentions et Claire avait vraiment besoin de ce moment de camaraderie entre filles.

Mad retarda l'inévitable piqûre de rappel de Hailey en sortant une bouteille de tequila de son sac en bandoulière.

— Le club de lecture est peut-être prêt à dévier un peu des livres.

Elle prit une gorgée, essuya le goulot avec sa manche et passa la bouteille à Julia qui fit de même. La bouteille fit le tour du cercle de femmes. Claire but une belle gorgée, essuya le bord et la fit passer à Hailey. Elle aimait beaucoup que toutes boivent dans la même bouteille. Comme si elles étaient liées par la salive.

La conversation devint bruyante et grivoise après ça. Les femmes échangèrent des histoires sur leurs pires expériences sexuelles, avec des baisers baveux, des maladroits, des miracles d'une minute seulement. Claire garda la bouche fermée, car ses petits amis avaient des noms reconnaissables. La perfection masculine taillée au burin avec de gros porte-monnaie et de gros ego. Et des cœurs froids et rabougris. Mad refit passer la bouteille de tequila à Claire et après une autre grande gorgée, elle se surprit à admettre :

— Les hommes veulent seulement pouvoir se vanter d'avoir été avec Claire Jordan. Ils ne s'intéressent pas du tout à moi.

Elle avala la boule dans sa gorge.

— Pas du tout.

Les femmes devinrent silencieuses et leurs regards compatissants lui indiquèrent qu'elle en avait trop dit. Elle était au sommet de sa carrière, l'élite d'Hollywood que si peu de personnes atteignaient, et elle n'avait vraiment pas de quoi se plaindre.

— Je veux dire…

Bon sang, elle venait de se déprimer en admettant la vérité. Les hommes se servaient d'elle.

— Si seulement ils pouvaient tous être comme Damon, dit Mad en brisant le silence gêné.

C'était le héros de la trilogie Féroce. Elle se tourna vers Julia.

— Je n'arrive pas à croire que tu l'aies inventé. Pourquoi ne peut-il pas être réel ?

Julia rougit.

— Je suis certaine qu'il y a un Damon pour chacune d'entre vous.

On pouvait en douter, puisque Damon était en fait le mari de Julia, Angel. Claire était une des rares personnes à le savoir, l'ayant remarqué dès sa première rencontre avec eux. Julia lui avait fait jurer de garder le secret et lui avait même fait mettre par écrit. Claire trouvait cela suprêmement romantique.

La voix de Hailey résonna, ferme et confiante.

— Claire, je peux t'aider.

Claire se redressa, soudain méfiante malgré le début d'ivresse. C'était le moment qu'elle redoutait depuis, eh bien, depuis qu'elle avait découvert que la chef du club de lecture avait d'autres motivations que de partager son amour des livres.

— Et c'est reparti ! s'exclama Mad.

Les femmes gloussèrent. Le visage sérieux de Hailey était assez drôle quand elle parlait des affaires du cœur. Claire eut du mal à rester sérieuse à cause des deux gorgées de tequila. La carte de visite de Hailey avait deux cloches d'argent embossées et il était écrit Hailey Adams, Accro à l'Amour ! *Pas drôle, pas drôle.*

Hailey coinça Claire avec son regard déterminé.

— Ce n'est pas un secret, tu as fréquenté les hautes sphères d'Hollywood. Et je pense qu'un rendez-vous normal avec un type normal te plairait.

Claire inclina la tête sur le côté et elle eut légèrement le tournis. C'était nouveau. En général, Hailey poussait simplement Claire à se remettre sur le marché. Elle n'avait jamais été aussi spécifique. Elle se demanda qui était ce type normal et ce qu'il faisait de si normal.

Avant qu'elle puisse poser la question, Mad intervint.

— Comment veux-tu qu'elle fasse cela ? Elle peut à peine quitter l'hôtel sans causer une émeute.

La réalité la frappa. Dans sa bulle de bonheur imprégnée de tequila, elle avait pensé des choses impossibles, comme le fait de pouvoir avoir un rendez-vous normal en révélant sa véritable personnalité irrévérencieuse et terre-à-terre. Cette personnalité existait-elle encore ? Une partie d'elle craignait qu'elle joue depuis si longtemps le rôle de la Claire Jordan glamour qu'elle s'était perdue elle-même.

— Je suis super occupée, Hailey, dit Claire poliment pour conclure la conversation. Mais, merci.

— Es-tu toujours libre lundi ? demanda Hailey comme si Claire ne venait pas juste de terminer cette conversation. Je pensais à une randonnée avec un pique-nique.

Hailey connaissait l'emploi du temps de Claire, car les femmes devaient s'organiser en fonction pour leur réunion du club de lecture, ce pour quoi Claire leur était reconnaissante. Elle faisait beaucoup d'heures en tant que productrice, réalisatrice et actrice principale des films Féroce par l'intermédiaire de son entreprise de production : les Films du Joyau Rouge. Claire retint un soupir. C'était une idée dangereuse, même si elle avait secrètement envie de quelque chose d'aussi normal qu'une randonnée avec un pique-nique. Quelques-uns de ses souvenirs préférés étaient le camping en Caroline du Nord où son père était en poste dans l'armée. Malgré tout, Hailey devait comprendre que ce plan avait beaucoup de défauts.

— Impossible, affirma Claire d'un ton très définitif.

Fin de cette conversation.

Julia parla à son tour.

— Un déguisement pourrait fonctionner. Comme dans ces histoires où une personne de la royauté apprend ce que cela fait d'être parmi les gens ordinaires.

Claire jeta un regard noir à Julia qui encourageait Hailey.

— Ce n'est pas juste pour celui qui viendra avec moi. Que se passera-t-il si la personne déguisée lui plaît et qu'il s'avère que c'est un mensonge ?

C'était ce qui arrivait dans toutes ces histoires de princesses et de paysans. Et mon Dieu, ce type serait furieux et il se vengerait sans doute dans la presse. Elle s'était à peine remise du dernier cauchemar de relations publiques qui l'avait rendue aigrie envers les hommes. L'année dernière, elle avait dû envoyer son ex égocentrique et coureur de jupons au tribunal pour avoir pris des photos d'elle nue pendant son sommeil – après du sexe médiocre – et les avoirs revendues au plus offrant. Elle réprima un frisson à ce souvenir. Le risque d'être exposée ne vaudrait jamais un pique-nique.

Hailey fit un cadre imaginaire avec les mains, comme si elle était réalisatrice.

— Imagine ceci : tu es déguisée en fille normale appelée Jenny Coleman. Je suggère une perruque rousse. Josh aime les rousses.

Elle devint toute rouge avant d'ajouter :

— Il me l'a dit un jour.

Claire retint la question qui lui vint naturellement à l'esprit. *Qui est Josh ?* Peu importe qui était Josh, car ce rendez-vous n'aurait pas lieu. Et dommage pour cette histoire de rousse, car elle était brune pour le film. Normalement, elle était blonde.

— Toi, tu es rousse, dit Julia à Hailey.

— Elle est blond vénitien, dit Mad en imitant la voix guillerette de Hailey.

Les femmes gloussèrent. On aurait vraiment dit Hailey.

Hailey jeta un regard de reproche à Mad qui y répondit en soufflant un baiser vers elle.

— Merci, mais non merci, dit fermement Claire.

Elle voyait déjà les unes gâchant le buzz de son film : Claire Jordan rompt avec son partenaire Blake Grenier pour s'enfuir déguisée avec un amant secret ! Damon et Mia se séparent ! (Damon et Mia étaient les noms de leurs personnages dans les films Féroce, et il leur en restait deux de plus à tourner) ; ou un autre titre plus accrocheur, mais tout aussi dommageable.

Elle n'aurait jamais quoi que ce soit de normal dans sa vie. Le club de lecture était ce qui s'en rapprochait le plus pour elle. Elle devint toute sentimentale en regardant ses nouvelles amies. Leur amitié au cours du dernier mois avait été primordiale pour elle. Elles apaisaient la douleur et le vide qu'elle comblait d'habitude désespérément avec des fêtes et du travail et d'autres célébrités. Elle fut sauvée du 'Je vous aime, les filles' idiot qu'elle avait sur le bout de la langue lorsque Hailey ordonna :

— Que quelqu'un passe la tequila à Claire.

La bouteille presque vide fit le tour du cercle jusqu'à elle.

— Mange le ver, dit Hailey.

Claire fixa des yeux le ver dégoûtant enroulé sur lui-même au fond de la bouteille. Qu'est-ce que c'était que cette tequila horrible ? Elle n'avait jamais vu de ver dans les bouteilles de tequila de toutes les fêtes auxquelles elle s'était rendue. Il devait s'agir d'une marque bas de gamme.

— Toi, mange le ver, rétorqua Claire.

Un silence rare tomba parmi le groupe habituellement bavard.

Il y avait un air de défi dans les yeux bleus de Hailey.

— Mange le ver et je laisserai tomber l'histoire du rendez-vous.

Claire comprit soudain que Hailey n'était pas que de l'eau de rose et de la joie déterminée. Elle avait des griffes.

Claire n'avait jamais reculé devant un défi. Elle attrapa un verre d'eau vide près d'elle, vida la bouteille de tequila dedans et attrapa le ver avec deux doigts. Quelqu'un poussa un petit cri.

C'était tout mou. Elle se sentit barbouillée.

Hailey fronça les sourcils.

Claire inclina la tête en arrière, ouvrit la bouche, et…

Le jeta sur Hailey.

Malheureusement, elle la rata et il atterrit sur le sol devant Hailey, qui le ramassa et se leva en le tenant au-dessus de sa tête.

— Voyez le ver du destin !

— Mange-le, mange-le, chantonna Mad.

Hailey le jeta à Mad, qui le renvoya rapidement à Julia. Les femmes se mirent à crier pendant que le ver fut lancé comme une patate chaude avant d'atterrir finalement sur Charlotte, une coach sportive, qui n'eut aucun mal à le ramasser et à le jeter à la poubelle.

— Le ver du destin est en route pour la déchetterie, dit Claire en riant et en espérant que c'était la fin de ces histoires de rendez-vous galant.

Les femmes rirent en même temps qu'elle, sauf Hailey, qui semblait toujours bien décidée à aider Claire.

— Relax, dit Mad à Hailey. Dis donc, tu ressembles à un général fou quand tu la regardes de cette façon. Tu ne peux pas forcer quelqu'un à assister à un rendez-vous. C'est un pays libre.

Le regard de Hailey ne vacilla pas.

Claire attrapa le verre de tequila et but une gorgée.

— Alors, ton plan est de m'envoyer dans les bois toute seule avec un inconnu ? demanda-t-elle d'un ton qui sous-entendait l'idée d'un tueur en série.

— Ce n'est pas un inconnu, dit Hailey. C'est Josh.

La curiosité naturelle de Claire prit le dessus.

— Qui est Josh ?

— Le grand frère de Mad, répondit Hailey en la désignant du pouce. En vérité, je ne sais pas si c'est une bonne façon de te le vendre.

— Ooh ! Le coup de poignard dans le cœur ! s'exclama Mad en mimant un coup de couteau puis en se laissant tomber sur le sol, agitée par les derniers sursauts avant la mort.

Les femmes applaudirent, Claire également. Mad leva la tête avec un grand sourire.

— Ha. Ha, dit Hailey. Mad, s'il te plaît, ne dis pas à Josh qui est vraiment Claire.

— Pourquoi le ferais-je ? Claire est mon amie.

Elle leva le poing, se pencha vers Claire et fit 'check'.

— Parce que c'est ton frère, expliqua Hailey d'un ton exaspéré.

Mad leva les yeux au ciel.

— Hé, s'il a envie de se rendre aux rendez-vous galants organisés par toi pour la raison idiote de te rendre jalouse, alors il mérite ce qu'il reçoit.

— C'est ridicule, dit Hailey en se lissant les cheveux. Josh et moi avons un accord. Il fait partie de mon plan d'affaire.

— Quel crétin, dit Mad en se levant. Excusez-moi, je vais faire pipi.

— Mon Dieu, c'est comme si elle avait été élevée par les loups, maugréa Hailey.

— C'est presque ça, dit Mad en se dirigeant vers les toilettes privées à l'opposé du salon.

Hailey fit signe à Claire de se rapprocher. Claire secoua la tête et elle eut le tournis. Elle avait peut-être bu une gorgée de trop avec ses sœurs de salive.

Hailey souffla.

— Très bien ! Je le dis donc devant tout le monde. Je n'ai jamais eu de plaintes de la part des femmes qui sortent avec Josh. Elles disent toutes que c'est un parfait gentleman et qu'il ne tente jamais rien.

Elle marqua une pause, l'air perplexe.

— C'est étrange, n'est-ce pas ? Maintenant que j'y pense. Pourquoi ne tente-t-il rien ?

— Il est peut-être gay, dit Charlotte en étirant ses longues jambes. Tous les types canon le sont.

Elle se tourna vers Claire avant d'ajouter :

— C'est un barman chez Garner's, à Clover Park.

Terriblement canon.

Hailey rougit.

— Non, il n'est certainement pas gay.

Elle fronça les sourcils en poursuivant la conversation avec elle-même.

— Aucune de ces femmes ne lui a jamais assez plu pour qu'il t'ait dit quelque chose ? Improbable. Il vaudrait mieux que je l'appelle et que je découvre ce qu'il en est.

Elle attrapa son sac à main et sortit du salon.

Claire se dit que la théorie de Mad selon laquelle Josh ne sortait avec des femmes que pour rendre Hailey jalouse n'était sans doute pas si folle. Cela expliquait pourquoi le rendez-vous restait platonique. En outre, s'il était si canon, pourquoi avait-il besoin qu'elle lui organise des rendez-vous ?

Elle profita de l'occasion pour attraper le sac qu'elle avait rangé derrière le bar avec tous les livres de *Désir Féroce*. Elle se dirigea vers la table de l'autre côté de la pièce et elle y empila les livres.

— Je vous ai apporté un cadeau, Mesdames. Ils sont signés par Blake et par moi. Quand Julia les aura signés avec le nom de Catherine Cliff, ils seront à vous.

C'était le nom de plume de Julia.

Les femmes l'acclamèrent.

Julia rayonna.

— Laissez-moi chercher un stylo.

— C'est tellement cool ! s'exclama Charlotte. Le trio gagnant ! Mesdames, gardez précieusement votre livre signé. Il vaudra des millions, un jour.

Claire sourit. C'était peu probable, mais cela ferait un souvenir très spécial de leur bref moment ensemble. Elle prit un livre pour elle-même.

— Je voudrais que vous signiez toutes le mien.

Mad revint quelques minutes plus tard et elle attrapa un livre, regardant les signatures à l'intérieur.

— Super. Merci, Claire.

— Avec plaisir, dit Claire. N'oublie pas de signer le mien. Il fait le tour.

— T'es sympa, dit Mad avec un grand sourire.

Le cœur de Claire se serra et ses yeux se mirent soudain à brûler.

— Toi aussi, parvint-elle à articuler.

Hailey revint, le téléphone portable dans la main, et elle s'arrêta à côté de Claire pour annoncer :

— Il dit que le sexe est gratuit, mais qu'elles doivent lui demander. Il veut une affirmation claire de désir et de consentement.

Elle devint toute rouge avant de continuer.

— Voilà donc pourquoi. C'est bien, je crois.

— Oh mon Dieu, s'exclama Charlotte. Il a sérieusement dit ça ?

Claire ne savait pas quoi dire. Elle regarda Hailey avec de grands yeux.

Hailey s'éclaircit la gorge et elle toussa.

— Ce sont ses mots exacts.

Claire eut soudain une pensée troublante.

— Attends. Le sexe est gratuit ? Qu'est-ce qui n'est pas gratuit ?

— Euh…

Hailey regarda autour d'elle, comme si quelqu'un d'autre pouvait répondre.

— As-tu proposé de le *payer* pour sortir avec moi ? demanda Claire, incrédule.

Non seulement c'était un coup monté, mais Hailey avait dû payer le type pour qu'il sorte avec elle. Incroyable !

Hailey posa une main rassurante sur le bras de Claire.

— Lui, ce n'est que l'échauffement. Je dois bien lui proposer une motivation, dit-elle avec un grand sourire. Quoi qu'il en soit, il te plaira. Je suis certaine que tu me remercieras plus tard.

Julia leva les yeux.

— Josh reçoit mon cachet d'approbation du club de

lecture.

Elle frappa la table avec son tampon imaginaire.

Les femmes l'imitèrent toutes, apposant un tampon imaginaire sur leurs paumes. Même Mad.

Approuvé par le club de lecture.

Claire s'affala sur sa chaise. Elle pouvait avoir n'importe qui. Aucune porte ne lui était fermée.

Sauf la porte avec le type normal derrière. Pouvait-elle vraiment avoir une petite aventure amusante sans que personne ne soit blessé ? Cela lui manquait d'être elle-même, de ne pas avoir à s'inquiéter de ce qu'elle disait ou de son apparence. Bouger librement sans les paparazzi et profiter de la nature lui manquaient beaucoup. Elle leva les yeux et elle vit toutes les femmes lui sourire d'un air encourageant. Elle eut alors terriblement envie de dire oui.

Non, c'était impossible. C'était la tequila qui la faisait rêver. La part irrationnelle d'elle-même le savait. Elle ne pouvait pas vivre l'expérience de la fille normale, et certainement pas avec un cavalier payé pour cela.

— Je ne peux pas sortir avec quelqu'un qui a été payé pour être avec moi, finit-elle par dire et les femmes poussèrent un soupir de déception. Comprenez-vous que cela pourrait être terrible si c'était révélé un jour ?

Hailey se mordit la lèvre inférieure.

— Je vais voir si je peux faire quelque chose. Non, je sais que je le peux. Ne t'inquiète pas, Claire, je m'occupe de tout.

Claire se frotta les tempes. Deux (ou était-ce trois ?) gorgées de tequila l'empêchaient de réfléchir correctement.

— Laissez-moi y réfléchir.

Mad sortit une deuxième bouteille de tequila de son sac, sans ver cette fois, et elle entama une partie de 'Je n'ai jamais au grand jamais' à se rouler par terre. En effet, Mad avait fait des choses vraiment bizarres : elle avait installé des flamants roses en plastique dans le jardin du principal, s'était habillée en Darth Vader pour le bal de fin d'année, s'était déguisée en garçon et avait dominé dans l'équipe de base-ball de la Ligue Athlétique de la police. À cette époque-là, ils voulaient que les filles s'en tiennent au softball. Elle était forte et intelligente et Claire avait une sorte de béguin. Pas du type sexy, juste l'envie de traîner avec elle. Et parce que Mad lui plaisait tant, l'idée d'un rendez-vous amusant avec son frère devenait plus intéressante. À l'aveuglette.

Ohlala ! Elle devait avoir trop bu.

Il se fit tard et elles luttèrent pour ne pas bâiller. Tout le monde se dit au revoir. Elles partirent avec un livre signé et Claire serrait son propre souvenir contre son torse pour repousser la douleur de la solitude qui revint quand elle regarda le groupe partir sans elle. Les femmes bavardaient et de temps en temps, l'une d'entre elles attrapait le bras d'une autre en souriant et en s'approchant pour parler. Elle ravala la sensation familière de se trouver à l'extérieur. Elle avait grandi en fille de militaire, se transformant pour s'adapter dans toutes les écoles nouvelles qu'elle fréquentait. C'était un entraînement excellent pour une actrice. Dur pour son cœur tendre.

— Ciao ! dit-elle. Merci d'être venues.

— Ciao ! répondirent-elles en chœur, exactement comme elle.

Elle sourit. Cela lui plaisait qu'elles se sentent suffisamment à l'aise avec elle pour plaisanter.

La porte se referma derrière elles et la pièce fut silencieuse et vide. Son sourire s'effaça. Elle se dirigea vers la porte privée à l'arrière du salon où l'attendait son garde du corps, Frank, un immense hawaïen à la tête rasée et au visage de marbre. Elle avait dû engager un service de protection de vingt-quatre heures sur vingt-quatre après la sortie du film *Attraction entre voisins* l'année précédente. Elle avait joué une héroïne vierge qui accepte la proposition de son voisin sexy souhaitant lui donner des leçons de séduction. Trop de fans avaient essayé de s'approcher d'elle dans le but de lui apprendre d'autres leçons de sexe. Elle avait presque eu une crise cardiaque quand elle avait découvert un homme nu et inconnu dans son lit chez elle, à San Francisco. Heureusement, il était resté dans le lit, essayant de la convaincre de le rejoindre en citant des phrases du film, pendant qu'elle avait couru se réfugier dans sa voiture et qu'elle était partie à toute vitesse.

Elle se rendit dans sa suite alors que la sensation agréable de la tequila et d'avoir passé un moment avec ses amies s'estompait. Frank, son immense ombre silencieuse, la suivit de près. Il n'y avait pas d'autres chambres. Elle disposait de tout l'étage supérieur et la chambre de Frank se trouvait juste au-dessous de la sienne, au plus près des escaliers. Quand il eut rapidement vérifié les pièces de sa suite, elle lui souhaita bonne nuit et elle entra dans le vestibule en marbre. Elle traversa la suite, s'obligeant à s'arrêter et à apprécier l'opulence du logement décoré en teintes de blanc et d'argent avec quelques accents de bleu royal. Il y avait deux chambres, chacune avec un lit king size et un dressing, un salon avec une télé grand écran et des peintures géométriques modernes, une salle à manger pouvant accommoder huit personnes, une petite cuisine, et le mieux : une terrasse extérieure privée offrant une vue spectaculaire sur la ville.

Elle voulut chasser sa mélancolie. Oui, la célébrité avait un coût, mais elle avait tout ceci. Et une carrière qu'elle aimait. Elle retira ses chaussures et elle marcha pieds nus jusqu'à la grande salle de bains pour se préparer avant d'aller au lit. Elle se força à admirer l'énorme baignoire à jets d'eau, la double douche séparée en deux cabines et le long comptoir en marbre. Elle s'arrêta lorsqu'elle aperçut son reflet dans le miroir. Elle faillit ne pas se reconnaître. Ses cheveux jusqu'aux épaules étaient teints en brun pour le film et cela donnait l'impression que ses yeux noisette étaient plus marron que verts. Mais ce fut l'air hagard et fatigué sur son visage aux traits tirés qui serra ses entrailles.

Elle paraissait aussi malheureuse qu'elle l'était. Elle ne pouvait absolument jamais montrer cela en public.

Elle tourna le dos à son reflet. Elle ne pouvait l'admettre à personne.

On se sentait vraiment très seul au sommet.

Son téléphone portable vibra et elle le sortit de la poche de son jean. C'était un texto de Hailey avec l'adresse du pique-nique. Elle soupira. Il fallait qu'elle mette un terme à ces bêtises. Un autre texto apparut. *Rejoins-le lundi à quinze heures.*

Hé, elle n'avait pas donné son accord pour ça.

Hailey envoya un emoji qui faisait un bisou. Claire sourit. Elle savait que Hailey voulait bien faire.

Elle renvoya un smiley souriant. Tout semblait si normal. Envoyer des bêtises à des amies. Claire pouvait faire ça.

Jenny Coleman pouvait le faire et bien plus.

Allait-elle oser prendre le risque ? L'idée s'enracina, fleurit dans son esprit et lui fit tourner la tête d'anticipation. Il était approuvé par le club de lecture. C'était le frère de Mad. Il sortait toujours avec les femmes faisant partie du plan d'affaire de Hailey comme un parfait gentleman. Les circonstances n'auraient pas pu être meilleures. C'était presque aussi dénué de risques que Jenny. Même s'il la reconnaissait sous son déguisement, elle pouvait lui faire confiance par association : il ne révélerait pas son secret. Probablement.

Elle envoya rapidement un message à Hailey pour confirmer sa présence, puis elle se tourna et surprit son regard heureux dans le miroir. Elle allait prendre le risque d'être elle-même comme avant. Elle espérait simplement qu'elle se souviendrait comment.

CHAPITRE DEUX

Jake Campbell était au sommet. Il était le fondateur et le PDG d'une entreprise globale dans les technologies, Dat Cloud, pionnière dans le partage et le stockage de données requérant beaucoup de mémoire : les photos, les données audio, les vidéos étaient traitées avec une facilité et une vitesse qui n'avaient pas été possibles avant son application de compression des données. Il avait travaillé comme un forcené pour arriver où il était aujourd'hui, l'entreprise pouvait presque tourner sans lui maintenant, et le voilà à une fête sur le toit d'un immeuble pour un directeur de studio d'animation, entouré par les quelques privilégiés à avoir reçu une invitation. C'est alors qu'il se rendit compte de sa solitude. Il frotta la douleur dans sa poitrine et il contempla la vue sur la baie de San Francisco, se forçant à apprécier les récompenses que son travail acharné lui avait apportées.

Depuis que l'entreprise avait été cotée en bourse, il avait plus d'argent qu'il ne savait en dépenser et cela lui donnait des possibilités : voyager, côtoyer les gens riches et célèbres, construire la maison de ses rêves selon ses indications précises. Mais l'argent avait également des effets secondaires désagréables. Les gens voulaient toujours quelque chose, s'approchant de lui en tendant la main pour des dons, des investissements, ou des pensions alimentaires injustifiées. Cette histoire de pension alimentaire l'énervait. Cela avait commencé quand il avait été nommé célibataire le plus sexy de la Silicon Valley deux années auparavant, un honneur douteux attribué par une population essentiellement composée de geeks des technologies. Quoi qu'il en soit, de belles femmes se jetaient sur lui, mais elles ne cherchaient qu'une seule chose. Et ce n'était pas la bonne chose. Le schéma était prévisible. Au début, elles étaient collantes, espérant un engagement. Hors de question. Non pas qu'il avait peur de s'engager, il avait eu deux relations stables avant d'être désigné célibataire sexy, mais il n'avait simplement jamais rencontré la femme qui pouvait lui en donner envie. Le gène de l'instinct de nidification devait lui manquer. À vrai dire, ce n'était pas complètement idiot. Personne dans sa famille n'était engagé dans une relation, pas même ses parents. Alors voilà. Simple déficience de l'ADN.

Malheureusement, sa réticence naturelle à s'engager encourageait les femmes à essayer encore plus. Au cours de l'année passée, trois femmes lui avaient fait des procès de paternité pour essayer de lui soutirer de l'argent. Il n'avait même pas couché avec deux d'entre elles. C'était ridicule. Et mauvais pour sa réputation. Il avait bien couché avec la troisième femme, mais il était certain qu'elle avait dû trafiquer le préservatif, car il se protégeait toujours. Il avait été prêt à verser une pension pour l'enfant, car il ne voulait pas faire souffrir un enfant à cause des défauts de sa mère, sauf que le test de paternité avait prouvé qu'il n'était pas le père.

Il ne pouvait simplement plus avoir confiance en personne.

Il passa une main dans ses cheveux bruns. Les débuts de sa carrière lui manquaient presque, sept ans plus tôt, quand il venait de sortir de l'armée et qu'il travaillait dur sur cette idée qu'il avait eue de faciliter le partage des informations dans le monde. À présent, sa vie était monotone, pas de défi, c'était toujours la même chose. Il détourna le regard de la vue et il revint vers la fête, en pensant qu'il aurait tout aussi bien fait de s'éclipser. Il ne connaissait même pas la moitié des personnes ici, et il n'avait pas envie de faire la conversation. *Merde*. Il vit Priscilla s'approcher. Il avait couché avec elle une fois et il n'arrivait plus à s'en débarrasser, alors il fit un rapide pas de côté vers son ami et son second à Dat Cloud, Steve Nelson. Il en avait assez des femmes glamour et superficielles comme elle. Priscilia changea de trajectoire et elle le suivit.

— Je m'en vais, dit-il à Steve.

— Déjà ?

Steve regarda derrière l'épaule de Jake, souriant d'un air admiratif en voyant Priscilla. Elle avait été mannequin pour maillots de bain, comme elle aimait le raconter à tous les gens qu'elle rencontrait. Steve dit tout bas :

— Ne te laisse pas effrayer par Priscilla. Je vais m'en occuper à ta place.

Jake ricana. Steve était riche, grâce à Dat Cloud, mais il était aussi petit et rond avec une préférence pour des T-shirts de Grateful Dead et des chaussettes dans ses sandales. Les femmes ne se jetaient pas sur lui. Pourtant, elles auraient mieux fait, car c'était un type formidable avec un grand cœur. Il passait un week-end sur deux avec les enfants de sa sœur depuis que leur père était parti.

Priscilla entoura le biceps de Jake avec ses doigts manucurés crochus.

— Te voilà, ronronna-t-elle. Sortons d'ici.

— Te souviens-tu de Steve ? demanda Jake.

— Oui, nous nous sommes rencontrés quelques fois, dit Steve avec un grand sourire.

Priscilla jeta un regard vide en direction de Steve avant de reporter son attention sur Jake.

— Tu me manques. Toujours aussi occupé. Ce n'est pas drôle de ne rien faire d'autre que travailler.

Elle fit une légère moue avec ses énormes lèvres pleines de Botox. Il ravala une remarque cinglante. Les filles normales comme celles avec qui il avait grandi lui manquaient, ces beautés naturelles qui avaient envie de s'amuser. En tout cas, elles étaient ainsi quand il était au lycée. Bon sang, il était tout nostalgique. Il avait trente-deux ans, ce n'était pas comme si elles étaient en train de l'attendre depuis toutes ces années.

Il décrocha Priscilla de son bras.

— Je m'en vais.

— Il a besoin de dormir pour être beau, dit Steve à Priscilla en lui faisant un clin d'œil. Et si nous…

Elle fronça les sourcils et elle partit en trombe.

— Une autre fois, murmura Steve.

— Elle, tu ne la veux pas. Fais-moi confiance, lui dit Jake.

— Je vais m'envoyer quelques shots, dit Steve en se dirigeant vers le bar installé dans un coin avec un toit en chaume.

Jake inclina la tête et le laissa faire. Il partit dans sa Tesla modèle S électrique et écoresponsable et il rentra dans sa maison moderne de béton et de fer. Une fois à l'intérieur, il erra avec agitation. La maison était entièrement construite de plain-pied, sans cloisons avec un fauteuil en cuir noir et des chaises, des tables en verre et des accents métalliques. Un grand patio conduisait à une piscine et un jacuzzi. Il avait demandé à un architecte et à un décorateur d'intérieur de créer ce qu'il s'imaginait être une vie de luxe. Mais à présent qu'il regardait autour de lui, cela lui sembla stérile et froid. Il fut frappé par le mal du pays. Sa maison d'enfance, une modeste maison coloniale à trois chambres avait toujours été pleine de vie, remplie de monde. Cela faisait bien trop longtemps qu'il n'avait pas vu sa famille : son père, quatre frères, une sœur et un groupe très uni de frères de sang.

Il était presque minuit là-bas, à Eastman, dans le Connecticut. Son frère jumeau, Josh, devait quitter son travail de barman avec les poches pleines de pourboires des dames. Son jumeau était le célibataire le plus sexy d'Eastman – désigné ainsi par lui-même en réponse au titre de célibataire le plus sexy de Jake. D'après Josh, aucune femme ne pouvait résister à l'allure de son épaisse chevelure brune, de ses yeux sombres, de sa barbe de trois jours terriblement sexy, de son sourire charmeur et de son corps musclé et athlétique. Quel idiot.

Jake sourit et sortit son téléphone pour envoyer un message à Josh, sauf qu'un texto l'attendait déjà. C'était étrange de voir à quel point le 'lien des jumeaux' fonctionnait d'un bout à l'autre du pays.

Josh : *Le lien des jumeaux me dit que t'as besoin d'un endroit pour dormir.*

Jake rit. Peu importe qu'il s'agisse du lien des jumeaux ou que Josh l'invite pour une visite. Il allait prendre le jet au petit matin. Ses pouces volèrent sur les touches.

Jake : *J'arrive demain après-midi. Prem's pour le lit.*

Josh : *Va te faire. Ma maison, mon lit. C'est pas un hôtel.*

Jake gloussa. Josh avait un appartement avec une seule chambre. Il pouvait aller à l'hôtel, mais il préférait choisir le canapé pour traîner avec Josh. Quand ils étaient petits, malgré le chaos de leur famille étendue, ils faisaient toujours en sorte d'avoir du temps pour eux, entre jumeaux. Ils avaient appelé cela la 'recharge des jumeaux'. Ils avaient même élaboré un salut spécial qui se terminait par le vrombissement d'un double moteur rechargé. C'était ringard, mais vrai. Bon, ils avaient partagé le même ventre – l'échographie les montrait dans les bras l'un de l'autre partagé une chambre, même été à l'armée en même temps, bien que dans des unités différentes. Jake était sorti de l'armée motivé pour travailler dans les technologies globales. Il voulait ouvrir l'accès à l'éducation en ligne et aux opportunités dans les zones pauvres, bien que ses créations aient fonctionné de façon très lucrative dans des endroits qui pouvaient se le permettre. Josh était sorti traumatisé de l'armée par ce qu'il avait vu et vécu en tant que parachutiste lâché dans le territoire ennemi, où le combat rapproché était souvent nécessaire. Il lui avait fallu longtemps pour se remettre, mais il allait mieux à présent.

Jake : *C'est le moment d'une recharge de jumeaux.*

Josh : *Pas dans mon lit, taré. Apporte ce whisky $$$$.*

Il voulait le whisky Macallan rare. Jake avait quelques très bonnes bouteilles.

Toujours nostalgique de la maison, il écrivit : *Comment va Mad ?*

Sa petite sœur, Madison, était le bébé et la seule fille. Lui et ses frères veillaient sur elle. Josh, plus que les autres, s'assurait qu'elle aille bien, la faisant même venir à mi-temps au bar où il travaillait à Clover Park pendant qu'elle étudiait à la fac. Les études avaient été entreprises à force d'insistance de la part de Josh, car il était fatigué de s'inquiéter qu'elle travaille au bar dans un quartier louche de New York. Mad avait elle aussi dû en avoir assez, car elle avait accepté l'idée de Josh, et Mad ne faisait jamais ce qu'elle ne voulait pas.

Josh : *Mad est folle.*

Jake : *Toujours aussi vindicative.*

Josh : *Ouais.*

Jake : *Comment va papa ?*

Josh : *Trop fatigué pour 20 questions. A+.*

Jake envoya un smiley avec des lunettes de soleil juste pour énerver son frère, qui considérait que les smileys étaient pour les adolescentes. Sans doute parce que Mad avait eu pour habitude de leur en envoyer des tonnes, un peu comme des hiéroglyphes. Selon Jake il s'agissait d'un code et d'après Josh c'était juste une façon qu'elle avait de s'amuser. Il se dirigea vers la chambre et fit ses bagages, la douleur vide dans sa poitrine s'estompant pour la première fois de la soirée.

~ ~ ~

Vingt-quatre heures plus tard, Jake posa un coude sur le bar en cerisier sombre de Garner's Sports Bar & Grill, où travaillait Josh, et il but une longue gorgée de bière. C'était samedi soir et l'endroit se remplissait vite. Son frère était jovial, autant à l'aise derrière le bar qu'avec les clients, particulièrement les femmes. Certaines d'entre elles lui glissèrent une serviette avec un numéro de portable griffonné dessus. Josh rangeait ces numéros derrière le bar avec un sourire, comme s'ils étaient très précieux, mais Jake savait qu'il les jetait lors du nettoyage du soir. Non pas que Josh n'aimait pas sortir avec des femmes. Il avait même été plutôt actif, mais dernièrement il s'était calmé. Même Jake n'avait pas pu en découvrir la raison.

— Qu'est-ce qui n'allait pas avec elle ? demanda Jake au sujet d'une brune avec de belles formes qui venaient de partir avec des amies.

Elle avait donné un gros pourboire à Josh ainsi que son numéro de téléphone en se penchant en avant afin qu'il puisse bien voir son décolleté plongeant.

Josh se contenta de secouer la tête avec un petit sourire. Il passa au client suivant.

Bon sang. Josh se réservait-il à quelque chose de plus… sérieux ? Voulait-il se caser ? Était-ce là ce qu'il se passait au pays des jumeaux Campbell ? Si son jumeau était prêt, cela signifiait que lui aussi. Leurs vies étaient souvent parallèles. Comme lorsqu'ils avaient tous les deux laissé tomber la même université au bout de deux ans, se sentant agités et en besoin d'aventure. Josh pensait que l'université était une perte de temps, rien ne retenait son intérêt et à la minute où il l'avait dit à Jake, celui-ci avait avoué ressentir la même chose. C'était un autodidacte en informatique et il en savait plus que ses professeurs. Jake eut l'idée de s'enrôler dans l'armée puisque leur père était un vétéran. Josh dit pourquoi pas et il fit de même. Jake se sentait toujours coupable du tour qu'avait pris la vie de Josh après l'armée. Il avait essayé de se consoler en se disant que Josh était heureux de la vie qu'il avait à présent.

En avaient-ils terminé avec la vie de célibataire ? L'idée que l'un d'entre eux se case semblait tirée par les cheveux. Mais cela le rongeait, traînant au-dessus de sa tête comme une mouche énervante.

Une magnifique rousse apparut à ses côtés. Elle avait de longs cheveux, légèrement blond vénitien et des yeux bleus fixés sur son frère. Elle portait une robe vert foncé qui moulait sa silhouette à taille de guêpe parfaite ainsi que des chaussures à talons noires. De la haute couture, s'il s'y connaissait en femmes. Et il s'y connaissait.

— Josh, appela-t-elle en lui faisant un signe frénétique du bras.

La tête de Josh tourna et il fronça les sourcils avant de lever un doigt pour la faire patienter en passant au client suivant.

La femme souffla et marmonna :

— Il m'ignore. Goujat.

Elle semblait exigeante. Des cheveux parfaits, un maquillage parfait, très belle, mais…

Elle se tourna vers lui et elle s'arrêta net.

— Oh mon Dieu ! Vous êtes deux !

Elle appela Josh qui servait une pression.

— Tu ne m'as jamais dit que tu avais un jumeau !

— Il y a beaucoup de choses que je ne t'ai pas dites, répliqua Josh.

La femme tendit la main avec un sourire poli et Jake la serra.

— Je m'appelle Hailey.

— Jake.

Josh apparut devant eux.

— Que puis-je t'offrir ?

— As-tu toujours tes lundis de libres ? demanda-t-elle à Josh.

— Oui.

Hailey lui fit signe de s'approcher plus près.

Il leva les yeux au ciel, mais il se pencha sur le bar.

— Quoi ?

Elle chuchota, mais Jake était toujours assez près pour l'entendre demander :

— Peux-tu sortir lundi avec une nouvelle membre du club de lecture ?

Jake observa Josh qui ne semblait pas du tout étonné par cette étrange question. À la place, il se redressa et parut très amusé. Depuis quand Josh allait-il à des rendez-vous arrangés ? Il rencontrait tout le temps des femmes au bar. Sans parler des femmes dans les cours de cuisine auxquels il assistait soi-disant parce que son patron de Garner's voulait qu'il le fasse. Jake savait que c'était parce que Josh était un gourmet et qu'il rêvait d'ouvrir un jour son propre bar avec de la nourriture merveilleuse. S'il l'avait laissé faire, Jake lui aurait fourni l'argent sur-le-champ.

Hailey posa une main sur sa hanche.

— Eh bien ?

Josh leva le menton.

— Tu me proposes quoi en échange ?

Il fit un grand sourire à Jake.

— L'arrangement habituel, dit Hailey en grinçant des dents.

Jake eut l'impression que c'était une conversation fréquente.

Josh fit mine d'être occupé derrière le bar en retenant un sourire. Il aimait manifestement taquiner Hailey qui plongeait tête la première.

Ses yeux bleus étincelèrent d'irritation.

— Alors, tu peux le faire ?

— Mmm… répondit Josh en tirant un peu plus sur la corde.

Hailey se tourna vers Jake à l'improviste.

— Peut-être aimerais-tu inviter une fille à sortir ? C'est une fille adorable.

Jake ouvrit la bouche pour dire qu'il ne serait pas en ville lundi lorsque Josh l'interrompit.

— Il fait une pause sans femmes, ricana Josh. Les milliardaires ont ce problème de femmes qui tombent à leurs pieds.

Jake jeta un regard noir à Josh. Premièrement, il n'avait jamais dit faire une pause et deuxièmement, il n'aimait pas la pique contre les milliardaires. Josh était toujours sur la défensive parce qu'il était le jumeau qui n'était pas milliardaire. Son frère était tout aussi intelligent et il aurait pu s'impliquer lors des débuts de Dat Cloud, mais il avait choisi un chemin différent et moins lucratif. En outre, Jake ne faisait plus partie du club des dix chiffres depuis un développement dans un pays où le gouvernement avait été renversé par un dictateur qui s'était emparé de tous les capitaux. Il était certain que cette baisse n'était que temporaire. Il prenait de gros risques et il était souvent récompensé par de gros gains. Ou de grosses pertes. L'argent n'était jamais une chose stable.

Hailey regarda Jake d'une façon différente.

— Dans quelle branche travailles-tu ?

— J'ai fondé Dat Cloud. C'est…

— J'ai lu quelque chose sur Dat Cloud dans le *Wall Street Journal* ! Il faut que nous parlions. Que fais-tu demain ?

Il aperçut Josh qui fronçait les sourcils et il se rendit compte que son frère devait la vouloir pour lui tout seul. Il avait vraiment une drôle de façon de le montrer, cependant.

— Je suis occupé, dit Jake.

— Puis-je t'offrir un verre ? demanda Hailey en le surprenant.

Cela faisait très longtemps que personne n'avait payé quoi que ce soit pour lui.

— D'accord, dit Jake.

— Merveilleux ! s'exclama Hailey. Josh, donne-lui ce qu'il veut. C'est pour moi.

— Une autre bière, barman, commanda Jake en tapant sur le bar.

Josh ne bougea pas.

— Je veux bien m'occuper de ce rendez-vous, princesse.

Hailey se renfrogna.

— Arrête de m'appeler comme ça, aboya-t-elle.

— Mais ça te va bien, comme une tiare en diamants… poursuivit Josh d'une voix traînante.

Hailey fit mine de sourire et elle lissa sa robe.

— Je t'enverrai les informations par texto.

Elle se tourna vers Jake :

— J'ai été ravie de te rencontrer.

Elle sortit une carte de visite de son sac et elle la lui tendit.

— Appelle-moi la prochaine fois que tu seras en ville plus longtemps.

Josh lui jeta un regard noir qui indiquait qu'il n'avait pas intérêt à s'engager sur cette voie. Pas besoin du lien des jumeaux pour le comprendre.

— Ravi de t'avoir rencontré, dit Jake.

Hailey eut un sourire qui la fit briller. Ses yeux bleus s'illuminèrent comme deux cierges magiques, sa peau pâle devint rose, même ses dents semblèrent particulièrement blanches. Il fut momentanément subjugué par sa beauté.

— Ciao !

Elle tourna les talons et elle sortit en trombe. Elle semblait avoir oublié qu'elle lui avait proposé un verre.

— Ciao, dit Jake.

— Ciao, marmonna Josh, bougon.

Jake se tourna pour la regarder partir, incapable de décrocher son regard de son cul bien roulé. Il reçut un coup entre les omoplates.

— Aïe !

Il tourna sur lui-même, sur le point de rendre le coup à son frère hargneux, lorsque celui-ci s'écarta hors de portée et longea le bar pour servir un client.

Jake lut la carte que Hailey venait de lui donner en se demandant ce que faisait une 'Accro à l'Amour'. Cela faisait-il partie de son arrangement avec Josh ?

— Alors, c'est quoi cet arrangement ? demanda Jake quand Josh revint enfin de son côté du bar.

Josh ne prit pas la peine de répondre. Il se contenta de se redresser en rangeant des verres sales.

La pensée logique suivante le frappa violemment. Il se pencha sur le bar et baissa la voix :

— Es-tu un… prostitué masculin ?

Josh se rendit de l'autre côté du bar sans un mot. Putain. Jake n'arrivait pas à le croire. Avait-il tant de difficultés à récolter des fonds pour le bar de ses rêves ?

Jake essaya plusieurs fois d'obtenir des informations, mais Josh gardait la bouche fermée. Jake finit par abandonner et il se contenta de regarder le match des Sox. Sa curiosité au sujet de l'étrange interaction entre Josh et Hailey finit par gagner. Il lui fallait savoir quel était cet arrangement. Il attendit que Josh ferme le bar et qu'ils se dirigent vers le parking à l'arrière pour remettre ça. De façon détournée.

— Pourquoi dis-tu que Hailey est une princesse ? demanda Jake.

— Qu'est-ce que ça peut te faire ? dit Josh sans enthousiasme.

Il se glissa dans sa Miata décapotable noire. Jake s'installa du côté passager.

— Elle est jolie. Il se pourrait que je l'appelle la prochaine fois que je serai ici.

Josh démarra la voiture et marmonna 'crétin' dans sa barbe. Il sortit à toute vitesse du parking.

— Alors, elle te plaît ou pas ? Je n'arrive pas à le savoir.

— Arrête.

Cette histoire devenait de plus en plus intéressante. Et troublante. Pourquoi Josh ne voulait-il rien dire ? Dans quoi s'était-il encore fourré ?

— Est-ce une vraie princesse ? demanda Jake quand ils se furent garés près de la grande maison victorienne de l'autre côté de la ville, où Josh louait l'appartement du rez-de-chaussée.

Josh sortit de la voiture en claquant la portière. Jake resta à sa hauteur, leurs jambes faisant la même longueur.

— Tu fricotes avec la royauté ?

Josh secoua la tête et déverrouilla la porte de la maison, puis celle de son appartement. Il jeta ses clés dans un bol près de la porte d'entrée et il se dirigea vers le long canapé beige avec un fauteuil relax sur un côté. Josh se laissa tomber sur le canapé, s'étirant sur toute la longueur. Jake prit le fauteuil relax et il poussa les pieds de son frère de façon à pouvoir s'étirer, lui aussi.

— Tu as intérêt à ne rien faire d'illégal, dit Jake.

— Ferme-la. Bon sang, tu es pire que Mad, avec toutes tes questions.

— Dis-le-moi, si tu es un prostitué, dit Jake en plaisantant à moitié.

Vraiment, l'idée était absurde. Ils n'avaient jamais eu de problèmes pour sortir avec des femmes.

— C'est tout ce que j'ai besoin de savoir avant de te dénoncer aux autorités.

Josh ricana. Leur père était un policier à la retraite.

— Je ne suis pas un prostitué. Je suis plutôt un compagnon payé. Pas de sexe.

Jake se leva d'un bond et regarda son frère.

— Tu rigoles, hein ?

Sauf que Josh avait l'air très sérieux. Il ferma les yeux en expliquant :

— Je le fais juste pour l'embêter.

Jake était complètement perplexe.

— Tu te fais payer à accompagner des femmes pour embêter une princesse ?

Et sans sexe ? Quel était l'intérêt ?

Josh ouvrit les yeux.

— Ce n'est pas une princesse. Réfléchis. Pourquoi une princesse traînerait-elle dans un bar en banlieue pour me parler ?

— À toi de me le dire.

— Je l'appelle juste comme ça parce qu'elle est comme une princesse, dit-il en levant le nez. Au-dessus de la populace.

— Parce qu'elle est belle ? devina Jake.

Josh jeta son bras par-dessus ses yeux.

— Ce sont ses robes luxueuses et son attitude.

Jake n'avait pas remarqué un comportement particulier. Elle lui avait semblé sympa. Bref. Si Josh voulait l'embêter et qu'elle partait au quart de tour, c'était peut-être leur façon de passer du bon temps. Il ne se souvenait pas que son frère ait déjà agi si bizarrement avant. En général, il était terriblement charmant avec les femmes, et puis une fois qu'elles avaient fait la chose, il perdait tout intérêt pour elles. Il se demanda depuis combien de temps ils jouaient à ce petit jeu.

— Tu veux un peu de ce whisky ? demanda Jake.

Josh baissa le bras.

— Tu as besoin de poser la question ?

Il se dirigea vers la cuisine, où il avait laissé la bouteille, et il versa un verre à chacun. Il retourna au canapé sur lequel Josh était à présent assis en souriant et en regardant son téléphone.

— Quoi ? demanda Jake.

Josh rangea son téléphone dans sa poche.

— Elle vient de m'envoyer un message pour me dire qu'elle aimerait ne pas payer en espèces, mais me donner des brownies à la place.

— Tu vas supporter un rendez-vous à l'aveuglette pour des brownies ?

— Ils sont vraiment bons. Ils sont moelleux et parfaitement – il embrassa le bout de ses doigts – succulents. Je n'en ai mangé qu'une seule fois et j'essaie de trouver l'ingrédient secret.

Jake le regarda avec de grands yeux.

Josh tendit la main vers le verre.

— On boit ?

Jake le lui donna. Ils trinquèrent avant de tout boire en une seule longue gorgée, parfaitement à l'unisson. Encore un de ces trucs de jumeaux.

— Combien te paie-t-elle normalement ? demanda Jake en versant plus de whisky dans le verre de Josh, puis dans le sien.

Josh leva le verre en le remerciant silencieusement, puis il le but d'un coup.

— Je la rembourserai un jour.

Jake secoua la tête en entendant cette réponse évasive.

— Cela fait combien de temps que tu le fais ?

Josh haussa une épaule.

— Trois mois.

Jake but lentement son whisky. Il valait mieux savourer un whisky à dix mille dollars.

— Comment avez-vous pu inventer cette arnaque ?

Josh leva la main.

— Elle est ambitieuse. Elle veut monter son affaire d'organisatrice de mariages et elle a besoin d'un compagnon régulier pour les mariages. Nous nous sommes rencontrés dans un cours de cuisine et elle m'a demandé de sortir de façon purement professionnelle. Ce sont ses mots. Elle s'est dit que j'étais plus fiable que les types dans la vingtaine auxquels elle est habituée.

Ses lèvres tressaillirent au mot 'types' et Jake cacha un sourire en buvant une autre petite gorgée de whisky.

— En échange d'argent. Ou de brownies.

Jake songea à cet étrange arrangement.

— Attends, comment es-tu passé du fait de l'accompagner aux mariages à celui de sortir à l'aveuglette avec d'autres femmes ?

— Ouais, eh bien…

Il se versa un peu plus de whisky.

— Pas si vite, dit Jake. C'est du bon.

Josh but.

— Oui, il est bon.

— Alors ? C'est quoi cette histoire de rendez-vous arrangé ?

Josh fit tourner son whisky avant de boire la moitié de son verre d'une traite. Il toussa.

— Elle, euh, elle veut que je serve de sorte d'échauffement aux femmes avant qu'elles retournent dans le monde cruel des rendez-vous. La première étape dans sa planification de mariage. Elle a un plan d'affaire et tout.

Il sourit en y pensant.

— Bref, en général les femmes ont été blessées avant et elles ont besoin d'un type comme moi.

— Un type du genre compagnon payé ?

Jake n'arrivait pas à comprendre ce que faisait son frère jumeau et pourquoi.

Josh fronça les sourcils.

— Un type qui leur montre que tous les hommes ne sont pas pourris. Je les traite en gentleman et je leur dis tout de suite que je ne cherche rien de sérieux, juste une bonne soirée.

Il haussa les épaules avant de continuer.

— Ça se passe bien. Sans aucune rancune.

Leur père leur avait enfoncé dans le crâne qu'il fallait toujours agir comme des gentlemen. Il l'entendait encore. 'Vous devez bien traiter les dames. Cela implique de bonnes manières : tenir les portes, parler de façon respectueuse.' La mère de son père avait été maltraitée et le beau-père de son père avait fait une énorme différence avec des manières beaucoup plus respectueuses et galantes. Malheureusement, cette histoire de gentleman n'avait pas fonctionné pour leur père. Sa femme reine de beauté, leur mère, n'était pas restée alors qu'elle était traitée comme une reine. Elle avait quitté son mari et ses enfants sans un seul regard en arrière. Mad, la plus jeune, n'avait qu'un an.

Jake observa son jumeau, n'étant toujours pas certain

de ce que Josh retirait de cet arrangement. De l'argent ? Des brownies ? Cela semblait beaucoup d'efforts pour une maigre récompense.

— Je ne comprends pas.

— C'est une transaction, dit Josh comme si Jake était débile. C'est elle qui revient toujours m'en demander plus.

— Elle te plaît !

Josh se leva, finit son verre et le posa sur la table basse.

— Je suis crevé.

Il s'étira et fit semblant de bâiller.

Jake lui donna un coup dans le ventre. Josh retourna le coup, renversant la bouteille de whisky, mais Jake parvint à l'attraper sans perdre une goutte de liquide.

— Bien, dit Jake. Va te coucher, lavette.

Josh rit.

— Bonne nuit.

Il se dirigea vers sa chambre de son pas nonchalant habituel.

— Pourquoi ne lui demandes-tu pas de sortir avec toi ? appela Jake.

Josh s'arrêta et il parla sans se retourner.

— Elle a de plus grandes ambitions qu'un simple barman.

— Comment le sais-tu ?

Josh se tourna, les paupières tombantes et l'air fatigué.

— Tu as vu comment elle s'est soudainement intéressée à toi quand elle a su que tu avais de l'argent.

Jake secoua lentement la tête.

— Non. Elle ne m'a pas demandé de sortir avec elle. Elle a juste dit que nous devrions parler.

— Elle t'a acheté à boire.

— Pas vraiment. Elle est partie sans payer.

Josh serra cela mâchoire.

— Crois-moi, elle aime l'argent.

Jake posa la tête en arrière sur le canapé.

— Je suis tellement fatigué que les femmes ne

cherchent qu'une seule chose.

— Ça doit être dur.

— Tu sais ce que je veux dire.

Un sourire apparut lentement sur le visage de Josh.

Les cheveux dans sa nuque se dressèrent. Son corps se sentit soudain rechargé et alerte.

— Mon vieux, ça fait des lustres que nous n'avons pas fait d'échange.

Les yeux de Josh se mirent à briller.

— Tu sors avec la gentille fille du club de lecture, moi je sors avec Hailey en prétendant être toi et je lui montrerai qu'en réalité elle aime s'encanailler avec moi.

Jake fronça les sourcils. Si Hailey plaisait vraiment à Josh, ça ne semblait pas très sympa de lui faire cela. D'un autre côté, peut-être que si Josh sortait avec Hailey pour de vrai, cela mettrait fin à leur étrange danse brownie/argent.

— Je lui dirai à la fin qui je suis vraiment, ajouta Josh en répondant à l'objection silencieuse. Je veux juste ouvrir ses yeux ambitieux, tu vois.

Et les tiens.

— Elle va être furax.

— Je m'occuperai de Hailey. Et la fille avec toi s'en moquera. Tu es seulement son échauffement. Peux-tu rester jusqu'à mardi ?

Josh sembla soudain plus éveillé.

— Nous sortirons lundi au même moment afin qu'elles ne puissent pas en parler entre elles.

Jake considéra son rôle dans tout ceci. Il n'était jamais sorti avec quelqu'un à l'aveuglette.

— Allez. Tu sais que tu vas adorer.

C'était vrai. C'était libérateur d'être quelqu'un d'autre. Et il avait toujours été facile de remplacer son jumeau. Ils se connaissaient aussi bien l'un l'autre qu'eux-mêmes. Et ce serait peut-être cool de voir comment vivait son autre moitié. Ce que serait sa vie s'il était resté dans l'est et qu'il s'était enraciné dans sa ville natale comme Josh. Un style de vie décontracté et sans stress paraissait fantastique. Une gentille fille d'une petite ville également, comme de celles avec lesquelles il avait grandi.

— Je suis partant, dit Jake.

Ils se sourirent.

— Super, dirent-ils en chœur.

— Qui aura les brownies ? demanda Jake.

— Moi.

— Hé, protesta Jake. Pourquoi dois-je sortir avec la fille, sans être payé et sans brownies ?

— Histoire du monde.

— Allez. C'était au lycée.

Josh avait pris la place de Jake pour un examen de terminale parce que Jake avait veillé toute la nuit à jouer au poker dans la cave d'un ami. Heureusement, ils n'étaient pas dans la même classe, alors l'échange avait fonctionné.

— Tu as eu ton examen, n'est-ce pas ?

— Et qu'en est-il de Sherri Wexton ? Je suis sorti avec elle pendant que tu étais occupé avec Tanya machin.

Josh sourit à ce souvenir, puis il contra par :

— Missy Pardo.

— Pff.

Ils pouvaient faire ça toute la nuit avec tous les échanges qu'ils avaient eu pour habitude de faire, en général afin que des filles restent intéressées et pour n'en fâcher aucune. Pas une seule fille n'avait jamais remarqué avec quel jumeau elle sortait. La plupart des gens ne savaient pas les différencier. Sauf la famille et les rares personnes qui apprenaient vraiment à les connaître.

— Très bien, dit Jake en posant sa main sur le cœur. Je le ferai de bonté de cœur. Seulement parce que tu es tellement troublé par Hailey.

— Je ne suis pas troublé.

Jake leva les sourcils.

— La ferme, dit Josh en partant se coucher.

CHAPITRE TROIS

Jake attendit dans le parking en gravier près de la rivière Saugatuck à Greenport que son rendez-vous roux mystérieux arrive. Il portait le short de surf noir de Josh, un T-shirt blanc et des sandales en caoutchouc très usées. Josh portait le costume italien habituel de Jake. Il avait laissé quelques costards à la maison de son père au cas où il y ait des occasions de célébrer quelque chose. Il avait donné une liasse de billets à son jumeau pour qu'il emmène Hailey dans un restaurant en ville parmi les meilleurs au guide Michelin et il avait fait réserver une salle privée dans un bar près de là s'ils souhaitaient prolonger la soirée. Il pensait que Josh en aurait envie. Bien sûr, cela dépendait de la réaction de Hailey quand Josh allait faire la grande révélation sur l'échange à la fin du dîner. Il aurait aimé être là pour le voir. Dans le cas de Jake, sa véritable identité n'avait pas d'importance. Il n'allait voir la femme qu'une seule fois.

Il n'y avait personne d'autre, en dehors d'un vieil homme assis dans la cabane de location de bateaux près de là. Au moins, c'était une de ces journées de l'été indien et il faisait vingt-sept degrés. Parfait. Jake se dit qu'ils pourraient faire du paddle avant la randonnée et le pique-nique. Les chemins commençaient de l'autre côté de la route. Il adorait le paddle. La rivière était agréable et calme, même un débutant pouvait s'en sortir. Il aperçut une femme qui s'approchait, la tête baissée timidement, visage caché dans l'ombre d'une casquette beige bien descendue et de grandes lunettes de soleil rondes. Elle avait des cheveux roux lisses qui s'arrêtaient juste au-delà de sa mâchoire. C'était elle.

Il avança vers elle, mais il se souvint vite qu'il était Josh et il ralentit pour marcher d'une allure décontractée. Mis à part la casquette, elle était entièrement vêtue de noir : un débardeur noir, un short noir, des claquettes noires. Il fut surpris par une vague brûlante de désir. Son débardeur était pudique, mais ses seins étaient lourds, sa taille fine, ses hanches arrondies jusqu'à ses jambes fines et musclées. Son regard fit le voyage de retour jusqu'à son visage qu'il ne pouvait toujours pas bien voir. Rien chez elle n'exigeait qu'on la regarde, pourtant il ne pouvait regarder ailleurs. La timidité modeste lui parut attirante. Cette femme était aussi éloignée des femmes superficielles et glamours avec lesquelles il était sorti que possible.

Il s'arrêta devant elle, prenant soin de garder une distance respectueuse comme le gentleman qu'il n'avait jamais été. Elle était petite, sa tête arrivant au niveau du torse de Jake. Il sourit.

— Bonjour, je suis Josh.

Elle ne répondit pas au début. Il chercha à regarder sous la casquette, souhaitant voir son visage, majoritairement couvert par le bord du couvre-chef et les grosses lunettes de soleil. Sa peau était très fine et sans défauts, ses lèvres charnues et délicieuses. Pas une once de maquillage. Une beauté naturelle.

Il tendit la main.

— Tu dois être Jenny.

Au lieu de lui serrer la main, elle enleva lentement ses lunettes de soleil, ses yeux vert éclatant plongeant directement dans les siens. Il fut comme foudroyé. Leurs regards se verrouillèrent et quelque chose en elle lui parla au plus profond de son être, jusque dans ses os. Comme s'il était destiné à la rencontrer. Comme si une part de lui la connaissait déjà. Le sang se mit à couler à toute vitesse dans ses veines. Comme le destin.

Bon sang, il ne croyait même pas au destin, mais il ne connaissait pas d'autres façons d'expliquer la justesse de cette connexion.

Il secoua la tête.

— Pardon de fixer tes yeux. Ils sont d'un vert si vif.

Elle rit, un bruit voilé et grave qui l'attrapa par les couilles.

— Moi aussi, il fallait que je t'examine. Tu as l'approbation du club de lecture, dit-elle avec un sourire blanc éclatant. Je devais m'assurer que c'était une bonne chose.

Sa voix grave et sexy lui fit immédiatement penser à des choses qu'il ne devait pas penser. Il était censé sortir avec une gentille fille en tant que barman gentleman charmant. Monter son entreprise à partir de rien lui avait appris que cela valait la peine d'être un fonceur agressif. Le débordement naturel dans sa vie personnelle ne lui avait pas causé de tort. En général, il obtenait ce qu'il voulait parce qu'il cherchait à l'avoir. Il se dit de se calmer. Aujourd'hui, il était Josh et Jenny ne pouvait pas changer sa voix. Peut-être fumait-elle. Mais elle ne sentait pas la cigarette. Elle avait une odeur douce, comme la vanille et le sucre. Sans doute une espèce de gel douche. En tout cas, cela fonctionnait. Il aurait pu la respirer toute la journée. Et la nuit.

Il offrit son bras en le pliant au niveau du code, comme un vrai gentleman.

— Prête à y aller ?

Elle remit ses lunettes de soleil.

— Une minute.

Elle sortit son téléphone de la poche de son short et elle envoya un texto rapide.

Il avait laissé son téléphone et son portefeuille dans la voiture, ne souhaitant pas les mouiller. En outre, il voulait être déconnecté pour la journée.

— C'est bon.

Elle rangea son téléphone et elle prit son bras, sa main restant posée doucement sur son avant-bras, le réchauffant à cet endroit. Ses ongles ne portaient pas de vernis. Il ne savait pas pourquoi cela lui plaisait tant, il savait simplement que c'était le cas. Elle semblait réelle.

Il se tourna vers elle.

— Il faudrait peut-être ranger ton téléphone dans ta voiture.

— Ça va. On m'a déposée ici.

— Je peux le mettre dans ma voiture. Il ne faudrait pas qu'il se mouille.

Elle se raidit.

— Qu'il se mouille ?

— Je pensais que nous pourrions faire du paddle avant notre pique-nique, dit-il en indiquant la rivière. Elle est calme et agréable. En as-tu déjà fait ?

Elle lâcha son bras et elle descendit sa casquette encore plus bas.

— Non.

Il regarda sous la visière.

— C'est une location d'une heure. Un trajet de cinq kilomètres et demi sous le pont et jusqu'à quelques petites îles. Apparemment il y a une vue fantastique de Long Island Sound.

Elle se regarda.

— Je ne porte pas de maillot de bain.

— Je ferai en sorte que tu ne sois pas mouillée. Je t'aiderai à monter et à descendre de la planche. C'est vraiment stable.

Il lui donnant un petit coup de coude.

— Allez. Ça va être amusant.

Elle se balança d'une jambe sur l'autre. Il sentit qu'elle avait envie d'essayer, alors il lui fit une offre qu'elle ne pouvait pas refuser.

— Si tu reçois ne serait-ce qu'une goutte d'eau sur toi,

je te laisserai m'appeler 'sexy' pendant le reste de la journée.

Elle rit.

— Ah bon ? Quel honneur !

— Oui, hein ? Fais-moi confiance. Je te guiderai bien.

— Je ne te connais même pas. Comment puis-je te faire confiance ?

Ce n'était pas un non. Et elle souriait. Il leva les paumes vers elle.

— Je suis approuvé par le club de lecture. Combien de types peuvent le dire ?

— Tu es le seul dont j'ai entendu parler.

— C'est bien ce que je disais.

Il indiqua son téléphone.

— Je vais le mettre dans ma voiture pour toi.

Elle le regarda longuement. Il agita les doigts. Elle retint un sourire, éteint son téléphone et le lui tendit.

— Je reviens.

Il trottina jusqu'à sa voiture de location et il rangea son téléphone avec le sien. Puis il revint à ses côtés et il lui offrit son bras.

— Quel gentleman, dit-elle d'une voix espiègle, mais il vit que cela lui plaisait.

Elle posa doucement sa main sur son bras.

Ils marchèrent jusqu'à la cabane sur laquelle était écrit Location de Bateaux. Un homme aux cheveux blancs clairsemés y était assis. Il regardait un match de boxe sur une petite télévision.

— Deux paddles, s'il vous plaît, dit Jake.

Elle lâcha son bras et elle alla marcher près de l'eau. Il sortit de la monnaie de sa poche et il paya le type qui parvint tout juste à décrocher son regard de la télévision quand il lui tendit deux gilets de sauvetage et qu'il indiqua le lieu de mise à l'eau.

Jake appela Jenny et il lui fit signe de le suivre. Elle marchait d'un pas confiant, bien dans sa peau et extrêmement sensuelle, gracieuse, avec un joli rebond des seins. Il dut se rappeler qu'il était un gentleman pour la journée et il se concentra sur ses orteils sans vernis. Même ceux-là semblaient assez bons pour les sucer. Pfiou. Il se sentait pervers. Il n'était pas fétichiste des orteils et après les relations cauchemardesques qu'il avait eues au cours des deux dernières années avec des croqueuses de diamants, il était beaucoup plus lent à apprécier quelqu'un de nouveau. Mais Jenny était différente. Il était passé par l'appréciation pour aller tout droit au désir brûlant rien qu'en se tenant à côté d'elle. Si jamais leurs peaux se touchaient…

Un gentleman ne ferait jamais cela. Josh ne le ferait pas.

Jake, oui.

Bon sang, ce rendez-vous échangé venait de devenir beaucoup plus compliqué.

Ses orteils sexy arrivèrent jusqu'à lui et il leva la tête pour la regarder dans les yeux. Il ne vit que son reflet dans ses grandes lunettes de soleil. Il aurait aimé revoir ses yeux verts. Ils étaient incroyables.

— Je suppose que celui-là est le mien ? demanda-t-elle de sa voix sexy de téléphone rose.

Elle prit le gilet de sauvetage le plus petit pendant qu'il était toujours perdu au pays du désir.

— Bien sûr, je n'en aurai pas besoin, puisque tu as promis que je ne me mouillerai pas.

— Effectivement. C'est juste une obligation légale de sécurité.

Il enfila son gilet.

— As-tu déjà eu un rendez-vous arrangé ?

— Non, répondit-elle avec un petit sourire.

Il se dirigea vers les planches.

— Qu'est-ce qui t'a convaincu de venir ?

— Oh, tu sais, dit-elle en agitant la main. La même histoire que d'habitude. Blessée par l'amour, revenant lentement dans le monde des célibataires cherchant partenaire. Et tu connais Hailey.

Il se dépêcha de chercher une réponse appropriée, car il

ne connaissait pas Hailey.

— C'est vraiment un cas, dit-il comme l'aurait fait Josh. Mais elle a de bonnes intentions.

Un moment passa durant lequel il craignit de s'être planté parce que Jenny le fixait, mais elle dit alors :

— Exactement. Et puis tu es le frère de Mad, alors tu dois être pas mal. Elle me fait mourir de rire.

Il sursauta en entendant le nom de sa sœur et il reprit vite ses esprits en attrapant une paire de pagaies. Elle connaissait Mad ? Sa sœur n'avait pas d'amies. Elle avait toujours été un garçon manqué.

— Mad Campbell ? demanda-t-il pour s'en assurer.

Elle l'observa.

— Tu es bien Josh Campbell ?

— Oui, oui. Mad est dans ton club de lecture ?

— Elle ne te la pas dit ?

Il secoua la tête.

Elle rit et ce son guttural lui donna envie de faire des cochonneries.

— Elle est sûrement gênée d'admettre devant son frère qu'elle fait partie d'un club de lecture de romances.

— De la romance ? demanda-t-il, incrédule. Mad Campbell ?

Elle sourit.

— Je sens que tu vas le lui faire payer.

Il lui tendit une pagaie.

— Carrément.

— C'est mon tour, dit-elle. Pourquoi as-tu accepté ce rendez-vous arrangé ? J'ai entendu dire que tu le faisais régulièrement.

Il haussa les épaules.

— C'est l'occasion de sortir avec une gentille fille. De la traiter comme il faut et de lui montrer que tous les hommes ne sont pas des pourris.

Il se dit que cela paraissait très galant et c'était l'explication de Josh. Bien que les véritables raisons de Josh sentaient la raison cachée à plein nez.

Elle inclina la tête.

— Sérieusement ? C'est tout ce que tu as ?

Il chercha désespérément une réponse qui ressemble encore davantage à Josh.

— Je traite les femmes de la façon dont j'aimerais que ma sœur soit traitée. C'est mon truc.

Ceci était vrai. Josh était étrange de cette façon. Il avait suivi une philosophie de type *donne au monde ce que tu veux y voir* quand il était sorti de l'armée. Évidemment, il n'y avait aucune corrélation entre la façon dont il traitait les femmes et la manière dont Pierre, Paul ou Jacques traitaient leur sœur. Jake traitait bien les femmes, mais il ne pensait pas du tout au point de vue de sa petite sœur. En outre, Mad savait se défendre. Elle était ceinture noire et douée avec les armes. Franchement, elle effrayait la plupart des hommes.

— C'est sympa, dit doucement Jenny. Un grand frère protecteur. Je comprends. Moi aussi, j'ai un grand frère.

— Il est gentil avec toi ?

— Oui. C'est un bon grand frère.

— Ce sont les meilleurs. Je suis le plus âgé et je suis certain que mes frères et ma sœur seraient d'accord pour dire que je suis fabuleux.

Il sourit et elle se mit à rire. Il avait battu son frère de deux minutes à la naissance. Il enleva ses sandales.

— Le type a dit que nous pouvions laisser nos chaussures ici. Personne ne les prendra.

Elle ôta ses claquettes et il cacha leurs chaussures derrière le support des planches. Il prit une planche bleu vif.

— Heureusement pour toi, je suis un expert dans ce domaine.

— Quelle chance, dit-elle en gloussant.

Il aurait pu écouter cette voix sexy toute la journée. Mais ce n'était pas seulement dû à son côté naturellement sensuel. Il se sentait terriblement à l'aise avec elle, comme s'il la connaissait déjà. Elle avait quelque chose de vaguement familier, alors qu'ils ne s'étaient jamais rencontrés. Il ne savait pas ce que c'était, il savait simplement qu'il voulait profiter au maximum de sa présence durant l'unique rendez-vous qui lui avait été confié.

Il négocierait peut-être pour avoir plus d'un rendez-vous. Tout était négociable.

Il la regarda attraper une planche jaune plus petite. Il était prêt à intervenir pour l'aider avec le poids de la planche, mais elle la manipula facilement. Elle était étonnamment forte pour sa taille. Elle semblait faire à peu près la taille de Mad, peut-être un mètre soixante par rapport à son mètre quatre-vingt-deux.

— Prochaine étape, dit-il en se dirigeant vers l'eau.

Il entra jusqu'aux mollets et il retint une grimace à cause de la fraîcheur de l'eau. Il posa la planche.

— Commence par poser la planche sur l'eau. Ensuite, monte à genoux dessus. Attache la courroie à la cheville une fois que tu es sur la planche, afin qu'elle ne puisse pas s'échapper. Ensuite, éloigne-toi du bord en poussant à la pagaie de chaque côté de la planche. Quand tu es prête, lève-toi lentement, les pieds écartés à la largeur des épaules, au centre de la planche. Tes pieds doivent être parallèles. Ne me fais pas un truc de surfeuse.

Il imita un surfeur, un pied devant l'autre. Il se rendit soudain compte qu'elle ne pouvait pas avoir ses pieds sous l'eau.

— Cela aurait sans doute mieux fonctionné sur la rive. J'ai un pied devant l'autre.

Elle rit.

— J'avais compris. Mais, sexy, tu vas devoir m'aider à monter sur cette planche, sinon on ne fera rien.

— Sexy, ça me plaît. Il faudra que nous trouvions un nouveau nom que tu pourras me donner si tu te mouilles.

— Je pense pouvoir trouver quelques mots plus imagés

pour ce scénario.

— Ça ne m'étonne pas.

Il revint vers elle et il posa sa planche sur la rive. Il prit la sienne et il la posa sur l'eau.

— À genoux.

Elle laissa tomber sa mâchoire de façon comique.

Il rit.

— Je viens de me rendre compte de ce que j'ai dit. Je voulais simplement dire… que c'est plus facile de garder l'équilibre si tu commences à genoux. Prends aussi ta pagaie.

Elle ricana et elle posa le pied dans la rivière avec sa pagaie.

— Ah, elle est gelée !

— Allez viens. Ce n'est pas si terrible.

— Si, c'est terrible !

Elle fit une petite danse et elle se tourna pour retourner sur la berge.

Il l'attrapa par le coude et il la tira à côté de sa planche.

— J'attacherai ta cheville à la planche dès que tu seras montée.

Elle regarda la planche.

— Regarde. Je la tiens.

Il avait les deux mains posées sur la planche pour la maintenir stable.

Elle pointa un doigt près de son visage pour l'avertir et cela le fit sourire. Puis elle fit un sourire bref avant de monter à genoux sur la planche. Il attacha rapidement sa cheville.

— Tu sais nager, n'est-ce pas ? lui demanda-t-il d'un air sérieux.

Elle lui jeta un regard noir : il put le sentir à travers ses lunettes de soleil.

— Je t'étranglerai de mes propres mains si je tombe dans cette rivière.

Il gloussa.

— Sanguinaire. D'accord, maintenant lève-toi et trouve ton équilibre. Je vais la tenir en place pendant que tu te pousses avec la pagaie.

— Comme les petites roues du vélo.

Elle se leva lentement, les pieds écartés comme il le lui avait expliqué. Au bout d'un moment, elle annonça :

— D'accord, je vais pagayer.

Il tint doucement la planche quand elle se repoussa d'un mouvement élégant, puis il la lâcha. Elle avait un bon équilibre.

— Waouh ! J'ai réussi ! s'exclama-t-elle.

— C'est plutôt moi qui ai réussi.

— La ferme, sexy. Dépêche-toi de me rattraper. Je ne sais pas comment arrêter cette chose.

Il monta sur sa planche et il se repoussa, la rejoignant rapidement.

Elle lui fit un grand sourire, ses dents étincelant au soleil.

— C'est génial ! Je ne sais pas du tout comment tourner, mais la ligne droite semble fonctionner.

— Plie un peu tes genoux. Quand tu veux tourner, place la pagaie du côté opposé du tour et fais pivoter le buste dans la direction que tu veux prendre.

— Je vais te regarder.

— Écarte un peu plus les mains. Une sur la poignée, l'autre sur le manche.

Elle ajusta ses mains.

— Tu es naturellement douée, dit-il, impressionné.

La première fois qu'il avait fait du stand up paddle il était tombé trois fois avant de trouver son équilibre. Bien sûr, il l'avait aidée à monter sur la planche alors que pour lui, son ami Steve n'avait servi qu'à se moquer.

— Ça doit être tout le Pilates que je fais, dit-elle.

Toutes les femmes qu'il rencontrait en Californie étaient fanatiques de Pilates et de yoga.

— Tu aimes tous ces trucs de Pilates et de yoga ?

— Il y a juste une petite routine que je fais à la maison.

Bien sûr, elle ne pouvait sans doute pas se permettre un abonnement dans une salle de sport de luxe. À vrai dire, il ne savait même pas ce qu'elle faisait comme métier, simplement qu'elle venait d'une petite ville.

— Qu'est-ce que tu fais dans la vie ?

— Tu parles de mon travail ?

— Oui.

— Je suis coach sportive, dit-elle en passant devant lui d'un coup de pagaie puissant.

Cela expliquait son aise sur le paddle.

Il la regarda faire pendant un moment.

— Fais attention à pagayer avec le dos et pas avec les bras, dit-il. Plonge profondément la pagaie dans l'eau et donne un long coup de rame.

— Compris.

Il la rejoignit. Ils pagayèrent pendant quelques minutes, le silence n'étant rompu que par le bruit des pagaies plongeant dans l'eau. Le soleil brillait, les oiseaux chantaient et de temps en temps on entendait le bourdonnement distant d'une voiture sur la route près des quais. Il inspira profondément et il se détendit.

Il se tourna, la regarda dans les yeux et ils se sourirent.

— Ça me manquait d'être dans la nature, dit-elle.

— Moi aussi.

— Je pensais que tu faisais ça tout le temps, Monsieur l'expert en paddle.

— Cela fait un moment.

Et pas seulement pour le paddle. Il était devenu blasé par les femmes, mais elle était comme une brise d'air frais. Elle lui plaisait vraiment.

Ils pagayèrent en silence, profitant de la compagnie agréable. Le vacarme distant du travail et sa liste permanente de choses à faire s'estompèrent. Pas étonnant que Josh soit heureux. C'était ça, la vraie vie. Des rendez-vous décontractés avec de gentilles filles simples, pas de stress, pas de date limite, juste la vie comme il l'entendait. Bon sang, il pouvait facilement s'y habituer.

Mais ce n'était pas sa vie. Et il n'était pas certain qu'un seul rendez-vous avec Jenny suffise. Il pagaya et il se força à se concentrer sur le paysage magnifique, mais la pensée resta coincée dans son cerveau : comment faire pour revoir Jenny ? Il décida rapidement que si les choses se passaient aussi bien qu'il l'espérait aujourd'hui, il rentrerait tous les week-ends en prenant le jet. Elle n'avait pas besoin de savoir qu'il n'habitait pas ici.

Non. Ce n'était pas le genre de Josh. Un seul rendez-vous, c'était un seul rendez-vous. Juste pour s'amuser.

Il jeta un coup d'œil à son corps sexy, s'attardant sur la courbe de son épaule douce. Comment faisait Josh quand il rencontrait quelqu'un qui lui plaisait ? N'avait-il jamais rencontré quelqu'un qui lui plaisait lors de ces rendez-vous arrangés ? Sa planche oscilla soudain quand sa pagaie fut prise dans des plantes. Merde. Il ne faisait pas attention. Il arracha son regard à son épaule. Cela aurait pu être terrible. Trempé dans la rivière à cause d'une jolie épaule.

— Ça va toujours, sexy ? demanda-t-elle d'une voix espiègle.

— Très bien, merci.

Elle rit.

Il eut soudain l'étrange envie de dire *tu me plais vraiment, je veux te revoir, je veux entendre cette voix grave et sexy toute la nuit*, mais il ne le pouvait pas. Parce qu'il était Josh. Il voulut soudain révéler qui il était vraiment. Mais Josh n'avait pas encore eu son rendez-vous qui commençait ce soir. Et si Jenny était furieuse et qu'elle prévenait Hailey – et il était sûr qu'elle le ferait, les femmes se soutenant les unes les autres – ils se feraient tous les deux larguer. Alors, il dit la seule chose qu'il pouvait dire.

— On fait la course jusqu'au pont.

Il engagea le dos, avançant par des coups de pagaie puissants, et elle fit de même. La course était lancée.

Chapitre Quatre

Claire passait un moment fabuleux à pagayer sur la rivière. Au départ, Jenny était un rôle, mais à mesure qu'elle se détendit avec Josh, qui était extrêmement gentil et attentionné, elle devint de plus en plus elle-même. Et bon sang, il était canon. Cet homme n'avait pas du tout besoin de rendez-vous arrangés. Elle avait rencontré beaucoup d'hommes sublimes et bien que Josh ne soit pas la perfection taillée au burin, il était extrêmement attirant. Son épaisse chevelure brune bouclait un peu dans sa nuque, lui donnant envie de passer les doigts dedans. Si on ajoutait à cela une mâchoire carrée couverte d'une barbe de trois jours sexy et une carrure musclée d'athlète, tout ce qu'elle avait envie de faire, c'était de se frotter éhontément contre lui. Et elle n'était pas du genre à se précipiter dans quoi que ce soit de physique. Surtout pas depuis ses expériences passées d'hommes qui voulaient ensuite tout raconter aux journaux. Pourtant, c'était beaucoup plus que son apparence. Il y avait quelque chose qui l'attirait comme un aimant. De la confiance en lui ? L'éclat d'humour au fond de ses yeux marron ? Des phéromones ? Il avait eu une odeur merveilleuse quand elle s'était approchée de lui sur la rive, une senteur d'épices chaudes et boisées et viriles. L'attraction était réelle, même si Jenny ne l'était pas, et elle était comme une chose qui vivait et respirait entre eux.

Il ne l'avait pas reconnue, ce qui était franchement un peu étonnant. Malgré sa perruque rousse et ses lentilles de contact vertes, elle avait pensé qu'il l'aurait remise. Elle avait prévu de lui faire jurer de garder le secret sinon elle lui envoyait Mad, mais… rien. Il était peut-être une de ces rares personnes qui ne la voyaient pas dans les films. Ses plus gros succès étaient des comédies romantiques. Peut-être était-il plutôt du genre à regarder des films de poursuites en voiture. Mais ne l'avait-il jamais vue sur les couvertures de magazines, sur Internet ou dans les tabloïds de supermarché ? Comment pouvait-il ne pas la reconnaître ? C'était un peu déconcertant. Elle reconnaîtrait certainement un visage célèbre malgré une couleur de cheveux différente. Était-elle si peu glamour sans maquillage ? Elle faillit lui demander si elle lui semblait familière, mais cela n'aurait été que pour rassurer son ego. Elle continua à pagayer, jetant discrètement des regards sur ses bras musclés qui fléchissaient pendant qu'il pagayait. Avec les énormes lunettes qu'elle portait, il ne savait pas qu'elle le reluquait.

Il devait avoir une raison cachée pour faire ces rendez-vous arrangés, car il était impossible qu'il ne rencontre pas plein de femmes volontaires au bar où il travaillait. Il acceptait sans doute ses rendez-vous pour énerver Hailey, mais à ce moment-là, Claire s'en moqua. C'était parfait pour elle. Juste un rendez-vous. Une merveilleuse journée pour oublier tous les privilèges de sa vie et simplement se détendre.

Ils retournaient à présent vers la rive. Elle avait vite compris comment faire du paddle. C'était un entraînement des muscles profonds, ce qu'elle travaillait régulièrement avec son coach personnel. Heureusement. La dernière chose dont elle avait besoin, c'était de plonger dans l'eau et de perdre sa perruque. Elle avait toutes sortes de déguisements pour les fois où elle avait besoin d'entrer ou de sortir d'un endroit sans créer un rassemblement. Elle préférait ne pas se cacher, mais parfois c'était nécessaire.

Jusque-là, ils n'avaient presque croisé personne sur la

rivière. Juste quelques autres adeptes du paddle. Elle se détendit. Personne ne s'intéressait à Jenny. Elle pouvait se déplacer librement. Elle ne s'était pas rendu compte à quel point cette joie simple lui avait manqué.

Josh atteignit la berge en premier. Il posa les pieds dans l'eau et il l'aida à descendre de sa planche comme promis. Il détacha sa cheville, puis il la souleva par la taille et il la posa sur la berge. Ses mains ne traînèrent pas, il l'aida simplement d'un geste galant. Un vrai gentleman, comme Hailey l'avait promis.

— Merci, dit-elle.

Il lui fit un sourire qui accéléra son pouls.

— Aucun souci. Je vais ramener ça, prendre nos chaussures, puis nous irons chercher le pique-nique que Hailey a préparé pour nous.

— C'est Hailey qui l'a fait ? Oh, c'est adorable. Où est-il ?

Elle avait cru que c'était simplement de la nourriture à emporter achetée dans une épicerie fine, par exemple.

— C'est dans une glacière dans ma voiture. Je vais le chercher, puis nous prendrons les chemins de randonnée. Juste de ce côté là-bas.

Il indiqua les bois de l'autre côté de la route.

Je vais m'aventurer dans la forêt avec un inconnu. Seule. Vulnérable. Libre.

— Puis-je récupérer mon téléphone ? demanda-t-elle.

Elle voulait remercier Hailey pour le pique-nique.

Il posa une des planches, sortit la clé de sa poche et visa sa BMW blanche pour la déverrouiller. Elle se dirigea vers la voiture. Il y avait quelque chose chez lui, quelque chose de foncièrement bon qui inspirait la confiance. Elle avait passé toute une vie à étudier les gens, à observer leurs maniérismes, leurs gestes, leurs expressions et comment cela soulignait ou contredisait ce qu'ils disaient. C'était en partie ce qui faisait d'elle une si bonne actrice. Josh semblait simplement authentique. Un barman, un homme bien qui prenait soin de sa petite sœur. Et approuvé par le club de lecture. On ne pouvait pas trouver mieux.

Elle attrapa son téléphone dans la boîte à gants et elle l'alluma en regardant les épaules et le dos large de Josh qui partit ranger les planches. Elle jeta un coup d'œil sur son téléphone, composa le code et vit un texto de Hailey.

Comment ça se passe ?

Super ! Merci pour le pique-nique.

As-tu aimé le gâteau ?

Il y avait du gâteau ? Elle argumenta rapidement avec elle-même à cause des calories, mais elle décida vite que le sport de la journée le permettait.

Nous n'avons pas encore mangé. Nous venons de finir de faire du paddle.

Vous avez fait du paddle ? Cool ! Il te plaît ?

Elle sourit. *Il est merveilleux.*

Youpi ! Faut que j'y aille. Une grande opportunité vient de se présenter.

Un gros mariage ?

Non. Je te raconterai plus tard. Amuse-toi bien !

Elle rangea son téléphone juste au moment où Josh se dirigeait vers elle en portant ses claquettes. Il les posa à côté de ses pieds.

— Comment te sens-tu ? demanda-t-il. Des courbatures ?

Elle enfila ses chaussures.

— Non. Je me sens très bien.

— Super.

Il sortit son portefeuille et son téléphone de la boîte à gants et il les rangea dans ses poches. Puis il appuya sur un autre bouton pour ouvrir le coffre.

Elle le suivit à l'arrière de la voiture où il sortit la glacière.

— Attrape la couverture, dit-il.

Il y avait une couverture à rayures blanches et vertes enroulée et nouée avec une sangle. Une couverture de pique-nique. Comme c'était mignon ! Elle l'attrapa en faisant passer la sangle sur son épaule, lorsqu'elle se dit soudain qu'un barman ne pouvait sans doute pas se payer une BMW. Il ferma le coffre et il verrouilla la porte à distance.

— Jolie voiture, dit-elle.

Il regarda la voiture pendant un moment, puis il se tourna vers elle avec un sourire gêné.

— Une location.

— Je pensais que tu habitais ici.

— Ma voiture est au garage.

— Alors tu as loué une voiture très coûteuse ?

Il haussa les épaules.

— Je voulais simplement voir comment vivent les riches.

Elle ressentit un malaise. Quelque chose clochait.

— Pourquoi ?

Il sourit.

— Pourquoi pas ? Allez viens.

Il la guida de l'autre côté du parking, traversa la route et s'engagea dans le bois.

Elle le suivit en se demandant si elle l'avait mal jugé. Avait elle été distraite par les phéromones ? N'était-il pas ce qu'il semblait ? Quelque chose n'allait pas. Ils s'arrêtèrent à côté d'un petit panneau en bois indiquant les chemins de randonnée facile, moyen et difficile.

— Qu'en penses-tu ? demanda Josh.

— Le facile, dit-elle en se disant qu'elle pourrait vite retrouver le chemin si elle devait s'échapper en catastrophe.

Il poussa un soupir et il s'essuya le front d'un geste de soulagement exagéré.

— J'espérais que tu choisisses celui-là. Je ne suis pas un grand randonneur et je n'aimerais pas que nous nous perdions pour notre premier rendez-vous.

Elle l'observa.

— Penses-tu qu'il y aura un deuxième rendez-vous ?

Une part d'elle voulait plus d'un rendez-vous avec Josh, même si elle savait que c'était impossible. Elle ne pouvait que jouer à avoir une vie normale. Et elle devait être certaine qu'il l'avait bien compris afin que personne ne soit blessé.

Il lui fit un sourire charmant, ses yeux marron étincelants d'humour.

— Je suppose que tu me le feras savoir après notre premier rendez-vous.

— Je pensais que tu ne cherchais rien de sérieux.

Il arrêta de sourire.

— Je commence à avoir l'impression que tu ne veux pas d'un deuxième rendez-vous.

— C'est juste que je suis vraiment occupée au travail et que je ne cherche pas une relation.

Il détourna le regard.

— Ah.

Merde. Elle n'avait pas voulu… l'avait-elle blessé ?

— Je suis désolée…

— Hé, je connais le marché.

Il la regarda à nouveau dans les yeux, toute trace d'humour ayant disparu.

— Un seul rendez-vous.

Pourquoi ressentait-elle encore une fois cette affreuse douleur de solitude ? Comme s'ils se disaient déjà au revoir. Elle se força à rester dans l'instant.

— Oui. Un rendez-vous *super*. Je passe vraiment un bon moment.

— Bien, dit-il. Moi aussi.

Elle tendit le bras et elle attrapa sa main libre. Il lui fit un sourire lent et sexy qui lui donna chaud partout, jusqu'à ses orteils.

Ils s'engagèrent ensemble sur le chemin facile. Le sentier de terre était assez large pour accueillir trois personnes côte à côte. Elle devait admettre que c'était relaxant d'être avec un gentleman. La plupart des hommes étaient agressifs avec elle, ils voulaient toujours quelque chose, soit une faveur pour leur carrière, soit une relation physique. Elle ne s'était pas sentie autant à l'aise avec un homme depuis qu'elle avait été catapultée sous le feu des projecteurs.

— Alors, dis-moi ce qui t'occupe tant au travail ? demanda-t-il.

Elle avait préparé son histoire.

— Je viens de démarrer toute seule et je travaille à me faire une clientèle. Je passe la moitié de mon temps avec des clients, l'autre moitié à faire du marketing.

Elle savait beaucoup de choses au sujet des coachs personnels grâce à son amitié avec sa propre entraîneuse, Marsha. Bien sûr, Marsha était très bien payée pour lui parler pendant qu'elle encourageait Claire à rester en forme. La plupart des gens avec lesquels elle parlait étaient ses employés.

— Ça paraît ambitieux, dit-il.

— Je peux l'être. Mais je me suis rendu compte qu'il fallait que je descende de l'éternelle roue du hamster et que je me détende.

Il sourit.

— Je suis d'accord avec toi. Il semblerait que nous nous soyons rencontrés à un moment parfait pour nous détendre tous les deux.

— Que fais-tu pendant tes loisirs ?

— Je traîne avec les copains. Je flirte avec de jolies filles.

Elle vit son sourire lubrique comique et elle secoua la tête en souriant.

— Qui sont les copains ?

— Mes frères et les frères de sang avec lesquels j'ai grandi.

— Des frères de sang, c'est-à-dire que vous avez fait ça ?

Elle lâcha sa main et elle fit semblant de se couper le doigt et d'appuyer deux doigts ensemble.

— On s'est plutôt cassé la gueule jusqu'à ce que nous

sachions qui se trouvait où dans la meute. Beaucoup de nez ont saigné.

— Comme des chiens.

— Des chiots. Nous étions des chiots.

Il reprit sa main dans la sienne.

— Mon père est flic et il nous a mis dans la ligue athlétique de la police, dont son ami était coach, parce que nous cinq, les fils Campbell, nous faisions les idiots. Nous sommes devenus un peu tarés parce que… enfin, pour de bonnes raisons. Quoi qu'il en soit, nous nous sommes vite retrouvés à fréquenter des gamins qui déconnaient à un tout autre niveau. Je veux dire, ils étaient vraiment terribles. Ils s'appelaient les Enfants Perdus, mais après beaucoup de bagarres, les Campbell les ont rejoints.

Il secoua la tête en souriant à ce souvenir.

— Notre coach, le commissaire Bailey, nous a fait changer le nom pour les Enfants Trouvés, parce que nous nous étions trouvés et que nous ne serions donc plus jamais perdus.

Son cœur se serra.

— C'est beau. Et vous êtes encore tous très proches ?

— Oui.

— Quel âge avais-tu quand vous êtes devenus amis ?

— Neuf ans.

— Et quel âge as-tu maintenant ?

— Trente-deux ans.

— C'est inhabituel d'avoir un groupe d'amis proches qui remonte à si loin. Combien êtes-vous ?

— Mes quatre frères, Mad – elle est comme un pote – et moi, et puis cinq frères de sang, alors ça fait onze. Il y avait un sixième frère de sang, ce qui faisait un bel équilibre : six Campbells et six Enfants Trouvés, mais nous en avons perdu un.

— Tu veux dire…

— Il est mort.

— Oh, je suis désolée.

— Merci, dit-il avec sérieux.

Elle resta silencieuse, ne voulant pas perturber ce moment de commémoration. Il poursuivit.

— Ce n'était pas un Campbell, mais bon sang, nous le voulions avec nous. Nick était téméraire, un vrai dur, mais aussi loyal. Il est mort peu de temps après avoir abandonné le lycée, lorsqu'il a été mêlé à quelques barons de la drogue locaux. Cela nous a tous rapprochés.

Il s'éclaircit la gorge.

— Alors, tu sais, quelques-uns parmi nous sommes restés dans les parages. Nous nous rejoignons toujours pour le basket du samedi et des barbecues réguliers. Certains d'entre eux sont coachs dans la ligue athlétique de la police pour entraîner les gamins plus jeunes.

Ce qu'il disait au sujet d'une bande de frères ne correspondait pas à ce qui émanait de lui, c'est-à-dire à une certaine tristesse et une envie.

— Ça va ? demanda-t-elle.

— Oui.

Il lui fit un sourire qui ne la trompa pas un instant, mais elle ne le connaissait pas suffisamment pour insister.

— Hailey a dit qu'il y avait du gâteau, l'informa-t-elle gaiement.

— Chouette. Je n'ai même pas regardé dans la glacière. Quelle sorte de gâteau ?

— Aucune idée.

— Oh n'importe quel gâteau est bon. Elle sait vraiment organiser un bon rendez-vous à l'aveugle.

Elle ne put pas dire le contraire. Ils s'enfoncèrent plus profondément dans la forêt. Josh lui posa des questions sur sa famille et elle n'eut pas besoin de mentir. Son passé était suffisamment humble : elle avait déménagé de base militaire en base militaire tous les trois ans dans le monde entier. Apparemment, sa famille à lui avait également un passé dans l'armée. Son père en était sorti alors que Josh était encore jeune, donc il n'avait pas autant déménagé qu'elle.

Elle et son frère plus âgé de quatre ans, Rich, avaient dû travailler dur pour se faire une place à chaque nouvel endroit. Pour son frère, c'était le sport. Pour elle, c'était le théâtre, bien qu'elle ne parla pas de cette partie. Le temps qu'elle avait passé à essayer de s'adapter quand elle était petite avait été crucial pour son métier d'actrice. Sa mère l'avait encouragée, l'inscrivant à des cours d'art dramatique chaque fois que c'était possible. Elle partagea ce qu'elle pouvait, lui parlant de son amour de la lecture.

Il sourit et il hocha la tête.

— Je me doutais que tu aimais les livres, puisque tu fais partie d'un club de lecture.

Ils atteignirent la fin du sentier peu de temps après, arrivant dans une prairie qui surplombait un ruisseau murmurant. Quelques tables de pique-nique en métal vert sombre et un barbecue très usé couvert de suie se trouvaient sur le côté. La grille du barbecue était assez dégoûtante : avec un peu de chance, ils n'auraient pas besoin de cuire quoi que ce soit. Ils avaient l'endroit pour eux tout seuls. Apparemment, le lundi était parfait pour éviter d'être vu. Il fallait qu'elle s'en souvienne.

Josh se dirigea vers la table de pique-nique la plus ombragée et il plaça la glacière dessus. Elle posa la couverture sur le banc en se disant qu'ils n'en auraient pas besoin, puisqu'ils avaient la table. Elle jeta un coup d'œil dans la glacière pendant que Josh la vidait. Hailey s'était surpassée. Deux bouteilles de vin blanc, trois sortes de fromage, du raisin, une baguette et un énorme morceau de gâteau au chocolat. Pas besoin de cuire quoi que ce soit, heureusement. Il y avait également des assiettes, des verres à vin en plastique, des serviettes, des couverts en plastique, un tire-bouchon et de l'eau en bouteille. Son amie avait fait des merveilles et Claire lui était terriblement reconnaissante. Quel geste attentionné.

Elle sortit quelques bouteilles d'eau, puis le vin.

— Au début, je n'avais pas envie de venir, mais je suis

contente de l'avoir fait.

Il sourit, plissant un peu la peau au coin des yeux. Elle aimait ces petites rides dont la présence indiquait sans doute qu'il riait beaucoup.

— Moi aussi, dit-il sincèrement.

Son cœur se mit à battre un peu plus fort. Elle inclina timidement la tête comme Jenny l'aurait fait, mais surtout parce qu'elle voulait cacher le rouge qui lui montait aux joues. Elle se sentait presque étourdie, alors qu'ils n'avaient pas ouvert le vin. Toutes ses terminaisons nerveuses étaient titillées et sur le qui-vive. Était-ce la liberté de se déplacer sans créer d'attroupement ? Où était-ce la magie d'un rendez-vous avec Josh ?

Elle but une gorgée d'eau. Ensuite elle déboucha le vin blanc frais et elle leur versa un verre à tous les deux. Elle s'assit à table pendant que Josh installait toute la nourriture et rangeait la glacière. Il s'assit en face d'elle et il leva son verre pour trinquer.

— À Hailey, dit-il.

Elle trinqua, mais elle heurta le verre de Josh avec trop de force et il se versa du vin sur la main.

— Oups !

— Ne t'inquiète pas, dit-il en riant.

Il aspira le vin sur sa main et elle souhaita soudain pouvoir le faire à sa place.

— À Hailey, dit-elle.

Ils burent.

Elle était morte de faim après l'exercice et elle attrapa un morceau de fromage, de l'havarti, dont elle mordit un morceau.

Il leva à nouveau son verre.

Elle avait la bouche pleine de fromage. Elle mâcha rapidement.

— Un autre toast ?

— Oui.

Elle prit son verre et elle le leva.

— À toi, Jenny. Exactement la gentillesse dont j'avais besoin aujourd'hui.

— Ooh, dit-elle malgré le fromage.

En général, elle ne pouvait pas se permettre d'être gentille, car les gens en profitaient. C'était agréable de jouer la gentille Jenny. Elle mâcha un peu plus et elle avala.

— Merci, tu es gentil, tout aussi. Je n'ai encore jamais reçu le traitement 'gentleman'.

— Eh bien, tu devrais.

Ils trinquèrent et ils burent encore. Ils avaient faim tous les deux et la nourriture disparut rapidement pendant qu'ils parlaient avec plaisir de leurs séries télé préférées. Ils aimaient tous les deux regarder *Lost*. Elle ne parla pas de films, ne voulant pas qu'il mette soudain un vrai nom sur son visage. Ce fut enfin le tour du morceau de gâteau protégé par une boîte en plastique qui avait parfaitement préservé le glaçage. Josh enleva le couvercle et elle fixa le gâteau en se léchant les babines. Cinq couches couvertes d'une ganache au chocolat décadente, du glaçage au chocolat entre chaque couche.

Josh la vit dévorer le gâteau des yeux.

— Tu peux le prendre.

— Oh non. Nous pouvons partager. Il y en a largement assez pour nous deux.

— Tu as l'air de vouloir l'inhaler.

Elle sourit.

— Les coachs personnels ne mangent pas beaucoup de sucre.

Les actrices non plus.

— Nous prendrons le sentier de niveau intermédiaire après ça, pour compenser.

Il piqua un morceau avec une fourchette et il le lui tendit. Elle le prit et elle ferma les yeux en savourant le chocolat fondant, le bonheur du plaisir pur.

Josh jura doucement. Elle ouvrit brusquement les yeux. Il avait l'air affamé. Mais ce n'était pas le gâteau qui l'intéressait.

Il tendit le bras et il enleva les lunettes de Jenny.

— Je veux voir tes yeux.

Et ce fut tout ce qu'il voulait. Il ne se pencha pas vers elle par-dessus la table. Il ne la tira pas vers lui. Un parfait gentleman, comme promis.

Elle fut soudain irritée par ce rôle de gentleman. Alors même que c'était la raison principale pour laquelle elle se sentait à l'aise avec lui.

— Vas-y, prends-en, dit-elle en poussant le gâteau vers lui.

— Je préfère te regarder en profiter.

Il repoussa l'assiette vers elle.

— Non, ça va.

— Tu veux que je te fasse manger ?

— Ne sois pas bête.

Elle remplit son verre de vin et elle but une gorgée. Il fit de même avant d'entamer le gâteau. Il lui tendit régulièrement la fourchette, qu'elle acceptait avidement en fermant à chaque fois les yeux d'extase chocolatée.

Ils devinrent plus bavards en buvant, riant de Mad et de ses bêtises incroyables quand elle était petite et de ce que Claire connaissait d'elle dans le club de lecture.

Elle se pencha en avant et elle lui parla d'un ton confidentiel.

— Elle a acheté cette mauvaise tequila avec un ver dedans et Hailey a essayé de me le faire manger !

Elle se sentait agréablement gaie avec du bon vin, de la bonne nourriture et une compagnie excellente.

Il ricana.

— Du Mezcal. C'est à la mode et ce ver était uniquement là pour l'amusement de Mad, crois-moi. Elle est barmaid, elle connaît les bonnes bouteilles.

— Bon sang, t'as raison. C'est une fille sournoise.

Elle voulut se verser plus de vin, mais elle se rendit compte que la bouteille était vide. Elle la souleva.

— Nous l'avons finie.

— Il y a une autre bouteille, dit-il en plongeant la main dans la glacière.

Il s'arrêta.

— Peut-être ne devrions-nous pas la boire, puisque nous devons rentrer en voiture après.

— Ce n'est pas un problème, dit-elle avec désinvolture. J'appellerai mon chauffeur.

— Uber, tu veux dire ?

Elle se rendit tout de suite compte de son erreur.

— Oui. Ce service est si pratique. Buvons. Tu pourras revenir demain pour ta voiture. Je veux dire, si ça ne te gêne pas de passer un peu plus de temps avec moi.

— Pas du tout, dit-il d'une voix rauque.

Elle se sentit parcourue d'éclairs de désir. Cela faisait un an qu'elle n'avait pas été avec un homme, par choix, mais à présent… Josh lui faisait vraiment envie.

Elle regarda autour d'elle dans la clairière vide et elle eut une idée brillante.

— Nous pourrions boire le vin et camper ici pour cuver !

Et dormir ensemble.

Du camping naturiste. Elle retint un gloussement.

Il écarquilla les yeux.

— Est-ce autorisé ?

Elle leva les mains au ciel.

— Nous allons le découvrir.

— Que faisons-nous pour la tente ?

— À la dure.

Elle ne voulait plus retourner à la civilisation. Elle voulait rester dans cette bulle de bonheur jusqu'à ce qu'elle éclate inévitablement. Elle attrapa la couverture sur le banc à côté d'elle et elle la leva.

— Un abri !

Elle étala la couverture dans l'herbe un peu plus loin. Elle était assez grande pour que deux personnes s'assoient dessus, mais pas assez pour y dormir, pas vraiment. Elle s'allongea et ses pieds dépassaient, l'herbe chatouillant ses chevilles. Elle s'appuya sur ses coudes.

— Amène le vin.

Il déboucha la bouteille et il la rejoignit en s'asseyant en tailleur à côté d'elle. Il remplit les deux verres. Elle suivit son regard sur l'horizon. Le soleil plongeait dans le ciel, laissant des traits orange et rose sur le ciel bleu. Elle but son vin et elle examina son profil, les traits saillants de ses pommettes, sa mâchoire carrée couverte d'une légère barbe naissante. Ses lèvres extrêmement embrassables.

Elle posa son verre dans l'herbe, suffisamment détendue et désinhibée pour faire le premier pas. Elle caressa sa mâchoire du bout des doigts, sentant les poils rugueux.

— Quelqu'un t'a déjà dit à quel point tu es beau ?

Il posa sa main sur la sienne, l'enveloppant tendrement, puis il se tourna pour la regarder dans les yeux.

— Quelqu'un t'a déjà dit à quel point tu es belle ?

— Tout le temps, répondit-elle avec franchise.

Oups !

— Moi aussi, dit-il en riant. Je ne m'en lasse jamais.

Elle prit son verre, le posa à côté du sien sur le sol et elle s'approcha de lui en s'agenouillant.

— Je pense à t'embrasser, chuchota-t-elle, ses doigts se glissant dans les cheveux doux de sa nuque.

La main chaude de Josh caressa sa joue, un sourire hantant ses lèvres.

— Je pense que c'est une bonne idée.

Elle parcourut la distance, ses lèvres frôlant les siennes, causant un sursaut de chaleur. Elle s'écarta un instant, un peu surprise par ce sursaut. Ses yeux marron profond reflétèrent la même surprise, avant de se transformer en désir sauvage. Elle se jeta sur lui, les renversant tous les deux. Le baiser fut brûlant, affamé, hors de contrôle tandis qu'ils roulèrent sur la couverture, les membres entremêlés. Elle avait les mains partout sur lui, caressant ses épaules larges, son dos dur. Leurs bassins étaient collés l'un contre l'autre, la remplissant d'un besoin douloureux et désespéré. Il passa ses bras autour d'elle, la tira sur lui et l'embrassa encore. Des baisers profonds, brûlants, humides, qui la rendirent folle de désir. Elle fut frustrée qu'il n'ait pas encore posé ses mains sur elle. Ce truc de gentleman devint soudain énervant.

Elle écarta sa bouche en se souvenant qu'il voulait un consentement clair.

— Touche-moi.

Il n'eut pas besoin d'autres encouragements. Il roula sur elle, se soulevant par les avant-bras, puis sa bouche posséda la sienne. Il glissa la bretelle de son débardeur sur le côté et il caressa son épaule. Il fit descendre l'autre bretelle et il sentit ses seins se libérer dans l'air chaud. Il posa une main sur son sein, caressant doucement le téton dur. Elle voulut toujours plus de lui, de sa bouche, de son corps dur, de sa chaleur. Elle avait besoin de plus. Beaucoup plus. Elle n'avait jamais eu un besoin pareil. Elle avait envie de se déshabiller et de coucher avec lui *tout de suite*.

Mais avant qu'elle puisse faire plus que caresser son cul, il leva la tête et il se frappa sur la nuque.

— Bien que j'adorerais continuer à t'embrasser, je me fais manger par les moustiques. Je ne crois pas que cette idée de camping fonctionne.

Il se leva et il écrasa des moustiques à plusieurs endroits de son cou, de ses bras et de ses jambes. Il l'avait protégée en la couvrant de son corps. Que cela ait été intentionnel ou pas, il lui plut encore davantage. Son assistante maquillage, Kyra, aller piquer une crise en essayant de couvrir un tas de morsures pour le film. Elle passait la moitié du film nue ou presque nue.

Elle remit son débardeur en place et elle ajusta son soutien-gorge, toujours excitée et ne souhaitant pas que le rendez-vous se termine. Il tendit la main pour l'aider à se lever.

Elle prit sa main et elle se redressa. Son regard était brûlant et affamé, traînant de ses yeux à ses lèvres à son cou et ses seins. Puis revenant à sa bouche. Ils revinrent se coller brutalement l'un à l'autre, sa bouche dure et dévorante, ses mains fermement posées sur ses hanches. Elle enfonça les doigts dans le coton doux de l'arrière de son T-shirt, sa chaleur irradiant à travers elle. Elle en voulait plus, elle voulait de la sauvagerie, elle voulait de la réalité. Jenny Coleman pouvait avoir cela.

Elle interrompit le baiser et elle le regarda dans les yeux.

— Je donne mon consentement.

Elle rougit. Elle n'avait encore jamais dit une telle chose à voix haute. C'était comme si elle affirmait son désir pour lui. Mais Hailey avait dit que c'était ce qu'il voulait : une affirmation de désir et de consentement. Et son désir était beaucoup plus fort que toute gêne concernant la conversation nécessaire.

Il serra plus fort ses hanches.

— Ton consentement ?

— Tu sais, chuchota-t-elle, les joues brûlantes.

Bon sang. Était-ce une plaisanterie de Hailey ? Arg. La bonne nouvelle, c'était que sa main était à présent sur ses fesses, l'appuyant fermement contre son érection massive. Elle ravala un gémissement.

— Pour faire quoi, exactement ? demanda-t-il.

Elle le regarda brusquement dans les yeux. Waouh. Elle ne pensait pas que ce serait si difficile. Elle voulait rester Jenny un peu plus longtemps, et surtout, elle le voulait, lui. Un besoin comme un brasier de *faut que je le fasse tout de suite*. Clairement, il la désirait également, mais il semblait vraiment vouloir tous les mots du gentleman avant de poursuivre. Elle réprima un soupir. Fallait-il vraiment qu'elle crache le morceau ? Elle gigota de gêne et de désir, maintenue contre le corps masculin dur et canon. Il relâcha légèrement sa prise, ses mains remontant depuis ses hanches jusque sur ses côtes, s'arrêtant juste au-dessous de ses seins douloureusement titillés.

Elle soupira.

Il souleva le menton de Claire, la regardant avec des yeux doux et aimables.

— Je ne veux pas qu'il y ait de malentendu.

Très bien. Il avait besoin que ce soit épelé en toutes lettres, c'était donc ce qu'elle allait faire.

— Hailey dit que tu as besoin d'une affirmation de désir et de consentement.

Il inclina la tête comme s'il l'écoutait, mais peut-être ne comprenait-il pas. Il avait semblé si malin avant, sa façon de parler si intelligente et articulée. Ne comprenait-il vraiment pas ?

Elle fut traversée de honte, faisant passer l'affirmation audacieuse de son désir par la fenêtre. Peut-être que ceci était…

Il l'attrapa autour de la taille de façon inattendue et il la souleva de façon à ce qu'ils se trouvent torse contre son torse, les yeux dans les yeux.

— Quelle est cette histoire de désir et de consentement ? demanda-t-il d'un ton très sérieux.

— Pour le sexe, chuchota-t-elle.

Il sourit.

— Tu ne peux pas être plus claire que cela.

Il posa un baiser sur ses lèvres.

— Ce sont les mots magiques, ajouta-t-il.

Elle sourit. Elle l'avait eu.

— Une vraie musique.

Ses yeux sombres étincelèrent d'humour.

— Ça aussi.

— Pouvons-nous aller chez toi ? J'ai une colocataire.

— Marchons jusqu'à la ville. Il y a quelques Bed & Breakfast là-bas. Nous n'aurons pas besoin de nous inquiéter de conduire après tout ce vin.

Un Bed & Breakfast ! C'était si pittoresque.

— Super !

Elle flotta sur un petit nuage à travers la forêt, les doigts de Josh entrelacés avec les siens. Ils n'arrêtaient pas de se cogner l'un contre l'autre en essayant de marcher trop près, ou bien c'était elle, parce qu'elle était un peu pompette. Il s'arrêta plusieurs fois pour l'embrasser pendant qu'elle se frottait sans honte contre lui.

Il rangea la glacière dans sa voiture et une courte promenade plus tard, ils traversèrent le pont piéton au-dessus de la rivière et ils marchèrent sur les trottoirs du centre-ville de Greenport. Josh assura que le Bed & Breakfast qu'il avait en tête ne se trouvait qu'à quelques pâtés de maisons. Elle attendit devant une pharmacie pendant qu'il fut assez gentil pour acheter des préservatifs. Elle ne voulait pas être vue par des caméras de sécurité, même déguisée.

Il sortit, un sachet dans la main, l'embrassa rapidement, puis ils continuèrent leur chemin jusqu'au désir sauvage et primitif. Elle eut soudain une pensée terrible, une pensée qu'elle ne pouvait pas ignorer.

— Vas-tu être un gentleman dans la chambre à coucher ?

Il serra doucement sa main.

— Veux-tu que je le sois ?

— Non !

Il gloussa.

— J'adore ton honnêteté. Tu es une vraie de vraie, Jenny.

Elle déglutit. Ce n'était pas du tout le cas. Lui, il l'était : franc, terre-à-terre, le genre de type avec qui elle serait sortie avant la célébrité.

Elle pouvait toujours être elle-même dans la chambre, se raisonna-t-elle. Tant qu'il ne connaissait pas son prénom. Tant qu'il faisait sombre. Tant qu'il n'était pas du genre à tirer les cheveux. Elle ne pouvait pas s'en inquiéter à ce moment-là. Il fallait que ceci arrive. Cela faisait tellement longtemps qu'elle n'avait désiré personne. Elle se leva sur la pointe des pieds et elle chuchota ce qu'elle voulait lui faire. Il lui prit la main et se mit presque à courir sur le trottoir, la faisant rire.

Il s'arrêta, l'embrassa jusqu'à ce qu'elle soit à bout de souffle, puis il la guida jusqu'à un Bed & Breakfast adorable. Elle n'allait pas réfléchir au lendemain ni au jour d'après. Tout ce qu'elle voulait, c'était une nuit sauvage et passionnelle.

CHAPITRE CINQ

Josh regrettait de plus en plus ce dîner déguisé en son jumeau. Le restaurant était trop chic. Il devait porter ce fichu costard de pingouin et les portions étaient trop petites. Non seulement ça, mais en plus, Hailey, assise en face de lui, ressemblait à une joyeuse princesse ensoleillée et il ne pouvait s'empêcher de se réchauffer à ses rayons. Bon sang. Elle était lumineuse, animée et enthousiaste. Elle n'était jamais ainsi avec lui, seulement avec Jake le milliardaire. Avec Josh, elle était toujours susceptible et elle le snobait.

C'était peut-être un peu de sa faute

Elle était si facile à énerver et il n'arrivait pas à s'en empêcher. Mais ce soir, il était Jake et elle souriait d'enthousiasme à chaque élément ennuyeux qu'il déversait au sujet de sa vie luxueuse. Il le fit juste pour voir à quel point l'argent lui plaisait, et c'était beaucoup. Il lutta contre l'envie de desserrer le nœud de cravate et il en remit une grosse couche, se vantant de sa maison de cinq cent cinquante mètres carrés avec une piscine et une vue sur la baie. Comment il avait engagé le meilleur architecte, le meilleur décorateur intérieur, bla, bla, bla.

— Ça a l'air merveilleux, s'enthousiasma Hailey.

Il était à la fois vexé par sa fascination pour toutes ces conneries ennuyeuses et à l'agonie à cause d'un désir qu'il ne souhaitait pas ressentir. Sa robe blanche était froncée en haut et elle avait les épaules nues, exposant une peau crémeuse dans laquelle il voulut enfoncer les dents. Il n'avait pas manqué de voir la façon dont la robe moulait son corps parfait : les seins lourds, les courbes de ses hanches et de son cul, ses belles jambes. Il se renfrogna en sortant son téléphone portable. Comme d'habitude, Hailey le faisait hésiter entre deux extrêmes : la sensation était inconfortable pour sa vie décontractée à dessein.

— Tu vas adorer ça, lui dit-il en passant les photos jusqu'à en trouver une de son frère sur son énorme yacht.

Il la lui montra.

— Waouh ! C'est cool ! s'exclama-t-elle. J'ai toujours voulu essayer la voile.

Même lui savait que l'on ne faisait pas de la voile sur un yacht.

— C'est plutôt de la navigation, il n'y a pas de voile, tu vois ?

Hailey rougit jusqu'au cou.

— Bien sûr. Je n'y connais rien en bateaux. Parle-moi un peu plus de Dat Cloud.

Il retint un grognement. Encore des conneries barbantes. *Que pensais-tu que cela donnerait de te faire passer pour ton jumeau ?* Jake avait un travail mortellement ennuyeux, même si le style de vie n'était pas affreux. Il lui dit ce dont il se souvenait au sujet de Dat Cloud, y compris le fait impressionnant que les fondements top secret de leur application n'avaient toujours pas été copiés avec succès ailleurs. Bien que ces connards chez les concurrents avaient essayé. Elle sourit, pleine d'enthousiasme, alors il continua avec l'utilisation de Dat Cloud en Amérique et à l'étranger. Il se donnait envie de dormir.

Merde. Il avait voulu lui apprendre une leçon. Une grande révélation pour lui montrer que les barmans modestes étaient tout aussi intéressants à fréquenter que les types en or plaqué, mais elle montrait qu'elle aimait vraiment les paillettes. Cela la disqualifiait automatiquement pour son frère. Jake avait eu largement assez de croqueuses de diamants. Avec un sens de la justice pervers, il décida de ne pas lui dire qui il était à la fin du rendez-vous. Il n'était pas fan des reines de beauté qui cherchaient le tremplin suivant vers l'argent. Oh oui, il s'était renseigné sur elle. Elle avait de nombreuses tiares à son nom. Il détestait tous ces concours de beauté. Cela rendait les femmes obsédées par leur apparence. Pour un bon exemple, il n'avait pas besoin de chercher plus loin que sa mère, reine de beauté abandonnant ses six enfants pour une herbe plus verte ailleurs.

Elle parlait à présent de ses rêves de voyage. Il avait largement vu assez du monde et il était heureux de s'implanter dans la petite ville somnolente de Clover Park.

— Cependant, je dois avouer que je ne suis jamais allée à l'ouest du Mississippi, dit-elle en se penchant en avant d'un air conspirateur.

Il fixa ses douces lèvres roses. En tout cas, elles semblaient douces et elles avaient sans doute un goût sucré. Il se força à la regarder dans les yeux.

— Je pourrais peut-être te rendre visite un jour en Californie et voir le siège de Dat Cloud.

Elle posa brusquement une main sur la bouche.

— Pardon, c'était présomptueux.

— Et pourquoi pas, dit-il en mettant un microscopique morceau de côte de bœuf dans sa bouche.

La viande était servie ainsi, tranchée finement dans un minuscule ramequin blanc. La majeure partie de son assiette était de l'espace vide.

— C'est facile avec mon jet privé.

Elle écarquilla ses yeux bleu clair.

— Où aimes-tu voyager ?

— Là où le vent me porte, répondit-il sèchement.

Elle jeta ses cheveux roux par-dessus une épaule nue et douce. Il fut traversé d'un désir brûlant. Il s'agita, mal à l'aise, et il se força à se concentrer sur le fait que la robe était sans doute faite de soie, une robe de couturier très coûteuse.

Il préférait les chemisiers en flanelle, les T-shirts usés et les jeans déchirés. Hailey et lui étaient très différents. Que faisait-il ici ? Pourquoi ne pouvait-il s'empêcher de la voir ?

Mais son corps le savait. C'était une démangeaison qui n'arrêtait pas, peu importe à quel point il essayait de la nier. Il ne pouvait refuser ses demandes à l'accompagner aux mariages, même s'il en faisait toute une histoire, comme si c'était une épreuve à cause du costard et de toutes ces histoires romantiques qu'il devait supporter. La première fois qu'elle le lui avait demandé, trois mois auparavant, il avait dit qu'elle allait devoir le dédommager, ce qui était une façon à chier de flirter, il fallait le reconnaître. Elle avait rétorqué qu'elle ne lui avait demandé qu'en tant que professionnelle, et elle lui proposa de l'argent pour son temps. Se sentant bête d'être inhabituellement gêné avec une femme magnifique, il avait accepté l'argent. Et il avait continué à le prendre pour deux autres mariages et trois rendez-vous arrangés platoniques, à chaque fois qu'elle claquait des doigts. Ils devaient sans doute consulter. Il était manifestement fou de vouloir quelqu'un qu'il n'aimait pas vraiment.

Elle fit passer une mèche de cheveux derrière son oreille d'un geste gêné.

Sauf qu'elle lui plaisait bien, en fait.

— Cela doit être agréable de ne pas avoir de limites aux voyages, dit-elle en coupant délicatement un morceau de poulet.

Ses manières étaient raffinées, ses mouvements toujours gracieux et dignes. Tout chez elle indiquait la reine de beauté de la haute.

— Là où le vent te porte, dit-elle rêveusement. J'irais certainement à Paris, puis en Italie, en Espagne, oh, et peut-être au Maroc aussi.

Il inclina la tête.

— Je suis allé dans tous ces endroits.

Et pire.

— Parle-moi de Paris, dit-elle.

— J'aimerais beaucoup mieux entendre où tu es allée.

Il en avait assez de s'entendre se vanter au sujet de Jake. Elle rougit.

— Ce n'est rien de spécial.

— Parle-m'en quand même.

Elle se mit à parler du Connecticut, d'un voyage à Atlantic City quand elle avait eu vingt et un ans, et une sortie scolaire à Washington DC avec sa classe de quatrième, que des endroits où l'on pouvait se rendre en voiture. Étrange. Il pensait qu'avec tous les concours de beauté et l'argent qu'elle avait gagné, sans parler de ses fringues de couturier, elle avait fait beaucoup de voyages de luxe. Il fut soudain pris de malaise. Pouvait-elle se permettre de le payer pour l'accompagner à des mariages et pour les rendez-vous arrangés au nom de son entreprise ? Pouvait-elle le déduire des impôts ? Elle le payait cash et il rangeait l'argent dans une boîte à chaussures en haut de son placard. Le lui rendre signifiait qu'il devait admettre qu'il ne pouvait s'empêcher de la fréquenter. Même le couteau sous la gorge, il n'aurait pas voulu avouer qu'il ne sortait avec ces autres femmes pour des rendez-vous arrangés purement platoniques que dans le but de la rendre jalouse.

Il finit son vin en une longue gorgée pendant qu'elle continuait à parler. Il n'avait jamais envisagé de dépenser l'argent de Hailey, alors qu'il économisait toujours pour son rêve : un bar avec de la bonne nourriture, des billards, et une piste de danse avec un juke-box à l'ancienne. Il ne voulait pas demander des fonds à Jake, et il n'utiliserait pas l'argent de Hailey, car il avait besoin de savoir que le bar était entièrement à lui. Il se consola en sachant que l'argent retournerait vers elle un jour, simplement il n'avait pas encore trouvé comment.

Il ferma la bouche contre les questions qu'il se posait sur elle et sa situation financière, ne souhaitant pas en apprendre plus dans le rôle de Jake. C'était merdique. Il allait terminer le dîner, la déposer, et ce serait fini.

Plus de rendez-vous platoniques arrangés à sa demande.

Plus de mariages non plus.

Il détourna le regard de ses yeux bleus éclatants, de ses joues roses, de sa bouche, de son long cou, de sa clavicule délicate exposée, et il fit la tête.

Il n'aurait jamais dû jouer avec elle.

~ ~ ~

Hailey sentit sa bouche parler toute seule, bavardant en continu, mais Jake était tellement silencieux à présent, et elle n'avait jamais été dans un restaurant aussi chic. Il y avait un homme responsable uniquement du vin ! Elle craignait que les clients super riches se rendent compte qu'elle portait une robe de la saison passée. Tous les mardis, elle faisait religieusement ses achats au magasin de consignations à Greenport, quand ils baissaient le prix pour faire de la place au nouveau stock de vêtements d'occasion donnés. Elle connaissait les couturiers et elle savait ce qui lui allait bien, même si c'était démodé depuis une saison ou deux. Elle avait grandi dans la pauvreté, la fille unique d'une mère célibataire (une ancienne mannequin devenue vendeuse en boutique chic qui était souvent absente au travail), et elle avait gravi les échelons depuis. Les concours de beauté lui avaient appris sa grâce et son air digne, et les gains lui avaient permis de payer l'université.

Son enthousiasme faiblissait. Elle termina son verre de chardonnay dont le prix ridicule dépassait l'ensemble de sa tenue. Pour un verre ! Elle chercha désespérément un autre sujet de conversation. Elle avait accepté son invitation à dîner par l'intermédiaire d'un texto de Josh, pour l'occasion rare de poser des questions à un businessman qui avait vraiment réussi. Elle voulait en savoir davantage au sujet de sa société et comment il l'avait montée. Elle voulait parler de profits et pertes, à quel moment il avait embauché, quand il avait reversé son investissement dans l'entreprise, et à quel moment il avait décidé de faire entrer son entreprise en bourse, mais ce sujet ne semblait pas du tout l'intéresser. Elle n'arrivait pas à croire qu'il gérait une multinationale avec si peu d'enthousiasme pour son travail. Si elle parvenait à monter une société d'organisation de mariages aussi grande qu'elle le souhaitait, faisant de son entreprise le lieu vers lequel toutes les futures mariées rêvaient de se tourner, eh bien, elle serait exubérante !

Elle détestait l'admettre, mais Jake était un peu… ennuyeux. Et il se vantait beaucoup de sa villa et de son yacht.

Elle se tut pour la première fois de la soirée et elle se concentra pour terminer son dîner de poulet rôti, de cinq minuscules pommes de terre et de trois bébés carotte. Les portions étaient si minuscules ici. Elle se dit que c'était pour s'assurer que les gens avaient de la place au dessert. Cependant, elle n'était pas sûre de vouloir prolonger le dîner. Son esprit se perdit dans les détails qu'elle devait confirmer pour le mariage Wilson-Cruz. Elle retint un bâillement, se rendit compte qu'elle était impolie, et offrit un sourire à son compagnon ennuyeux.

Il lui fit un demi-sourire, ne levant qu'un seul coin de sa bouche. Il avait pourtant de beaux yeux bruns expressifs. Ils lui rappelaient Josh, avec leur intelligence profonde, la façon dont ils soutenaient son regard en parlant. Il ne souriait pas autant que Josh, cependant. Bien sûr, les sourires de Josh n'étaient là que par ce qu'il la taquinait, ou quand elle le payait pour l'accompagner à un mariage. Oui, Josh était son compagnon payé. Elle avait besoin d'un partenaire fiable aux mariages et il avait besoin d'argent. Sérieusement, elle ne pouvait pas être une entremetteuse organisatrice de mariages professionnelle et toujours être seule aux mariages. Elle était trop occupée à construire une entreprise à partir de zéro et un avenir confortable pour passer du temps à chercher l'amour. Josh était un choix sûr.

Il comprenait qu'il s'agissait d'une transaction professionnelle. Ils avaient trouvé cet arrangement lorsqu'elle avait désespérément eu besoin d'un compagnon au mariage de Julia, le plus important de sa carrière jusque là, car Julia était une écrivaine de best-sellers internationaux et Claire, la star de cinéma, allait être présente. Le type avec lequel Hailey était censée y aller l'avait totalement laissée tomber. Elle avait donc demandé à Josh, qui avait manifestement eu besoin d'une motivation pour venir à un mariage – c'était vraiment davantage un événement pour la mariée – alors elle avait proposé de l'argent. Il avait dit que ce serait pratique pour son propre business et cela avait plu à Hailey. Deux personnes entreprenantes s'occupant de leur business. Elle construisait les bases de son entreprise d'organisation de mariages et Josh économisait de l'argent pour le bar qu'il voulait ouvrir un jour.

Elle but une gorgée de vin. Entre l'écrivaine célèbre et la star de cinéma, Hailey avait été certaine que Clover Park allait devenir *la* destination de mariage. Hélas, pas tellement. Le travail était constant, mais il n'avait pas explosé comme elle l'avait espéré. En tout cas, elle appréciait la fiabilité et la ponctualité de Josh. Les types de son âge, début de la vingtaine, étaient si peu fiables. La moitié du temps, ils ne venaient pas, et quand ils venaient, c'était très en retard. Josh vivait et travaillait en ville, ce qui était pratique. En outre, il était agréable à l'œil, bien qu'elle ne l'aurait admis que sous la menace d'une arme à feu.

Accrochée au bord d'une falaise.

Du bout des ongles.

Parce que c'était un mufle arrogant et odieux. Jusqu'à ce qu'il obtienne son argent, ensuite il devenait un gentleman charmant. Vous voyez ? Un goujat.

Elle termina son repas. Josh était un compagnon payé si charmant et si galant qu'elle avait eu l'idée de le prêter à des célibataires, en espérant qu'il leur donnerait suffisamment confiance en elles pour les lancer à la recherche de l'amour.

Pas avec lui, bien sûr, ils étaient tous les deux très clairs avec les célibataires, expliquant que le rendez-vous devait être agréable et n'avait lieu qu'une seule fois. C'était un arrangement entre elle et Josh qui bénéficiait à tous les deux.

Elle termina son vin pendant que Jake cherchait plus de viande dans son ramequin. Elle était contente de son entreprise qui avait deux ans. Même la partie avec Josh. Elle détestait tout autant qu'elle attendait impatiemment ses taquineries à la fin de chaque rendez-vous de mariage. Elle avait toujours été une femme contradictoire. Elle pensait que les femmes devaient être un peu mystérieuses. C'était quelque chose que sa mère lui avait appris dès son plus jeune âge. Sauf que Josh faisait surtout ressortir son côté pratique et dénué de mystère. Il savait appuyer sur tous les boutons pour la faire partir au quart de tour – un chaud-froid permanent, mais rigoureusement sans sexe. Elle était une Accro à l'amour professionnelle. C'était écrit sur sa carte de visite.

Trois mois auparavant, quand Josh l'avait accompagnée pour la première fois au mariage de Julia et Angelo, Il avait révélé le petit détail qu'il avait des frères et elle avait été surexcitée, car son club de lecture de célibataires avait désespérément besoin d'hommes ! Il lui fut soudain très utile. Indispensable, vraiment. Si elle ne pouvait maintenir un flot constant de mariages, elle risquait de perdre son travail. C'était le travail de ses rêves et elle comptait le garder : planifier le jour le plus heureux de la vie d'un couple, s'assurer que l'événement se passe sans heurts, tout en vivant dans la ville qu'elle aimait tant. Clover Park disposait d'une villa magnifique et d'entreprises locales suffisantes pour accueillir des mariages. Le problème, c'était que les habitants étaient essentiellement des familles. Elle avait besoin d'un afflux d'hommes célibataires. Elle avait déjà cinq femmes célibataires dans son club de lecture, certaines de Clover Park et d'autres des villes alentour, prêtes et attendant l'amour. Leurs happy ends étaient entre ses mains capables.

— Attends ! avait-elle appelé Josh, qui quittait leur rendez-vous de mariage, car le temps était écoulé. Je veux en entendre davantage au sujet de tes frères.

Il se tourna.

— Étends-tu notre rendez-vous au-delà des quatre heures pour lesquelles nous étions d'accord ? Cela ressemble à des heures supplémentaires.

Elle ignora cette remarque odieuse. Comme si elle devait le payer pour qu'il lui parle !

— Puis-je les rencontrer ?

— Non.

Elle se précipita à ses côtés, avide d'en apprendre plus.

— Comment s'appellent-ils ?

Il énuméra avec ses doigts.

— Non, non, non et non.

— Alors il y en a quatre ?

— Peut-être.

— Ne peux-tu rien me dire ? demanda-t-elle, exaspérée.

Il pencha la tête sur le côté.

— Tu es prête à payer quoi ?

Elle regarda dans son portefeuille. Il restait sept dollars.

— Cinq dollars.

— Tu m'insultes.

— Sept.

— Ha !

Elle fronça les sourcils, puis elle rectifia immédiatement son visage, prenant une expression neutre afin de ne pas se faire des rides.

— C'est tout ce que j'ai.

Il se pencha près d'elle.

— Eh bien, princesse, il existe d'autres façons de payer.

Le mot 'princesse' n'était pas un compliment. C'était une pique pour se moquer de son côté joyeux et modèle de vertu. Elle était simplement une personne plaisante. Ce goujat arrogant et odieux lui faisait envisager de commencer le yoga juste pour garder son calme. *Ohm*. Enfoiré. Comme si elle en avait le temps.

Elle déglutit en voyant son regard de braise. Elle n'allait pas tomber dans le piège de ces 'autres façons' de payer. Il la taquinait à nouveau, essayant de l'énerver, et elle refusa de se laisser appâter.

Il lui dit néanmoins.

— Un baiser pour une réponse à une question.

C'était une crapule. Leur arrangement était purement professionnel. Il savait qu'elle n'accepterait jamais, n'est-ce pas ? Ils s'étaient mis d'accord sur le fait que se rendre à ces mariages était bon pour leurs affaires à tous les deux.

Elle posa tout de suite les questions. Qu'il pense recevoir son paiement pervers plus tard.

— Combien de frères ? Sont-ils célibataires ? Et quel âge ?

Il sourit.

— Cela fait trois questions. Cela coûtera plus cher et je veux être payé d'abord.

Mince. Elle avait prévu de filer juste après avoir découvert ce qu'elle voulait savoir.

Il lui jeta un regard lubrique juste pour l'énerver.

— Très bien, dit-elle en jetant son sac par-dessus l'épaule. Oublie ça ! Je poserai la question à Mad.

C'était sa petite sœur, celle qui faisait partie du club de lecture de célibataires. Elles étaient amies. Plus ou moins.

— Bonne chance, dit Josh. Mad est muette comme une tombe.

Un sourire traîna sur ses lèvres et il ajouta :

— Dernière chance.

— Je t'appellerai la prochaine fois que j'ai besoin de tes services, dit-elle assez froidement.

— Apporte des sous, dit-il avant de partir.

Elle cligna des paupières, revenant soudain au présent. Jake se tenait à ses côtés, attendant qu'elle se lève. Il fallait qu'elle arrête de penser à son travail. Il avait déjà dû payer et elle ne l'avait même pas remarqué.

Elle se leva.

— Merci pour le repas.

— Avec plaisir.

Il la tint par le coude d'un geste léger et étonnamment chaud en la guidant hors du restaurant. C'était le genre de mouvement de gentleman que Josh faisait toujours. Elle se demanda comment se passait le rendez-vous de Josh avec Claire. Elle regretta un peu de ne pas profiter d'un petit pique-nique au calme dans les bois en ce moment même.

Ils sortirent sur le trottoir où la limousine dans laquelle ils étaient arrivés les attendait. Jake avait dû appeler le chauffeur pendant qu'elle rêvait. La ville était remplie de monde et de voitures et de lumières, et cela la fatigua. Elle n'eut qu'une envie : retourner chez elle dans son petit appartement de sous-sol chaleureux à Clover Park. C'était son antre rempli de romans à l'eau de rose, de films romantiques, de bougies parfumées et de piles de magazines de mariage. Les meubles étaient d'occasion, les coussins du canapé floral étaient agréables et bien moelleux, et le bois usé de la table basse et des bibliothèques donnait l'impression d'avoir été apprécié par plusieurs générations. Comme si elle faisait partie de l'histoire juste en les possédant.

Elle se rendit soudain compte qu'il se tenait très près d'elle et il sentait si bon. Comme l'after-shave épicé que portait Josh quand il prenait la peine de se raser. Les jumeaux aimaient sans doute les mêmes produits. Elle fit un pas en arrière, surprise de voir qu'elle voulait rester près de lui après ce dîner d'affaires terriblement ennuyeux.

Il la fixa pendant un long moment, la chaleur intense de ses yeux marron lui coupant le souffle. Il avait semblé si distant auparavant.

Il se tourna brusquement pour lui ouvrir la portière de la limousine. Elle monta, prenant soin de garder sa robe pudiquement autour de ses jambes, puis il ferma la porte derrière elle.

Elle baissa la vitre.

— Tu ne viens pas ?

Un muscle sursauta dans sa mâchoire serrée. Peut-être avait-il eu un souci au travail pendant qu'elle était au pays des rêves.

— Je vais rester en ville. Bonne nuit.

— Bonne nuit, dit-elle. Merci encore pour le repas.

Il tapota le toit de la voiture et le chauffeur démarra. Bon. C'était bizarre. Elle se tourna sur son siège, le regardant s'éloigner dans la direction opposée, les mains dans les poches.

Elle se rassit dans le sens de la marche. Quelle nuit. Elle regarda défiler les lumières vives de la ville pendant le trajet de retour et elle dut admettre que les rendez-vous pour lesquels elle payait Josh étaient bien meilleurs que le repas avec son jumeau. Il y avait une chose qu'elle pouvait dire au sujet de Josh : peu importe à quel point il la taquinait, elle ne s'ennuyait jamais avec lui. Non pas qu'elle considérait que le repas avec Jake avait été un rendez-vous galant. Cela avait été du travail pour elle, entre entrepreneurs. Du moins, c'est ce qu'elle avait espéré.

Elle soupira et elle ôta ses chaussures en étirant ses pieds. Elle s'était créé le travail de ses rêves et la voilà deux ans plus tard, toujours satisfaite. Et le meilleur restait à venir. En particulier une fois qu'elle aurait poussé Josh à lui présenter tous ces Campbells ! Elle espérait seulement qu'ils n'étaient pas aussi odieux que Josh, ou aussi ennuyeux que Jake, ou aussi hostiles que Mad.

Mmm… il lui fallait peut-être un nouveau plan.

Chapitre Six

Jake oublia ses piqûres de moustiques dès l'instant où Jenny avait audacieusement déclaré qu'elle voulait du sexe. Ses paroles de consentement portaient l'étrange empreinte de Josh et il soupçonnait son frère d'avoir taquiné Hailey qui avait à son tour innocemment fait passer l'information. Bref. Cela avait fonctionné. Il lui tardait de lui ôter ses vêtements pudiques et de révéler ce qu'il savait être un corps incroyable. Mais d'abord il devait s'occuper de la réceptionniste du bed and breakfast, une femme âgée qui baissa exagérément ses lunettes à double foyer pour observer leur seul bagage : le sac plastique presque transparent contenant une boîte de préservatifs. Jenny erra jusqu'à l'autre bout du vestibule, admirant la peinture d'un bateau à voile. Mais oui, elle n'avait qu'à le laisser tenir le sac de sexe devant la police morale.

Il sortit son portefeuille et il attrapa un billet de cent dollars qu'il plia soigneusement en deux.

— Nous ne faisons que passer pour la nuit.

Il donna le billet à la vieille dame en lui serrant la main avant d'ajouter :

— Nous voyageons léger.

— Bien sûr, dit-elle en cachant le billet dans son décolleté. Il faudra payer tout de suite. Le petit-déjeuner commence à huit heures.

Il paya avec sa carte de crédit, content que Jenny soit fascinée par la peinture au point de ne pas remarquer le nom sur sa carte.

Il obtint enfin la clé et il retourna auprès de Jenny.

— Allons-y.

Ils montèrent à l'étage en silence. Il ouvrit la porte de la chambre, la laissant passer la première, comme un gentleman. Jusqu'ici, le comportement de gentleman avait fonctionné à merveille, mais il savait qu'il ne pourrait pas tenir beaucoup plus longtemps, à cause du désir qu'il éprouvait pour elle. Il entra dans la chambre terriblement fleurie : du papier peint fleuri, un plaid fleuri, des coussins décoratifs fleuris. Tellement de rose.

— On dirait qu'une boutique de fleuriste a vomi ici, lança Jenny d'un ton espiègle.

Il rit et il se dirigea vers la table de nuit où il posa la boîte de préservatifs. Il retourna vers l'endroit où elle se tenait devant l'armoire. Elle avait enlevé sa casquette et elle se regardait dans le miroir en lissant ses cheveux. Il passa les bras autour d'elle et il déposa un chemin de baisers le long de sa nuque, inspirant son odeur de vanille sucrée et de femme sexy. Jake la mordilla dans la nuque et elle poussa un petit cri.

— Pas trop fort, dit-elle de sa voix grave et sexy. Ne laisse pas de marque.

— Pourquoi ?

Il déposa des baisers en remontant sur son cou, faisant glisser ses mains jusqu'à ses seins ronds et lourds. Il se sentit bander quand les tétons de Jenny durcirent sous ses doigts. Il vit ses yeux verts dans le miroir, pleins de désir, ses joues rouges, ses lèvres légèrement ouvertes. Il était sur le point de perdre le contrôle.

— Tu as un petit ami qui se soucie de tes morsures ?

Elle se tourna dans ses bras et elle posa une main sur son torse, le repoussant. Il ne bougea pas.

— Pas de petit ami, dit-elle. Voici le marché : pas de marques et tu ne touches pas mes cheveux. Si cela te convient, tout me va.

Il desserra les bras, surpris. *Tout ?*

Elle se pencha vers l'interrupteur derrière lui et elle éteignit la lumière. Ensuite, elle posa les bras autour de son cou et elle parla contre ses lèvres.

— C'est promis, d'accord ?

Elle descendit les mains le long de son dos jusqu'à entourer ses fesses.

— Pas de marques, tu ne touches pas les cheveux. À part ça, tout…

— Marché conclu, dit-il en la soulevant sur la commode et en écartant ses jambes.

Il l'embrassa, se sentant soudain très vorace. Elle s'ouvrit à lui et il goûta le vin et sa féminité sucrée et épicée. Son pouls battait dans ses oreilles. Ce n'était pas assez, il voulait se mêler à elle.

Il interrompit le baiser juste assez longtemps pour arracher son débardeur et il dégrafa son soutien-gorge d'une seule main. La lumière tamisée du couloir lui offrit une vue magnifique de ses seins ronds. Il glissa le soutien-gorge de ses épaules, posa la main sur un sein et le prit dans sa bouche en suçant fort. Elle gémit doucement, sa main tenant la tête de Jake en place. Il titilla le téton de son autre sein, le roulant entre ses doigts et tirant dessus pendant qu'il suçait l'autre. Sa tête tomba en arrière, et sa façon de s'offrir complètement le rendit fou. Il leva la tête, revint vers la bouche de Jenny, leurs langues se mêlant, fiévreuses et brûlantes. Pris d'un désir terrible, il la fit glisser de la commode. Elle serra les bras et les jambes autour de lui pendant qu'il la portait jusqu'au lit.

Il se cogna le tibia contre le cadre du lit en bois. *Aïe !*

— Il me faut un peu de lumière.

— Non ! Je veux dire, je suis timide.

Elle ne lui avait pas semblé timide quand elle avait enfoncé sa langue dans sa bouche, mais il n'eut pas l'occasion de le lui faire remarquer, car elle se mit à mordiller et à lécher son cou agressivement et il sut que cette première fois allait être rapide et violente. Il la posa sur le lit et il enleva ses propres vêtements avant de retirer le short et la culotte de Jenny. Il regrettait de ne pas pouvoir la voir. La lumière du couloir n'atteignait pas le lit.

Il la rejoignit et le reste se fit dans un flou brûlant, elle le couvrit de ses mains, puis elle tira sur ses épaules afin de le faire monter sur elle. Il glissa la main entre ses jambes et il la trouva nue, chaude et trempée de désir. Putain. Il bandait douloureusement, à en avoir la bite bleue, mais il voulait d'abord lui faire plaisir. Il la caressa encore un peu, adorant ses gémissements rauques alors qu'il avait le sang qui bouillonnait dans ses veines, le poussant à la prendre. Mais elle posa alors les mains autour de sa verge et il ne put plus attendre. Elle non plus.

— Baise-moi, Josh, dit-elle d'une voix grave qui l'excita et l'alarma à la fois. Il fallait vraiment qu'il lui dise qu'il était Jake.

Elle l'embrassa brutalement, mordant sa lèvre inférieure. Il allait lui dire plus tard. Il plongea ses doigts en elle et elle gémit dans sa bouche. Elle était serrée, si serrée. Il fit quelques allers-retours avec ses doigts, essayant de la préparer, avalant ses gémissements. Il déplaça la main, la touchant plus fermement à l'intérieur, laissant le talon de sa main frotter contre elle. Elle se mit à jouir, ses hanches décollant du matelas, un cri étranglé dans la gorge. Il retira sa main et elle se laissa tomber, les jambes ouvertes et détendues.

Il attrapa la boîte sur la table de nuit, l'ouvrit et en sortit un préservatif en un temps record. Il retourna vers elle, s'installa entre ses jambes et la pénétra d'un mouvement leste. Elle poussa un cri. Putain. Elle se serra fermement autour de lui. Il n'avait jamais été si excité. Il sortit presque entièrement et il revint lentement, ce qui lui valut un gémissement. Elle leva le bassin et il s'enfonça profondément.

— Oui, souffla-t-elle en serrant les jambes autour de sa

taille.

Quelque chose en lui craqua.

Il la pénétra durement, encore et encore, pompant avec une férocité qu'il n'avait jamais ressentie de sa vie. La possession. Le besoin incandescent. Du sexe purement bestial. Elle le rejoignit à chaque poussée, s'inclinant vers le haut pour l'accueillir profondément. Il n'aurait pas pu ralentir s'il l'avait voulu : elle était serrée, brûlante, elle lui tenait le cul en l'encourageant. Elle se raidit, puis elle poussa un cri, frissonnant autour de lui. Il pompa une fois de plus avant de jouir si violemment que sa vue se troubla et que ses oreilles se mirent à tinter. Waouh.

Il laissa tomber sa tête et appuya les lèvres sur le côté de son cou.

— Putain, Josh, t'es trop fort, dit-elle joyeusement en lui donnant une tape sur l'épaule.

Il grogna et il roula sur le dos. Il aurait aimé qu'elle arrête de l'appeler ainsi. Le truc avec Josh atténuait le bonheur du moment.

— Toi aussi, dit-il d'une voix rauque.

Elle roula sur le côté et elle caressa son torse.

— Combien de temps avant que tu puisses recommencer ?

Il sourit d'un air endormi dans l'obscurité.

— Réveille-moi dans une heure.

Puis il s'endormit.

Elle le réveilla comme promis. Deux fois de plus cette nuit-là. Les deux fois, elle enfila un préservatif sur lui, elle lui grimpa dessus et elle le chevaucha brutalement. Il adora. Elle était sauvage et libre et elle aimait autant ça que lui. Juste au lever du soleil, il tomba du sommeil des morts.

Lorsqu'il se réveilla des heures plus tard, elle était partie.

Il s'assit, parcouru d'un frisson de crainte. Elle ne serait pas partie sans faire ses adieux, tout de même ? Pas après cette nuit incroyable.

— Jenny ? appela-t-il.

Il sortit du lit et jeta un coup d'œil à la salle de bains. Rien. Il parcourut la chambre à la recherche d'une trace d'elle. Elle était vraiment partie sans dire au revoir. Il n'avait pas son numéro de téléphone. Cela ne pouvait pas être la fin. Cette nuit signifiait quelque chose. Si sauvage et réelle et passionnée.

Il attrapa son téléphone et il la rechercha sur Google. Il n'y avait pas de Jenny Coleman dans le Connecticut. Il essaya New York. Il trouva une masseuse qui ne ressemblait pas du tout à Jenny. Il cliqua sur plusieurs autres résultats et ne trouva rien qui s'approche de son apparence ou de son lieu de vie. Il ne connaissait pas le nom de son entreprise. Il ne savait rien à son sujet, mis à part qu'elle faisait partie du club de lecture. Il allait demander ses coordonnées à Josh par texto. Il aurait dû y penser plus tôt.

Il commença à écrire, mais il s'interrompit. Jenny voulait peut-être vraiment s'en tenir à une nuit. Elle le lui avait rappelé au cours de leur randonnée. Elle avait une vie ici. Sa vie à lui était en Californie.

Il rangea son téléphone et il se dit qu'il fallait l'oublier. Le rendez-vous avait été agréable. Fin de l'histoire.

Il ramassa ses vêtements sur le sol et il se laissa lourdement tomber sur le lit. Il sentait le sexe. Il sentait Jenny. La sensation de sa peau douce et satinée, le bruit de ses gémissements, son goût, son corps serré et accueillant. Comment était-il censé oublier tout cela ?

Il s'habilla, puis il resta assis, les coudes sur les genoux, cherchant à décider s'il fallait demander son numéro à Josh. Il voulait la revoir. Ce n'était pas souvent qu'il ressentait un tel lien avec une femme : la passion entre eux, la conversation facile lors de leur promenade. Sa façon ouverte et terre-à-terre de parler. Sa voix rauque sexy. Son corps bien fait qui sentait bon.

Il envoya rapidement un texto à Josh. Son frère ne connaissait pas son numéro, mais il promit de le trouver.

Plusieurs heures plus tard, Josh n'avait rien. Pas de numéro, pas d'informations sur son travail, aucun lien vers elle.

Elle ne pouvait pourtant pas avoir disparu, si ?

CHAPITRE SEPT

Claire avait des regrets. Ses regrets avaient des regrets. Une chaîne ininterrompue de regrets pour avoir accepté de rencontrer Josh, car à présent elle n'arrivait pas à se sortir cet homme de la tête.

Elle retourna au travail et fut rapidement inondée d'éléments requérant son attention, pourtant Josh revenait tout le temps dans son esprit sous forme de flash-back. Le sourire qui allait jusque dans ses yeux marron chaleureux. Ses manières de gentleman qui, heureusement, étaient passées par la fenêtre une fois qu'ils étaient entrés dans la chambre. Ses baisers qui lui avaient donné le tournis. Elle travailla de longues heures sans se reposer, essayant vainement d'arrêter de penser à Josh. Enfin, le vendredi, elle eut une distraction bienvenue : un texto de Hailey l'invitait à une réunion du club de lecture ce soir-là. Oui. C'était ce dont elle avait besoin. Plus de temps avec ses nouvelles amies. Mais un autre texto arriva alors et elle serra plus fort son téléphone entre les doigts.

Josh veut revoir Jenny.

Elle savait qu'elle devait dire non. C'était injuste envers Josh de continuer le mensonge. Et, si elle lui disait la vérité, il risquait d'être vexé qu'elle ait fait semblant. Un amant méprisé et fâché n'était pas ce dont avait besoin l'image de Claire Jordan. Il pouvait faire de sérieux dégâts dans la presse. Elle aurait aimé trouver une façon de le revoir. Merde. Elle renvoya un texto à Hailey.

Jenny pas le temps pour un rendez-vous. Très occupée. Je peux seulement venir au club de lecture.

Même heure, même endroit ?

Ça marche.

Ciao !

Claire sourit. *Ciao.*

Le travail avança lentement pendant le reste de l'après-midi, sans doute parce qu'il lui tardait de retrouver tout le monde dans le salon de l'hôtel. C'était comme si tout et tout le monde était contre le fait qu'elle s'y rende. Blake avait fait un caprice parce que sa coiffeuse était malade. La remplaçante, qui travaillait tout aussi bien que l'autre d'après Claire, était nerveuse, et elle mit donc plus de temps, ce qui énerva Blake, ce qui rendit la pauvre fille encore plus nerveuse. Et bien que Claire lui ait prêté son coiffeur, l'irritation de Blake continua, imprégnant sa performance, faisant ainsi d'une scène qui aurait dû être tendre entre Mia et lui quelque chose de tendu qui allait être incompréhensible pour le public. En outre, le courant de la cuisine avait sauté lorsqu'un des cameramans avait branché la cafetière. Heureusement, il avait suffi de remettre le courant dans la cave et de découvrir, par différents essais, quelles prises pouvaient supporter les caméras, lumières, écrans et ordinateurs portables.

Elle s'échappa enfin, mais elle atterrit dans les embouteillages sur la voie rapide. Elle eut envie de crier. Après une semaine de travail frénétique à essayer d'oublier Josh, elle avait besoin de se détendre avec ses amies.

Lorsque Frank l'escorta par l'entrée à l'arrière de l'hôtel puis dans l'ascenseur privé jusqu'au salon, tout le monde était déjà là. Les femmes bavardaient et buvaient du vin qu'elles avaient dû apporter elles-mêmes, car Claire avait été trop occupée pour organiser quoi que ce soit. Des sacs de chips et de tortillas faisaient le tour du cercle de femmes. La normalité de tout cela lui donna envie de pleurer.

— Salut, désolée pour le retard.

— Elle est là ! s'exclama Hailey. Tu dois être épuisée après avoir travaillé toute la journée. Assieds-toi.

Claire se laissa tomber sur la chaise que Hailey indiqua parmi le cercle formé de chaises confortables et du canapé. Charlotte, à côté d'elle, lui tendit le sac de chips.

Elle en prit une poignée avant de faire passer les chips à Mad de notre côté.

— Merci, dit-elle la bouche pleine. Je suis affamée.

Un instant plus tard, Hailey apparut à côté de Claire et elle lui donna un gobelet en plastique rempli de vin blanc.

— Merci, dit Claire. Ça me fait tellement plaisir de vous voir.

— Nous aussi, répondit Hailey en s'asseyant à l'opposé de Claire sur le canapé, où trois femmes – Lauren, Ally et Carrie – étaient déjà serrées les unes contre les autres. Lauren, une enseignante adorable avec de longs cheveux châtains, se leva et s'assit par terre.

— Oh non, ne fais pas ça, dit Claire. Tiens, Lauren, prends ma chaise.

Cette femme était beaucoup trop gentille.

— Ça va, ne t'inquiète pas, dit Lauren.

Claire était sur le point d'insister, mais Mad se leva, marcha d'un pas lourd jusqu'aux chaises en plastique de l'autre côté de la salle et en porta une qu'elle posa à côté du canapé.

— Assieds-toi, ordonna Mad.

Lauren s'assit.

Mad retourna sur sa chaise et regarda Claire.

— J'ai entendu dire que Josh et toi vous êtes bien entendus. Il pose des questions à ton sujet.

— Il est fabuleux, dit Claire d'une voix qu'elle espérait calme étant donné à quel point il lui était douloureux de savoir qu'elle ne le reverrait jamais. Mais je ne le fréquenterai plus. Je ne veux pas continuer à faire semblant.

Mad acquiesça.

— Bien.

Claire but longuement. La pièce devint silencieuse, tout le monde la regardait comme si elle était censée dire autre chose au sujet de son rendez-vous avec Josh. Pour une raison étrange, elle avait envie de garder les détails pour elle. C'était un souvenir spécial qu'elle chérirait toujours.

— Parlons-nous du livre suivant ? Qui a lu *Autant en emporte le vent* ?

Hailey fit un sourire indulgent à Claire.

— Le premier point à l'ordre du jour, c'est comment s'est passé ton rendez-vous avec Josh ? Nous voulons des détails !

Mad s'agita sur sa chaise.

— S'il vous plaît, pas de détails dégoûtants, c'est mon frère.

Claire adopta un sourire poli.

— Je viens de dire à Mad que j'ai passé un bon moment. J'ai beaucoup apprécié sa galanterie.

Ainsi que son côté moins galant. Elle rougit en se le rappelant.

— Aloooors… dit Hailey, veux-tu le revoir ?

Claire secoua la tête.

— Je ne veux plus faire semblant. Je finirais par le blesser.

— Mais il t'a plu ? demanda Hailey.

— L'as-tu embrassé ? voulut savoir Carrie, une gentille infirmière innocente à lunettes.

Embrassé, peloté, baisé. Oui, oui.

— Y a-t-il eu des étincelles ? demanda Lauren avec espoir.

— Les étincelles, c'est tellement important, dit Ally, une jeune blonde pétillante, avec un soupir rêveur.

Toutes les femmes acquiescèrent.

Claire se souvint de sa bouche glorieuse et de ses mains et de son corps. Et avant cela, pendant leur rendez-vous, de la chaleur dans ses yeux et dans ses paroles et dans son contact. Elle réprima son propre soupir de désir.

— Plus que des étincelles, admit-elle. Plus que tout un feu d'artifice du quatre juillet.

— Mince, marmonna Charlotte. Je n'ai jamais eu cette impression avec Josh et pourtant j'ai souvent flirté avec lui chez Garner's.

Les autres femmes étaient d'accord pour dire que Josh flirtait toujours et qu'il n'y avait jamais eu de feu d'artifice pour elles. Sauf Hailey qui resta silencieuse. Et Mad, qui leva les yeux au ciel.

— Alors, il y a eu un feu d'artifice, vous avez eu un super rendez-vous, et c'est tout ? demanda Ally. C'est adieu pour toujours ?

— C'est tellement triste, dit Lauren.

Ses yeux compatissants déprimèrent terriblement Claire. Elle détestait vouloir ce qu'elle ne pouvait pas avoir.

— C'est triste, admit Claire. Mais je passe à autre chose et...

— Archi-nu-ul, chanta Ally.

Claire fulmina.

— J'essaie de faire au mieux. C'est idiot de poursuivre un mensonge.

Les femmes débattirent afin de savoir s'il valait mieux attendre de voir jusqu'où allaient les choses puis admettre la vérité ou bien tout arrêter. Claire mordit dans une chips. Peu importe leur conclusion, c'était terminé. Il le fallait.

— Passons à autre chose, dit Claire quand elle eut fini sa poignée de chips et que la conversation était revenue à l'importance de l'honnêteté. Est-ce que tout le monde a une robe de soirée pour la scène de la fête en entreprise mercredi prochain ? Vous avez toute reçu un courriel de mon assistante, n'est-ce pas ?

Elle avait invité le club de lecture pour des rôles de figurantes dans le film. Elle savait qu'elles étaient de grandes fans de la trilogie Féroce.

Hailey se mit à parler.

— Claire, c'est la première fois que Josh demande un

deuxième rendez-vous. Il doit vraiment t'apprécier. Parle-lui, au moins. Laisse-le tomber en douceur si tu ne veux plus le revoir.

Claire grinça des dents, puis elle détendit rapidement la mâchoire, ne voulant pas détruire les milliers de dollars de travail dentaire requis pour le sourire Hollywood parfait.

— Je ne suis pas Jenny. Il n'y a aucun avenir. Je n'aurais sans doute pas dû sortir avec lui pour commencer.

Hailey se pencha en avant, ses yeux bleu pâle rivés sur ceux de Claire.

— C'était quand la dernière fois que tu t'es autant amusée avec des atomes crochus comme un feu d'artifice lors du premier rendez-vous ? Cela n'arrive pas souvent.

— Ou pas du tout, intervint Charlotte.

Les femmes acquiescèrent.

C'était rare, en effet. Josh avait été merveilleux. Mais que pouvait-elle y faire ? Elle ne pouvait pas continuer à prétendre être quelqu'un qu'elle n'était pas. Et elle ne pouvait pas être elle-même et risquer les conséquences inévitables dans la presse à ce moment critique pour les films de la trilogie. Elle avait investi jusqu'à ses derniers centimes dans les films. Si le premier film faisait un flop, s'en était terminé de son entreprise de production. Elle savait très bien que la beauté s'estompait et que les bons rôles pour des femmes de plus de trente ans étaient difficiles à trouver. Elle en avait vingt-neuf. C'était pour cela qu'elle avait monté son entreprise, afin de rester sur l'avant de la scène. Même avec ce type de contrôle créatif, elle savait qu'en vieillissant, elle serait moins vendable. Le public américain vouait un culte à la jeunesse et à la beauté de leurs actrices. Si elle voulait se faire une carrière, c'était maintenant.

Elle inspira profondément, essayant de soulager la douleur dans sa poitrine. Ce dont elle avait vraiment besoin, ce n'était pas une espèce de happy end romantique, mais d'amitié. *Regarde autour de toi, c'est ce que tu as. Ne demande pas plus.*

Elle se surprit elle-même lorsqu'elle avoua :

— J'ai beaucoup pensé à lui.

Elle regarda autour d'elle et ses amies s'approchèrent, différents niveaux d'inquiétude apparaissant sur leurs visages, ainsi que quelques sourires.

— Je ne m'y attendais pas, ajouta-t-elle.

— Je pense que c'est merveilleusement romantique, dit Ally, dont la frange blonde bougeait en même temps que sa tête.

Mad fronça les sourcils.

— Ne le mène pas en bateau. Coupe les liens afin qu'il puisse passer à autre chose.

— En personne ou par téléphone, dit Hailey. Comme tu veux. Mais Mad a raison, s'il tient vraiment à toi, il mérite de pouvoir tourner la page.

Claire poussa un soupir en sachant que Hailey avait raison. Il méritait effectivement de pouvoir tourner la page, mais elle ne pensait pas qu'un texto ou un appel téléphonique allaient suffire après la nuit qu'ils avaient passée ensemble. Ses amies ne savaient pas jusqu'où ils étaient allés, et elle n'avait pas envie de le partager. Elle devait redevenir Jenny afin de pouvoir expliquer à Josh qu'elle ne pouvait pas s'engager dans une relation. Il fallait qu'elle trouve une excuse.

— Je ferai semblant d'être Jenny une dernière fois, dit Claire.

Hailey applaudit.

Mad ajouta :

— Tant que tu ne le mènes pas en bateau. Sois juste envers lui.

Hailey parla d'un ton rassurant.

— Tu fais ce qu'il faut. Laisse-le tomber avec un gentil 'ce n'est pas toi, c'est moi'. Parce que c'est le cas, n'est-ce pas ? Je veux dire, c'est parce que tu es Claire Jordan, pas à cause de Josh. Je veux dire, c'est assez facile de passer du temps avec lui.

Elle afficha un sourire un peu faux.

— Et tu as dit toi-même qu'il y avait une étincelle.

— Passons à autre chose, dit Mad. Raconte-nous les dernières nouvelles de *Désir Féroce*.

Claire les renseigna sur la scène qu'ils venaient de terminer et l'accident malheureux qu'avait eu un cascadeur sur sa moto. Ils cherchaient encore désespérément quelqu'un d'autre pour le tournage de lundi, trois jours plus tard.

Mad intervint.

— Mon frère Ty fait des cascades.

Claire se tourna vers elle.

— Des cascades à moto ?

— C'est Ty qu'il te faut, dit Mad. Il vient de terminer un film.

— Il fait partie de l'Union ?

— Oui.

— Donne-moi ses coordonnées et demande-lui de contacter mon assistante. S'il peut être au domaine à huit heures lundi matin, il est engagé. Attends, soupira Claire. Tu as une photo, sa taille, son poids ? Nous avons besoin de quelqu'un qui se rapproche de la carrure de Blake.

Mad sortit son téléphone de la grande poche de son bermuda. Elle tapota l'écran et elle fit défiler quelques photos avant de montrer l'écran.

— C'est lui.

— Ça marche, dit Claire. Mon assistante va organiser tout ça.

Hailey jeta un coup d'œil par-dessus son épaule.

— Waouh.

— Montre-moi, dit Charlotte.

Mad fit passer son téléphone à Charlotte.

— Waouh, effectivement, dit Charlotte. Je me le ferais bien.

Julia agita les doigts pour récupérer le téléphone et les

femmes le firent passer en murmurant, partageant l'avis de Charlotte.

Hailey s'enthousiasma.

— Tu veux un rendez-vous, Charlotte ? Une entraîneuse sportive et un cascadeur. Deux personnes très physiques. Ça pourrait marcher !

Charlotte secoua la tête.

— Il faut vraiment que tu arrêtes. Je sais que tu vois des cœurs partout, mais la vraie vie ne fonctionne pas ainsi.

— Poule mouillée, rétorqua Hailey.

Après cela, Claire commanda du repas à emporter pour tout le monde et la conversation dériva vers ce qu'elles faisaient toutes dans la vie. Mais une part d'elle imaginait déjà revoir Josh. Ce qu'elle dirait en étant Jenny. Elle ne pouvait s'empêcher de se demander s'il allait rendre les choses difficiles. S'il allait insister pour avoir une autre nuit de passion.

Elle n'était pas certaine de pouvoir lui résister. Elle allait devoir garder ses distances, avoir une conversation polie et dire au revoir.

C'était sa propre faute, parce qu'elle avait joué à être normale. À présent, il fallait qu'elle rétablisse la situation et tant pis si c'était douloureux.

~ ~ ~

Jake essaya de ne pas trop penser au fait qu'il laissait tomber une fête avec de multiples contacts d'affaires potentiels et des tonnes de femmes magnifiques juste pour prendre son jet et retourner chez lui dans l'espoir de trouver Jenny. Il était arrivé tard à l'appartement de Josh le vendredi soir et il se trouvait désormais en voiture avec son jumeau qui les conduisit dans sa décapotable jusqu'au parc d'Eastman pour le match de basket habituel avec les potes.

Il espérait que le match estomperait sa frustration accumulée. Josh n'avait pas plus d'informations au sujet de

Jenny. Il soupçonnait Josh de faire le con, de poser des questions sur Jenny sans grand enthousiasme pendant qu'il taquinait Hailey, l'énervant pour son propre plaisir pervers.

Josh tourna sur la route menant au parc.

— Tu veux bien te détendre ? On dirait un nuage noir dans la voiture.

Jake se frotta le visage. Il ne pouvait pas se détendre, car il ne pouvait pas arrêter de penser à *elle*.

— Comment se fait-il qu'elle n'ait laissé aucune trace sur Internet ? Je ne peux pas la trouver en ligne et tu sais que je peux trouver n'importe qui.

— Je n'arrive pas à croire que tu sois rentré pour un second rendez-vous.

— Que je n'ai pas.

Josh le montra du doigt.

— Tu es obsédé ou quoi ?

— Pardon de ne pas être comme toi et de ne pas pouvoir faire semblant que je m'en moque.

Josh s'engagea dans le parking.

— Tu l'as baisée, n'est-ce pas ?

Il serra la mâchoire.

— Ce n'était pas comme ça.

Josh gara la voiture et lui jeta un regard sceptique.

— J'ai dit à Hailey que tu voulais revoir Jenny et il n'y avait pas moyen.

Jake pinça sombrement les lèvres.

— J'ai besoin de la voir en face à face et pas de passer par des intermédiaires. Je pense que si nous nous revoyons, si nous parlons, elle se souviendra que c'était fabuleux.

— Que penses-tu faire ? Tu ne peux pas éternellement faire semblant d'être moi. Au bout d'un moment, tu dois gérer ton empire.

— Je ne sais pas. Je sais simplement que je n'en ai pas terminé. *Nous* n'en avons pas terminé.

Josh secoua la tête, attrapa sa bouteille d'eau et sortit de la voiture.

Jake prit son eau et il le suivit.

— Où se font les rencontres du club de lecture ?

Josh poussa un gros soupir signifiant 'ferme ta gueule'.

Le parc était exactement comme dans ses souvenirs. Un terrain de base-ball au loin avec des gradins, un pré ouvert et une zone goudronnée avec des lignes peintes pour former deux terrains de basket. C'était une journée chaude, le premier week-end d'octobre, et les arbres étaient toujours verts avec quelques touches de jaune et de rouge ici et là. Ils s'approchèrent du terrain où quelques-uns de leurs potes faisaient des tirs en course et une femme aux cheveux roux clair rassemblés en queue de cheval haute et entièrement vêtue de rose – bandeau rose, débardeur rose, short rose et tennis montantes roses – dribblait une balle qui rebondissait très haut.

— Qui est cette fille ? demanda Jake doucement.

Josh s'immobilisa brusquement.

— Que fait-elle ici ?

Ils arrivèrent au bord du goudron où Mad les rejoignit.

— Salut Jake ! Je ne savais pas que tu étais revenu à la maison.

Elle lui donna un coup de poing sur l'épaule. Il l'attira contre lui pour un câlin à un bras et il ébouriffa ses cheveux.

— Salut Josh ! Salut Jake ! les salua la femme en rose en faisant signe de la main et en se dirigeant tout droit vers eux. Hailey. La femme que Jake avait soi-disant emmenée dîner à un restaurant chic en ville. Josh n'avait rien raconté de sa soirée, précisant simplement qu'ils étaient repartis chacun de son côté après le repas.

— Tu lui as dit ? demanda discrètement Jake à Josh.

— Dit quoi ? demanda Mad.

— Non, répondit Josh en se balançant d'un pied sur l'autre, mal à l'aise, comme s'il était sur le point de partir en courant.

Mad se pencha vers eux en baissant la voix :

— Elle voulait jouer. Elle est nulle, alors allez-y

doucement, d'accord ?

— Elle est dans notre équipe, dit Josh.

Mad jura.

— Je savais que t'allais dire ça.

Hailey arriva en bondissant. Elle se tourna vers Jake et elle lui sourit poliment.

— Contente de te revoir, Jake.

Il fut surpris que Hailey sache tout de suite quel jumeau il était. Jake portait un T-shirt et un short de basket comme Josh. Bien sûr, il y avait quelques différences. Le T-shirt de Jake était de marque et neuf, celui de Josh était usé et délavé. Jake n'avait qu'une légère barbe naissante, alors que celle de Josh avait plusieurs jours.

Jake sourit, sur le point de s'amuser aux dépens de son jumeau.

— Moi aussi. Le dîner était super.

En voyant le regard noir de Josh, il ajouta :

— *Vraiment* super. Nous devrions sortir… *aïe*.

Josh lui avait donné un gros coup de coude. Mais cela avait valu la peine.

— Tu es sortie avec Jake ? aboya Mad.

Hailey sourit poliment à Jake, puis elle se tourna vers Mad.

— Oui, c'était un repas d'affaires. Nous avons parlé de Dat Cloud.

Mad lui donna un coup sur l'épaule.

— Aïe ! s'exclama Hailey en lui rendant le coup. Arrête de me traiter comme un de tes potes ! Les femmes ne se donnent pas des coups de poing entre elles.

Mad ricana.

— Quand était-ce ?

— Nous en parlerons plus tard, dit Hailey en faisant un sourire rayonnant à Jake et Josh. Vous êtes prêts à vous faire ratatiner ? Mad m'a appris des gestes mad-gnifiques.

Sa propre plaisanterie la fit sourire. Mad leva les yeux au ciel.

— Pourquoi es-tu ici ? demanda Josh à Hailey de but en blanc. Tu planifies d'autres mariages ?

Elle jeta un bras autour des épaules de Mad.

— Mad et moi sommes amies. Je veux faire l'expérience de son passe-temps préféré. Le sport.

Mad rougit, puis elle grogna contre Josh :

— Fais pas le crétin.

Josh partit se placer sur le terrain. Jake le suivit avec Hailey et Mad, souhaitant interroger Hailey au sujet de Jenny.

Hailey se tourna vers Mad.

— Alors, l'ordre des Campbell par âge, c'est Jake, Josh, Ty, Alex, Logan et toi.

— Oui, répondit Mad.

— Et maintenant tous les Campbell sont ici, dit Hailey. Qui manque-t-il parmi les frères d'une autre mère ?

Jake gloussa. Elle était si sérieuse en faisant référence aux frères de sang.

Mad soupira.

— Je te l'ai déjà dit. Aimerais-tu que nous portions tous des étiquettes avec nos noms ?

— Non, non. Je suis douée pour retenir les prénoms.

Hailey pointa du doigt les hommes qui s'entraînaient toujours, les comptant sur ses doigts en les désignant tour à tour.

— Ethan, Ben, Marcus. Zach est absent. C'est juste ?

— Tu auras un bon point, dit sèchement Mad.

Elle se mit à courir et elle vola la balle à Marcus, qui était grand et large, en passant sous son bras et en le prenant par surprise. Elle tira depuis le milieu du terrain et la balle entra en sifflant dans le panier. Un bref sourire passa sur son visage avant qu'elle récupère le ballon et qu'elle se mette à dribbler en faisant son intéressante avec les pieds.

Hailey tapota son ongle rose contre ses lèvres roses.

— Attends, je crois qu'il en manque un autre. Cela ne fait que quatre non-Campbells. Elle se tourna vers lui.

— N'est-ce pas ?

— Parker, dit Jake. Il est à l'étranger avec l'armée de l'air. Elle n'aime pas parler de lui parce que, tu sais, elle est inquiète.

— Ils sont proches ? demanda Hailey.

— Bien sûr. Nous avons grandi ensemble.

— Non, je veux dire sentimentalement.

Cela le mit mal à l'aise d'y penser. Aucun de ses amis n'avait jamais franchi cette limite. C'était la règle. Ty en particulier avait pris soin que Park sache que Mad était hors limites, car Park avait toujours tout fait pour l'inclure dans leurs jeux quand les autres pensaient simplement qu'elle n'était qu'une crevette qui les faisait perdre. Bon sang, ils étaient vraiment cons à l'époque. Cela n'avait pas dû être facile d'être la plus jeune et la seule fille. Il regarda Mad mettre un autre panier et puis défier Marcus. Bon, tout ne devait pas avoir été mauvais, car à présent c'était une très bonne athlète, forte et confiante.

— Salut, le jumeau génie, dit Ty, son frère plus jeune de deux ans en trottinant vers lui.

C'était une version plus solide de Jake avec la boule à zéro, la peau très bronzée, et un T-shirt blanc dont les manches avaient été coupées pour montrer ses gros muscles et ses tatouages tribaux. Ty le prit dans ses bras avec de nombreuses tapes dans le dos. C'était typique de Ty. Il était très physique. C'était pour cette raison qu'il était attiré par le travail de cascadeur.

— Deux week-ends à la suite, Jake ? Il y a une femme dans l'histoire.

Hailey laissa échapper un couinement étrange, devint écarlate et se précipita vers Mad.

— Qu'est-ce qu'elle a ? demanda Ty en gardant les yeux rivés sur le cul de Hailey.

Il se retourna vers Jake et il posa une autre question.

— Elle est venue avec qui ?

— Avec Mad.

— Je sais que Mad a dit ça, mais…

— Tu ne penses pas que Mad pourrait avoir une amie comme elle ?

Ty se tourna pour observer Mad qui essayait d'apprendre à dribbler du bout des doigts à Hailey pendant que cette dernière se plaignait que cela allait abîmer son vernis.

Il revint vers Jake.

— Non.

— Des choses plus étranges ont eu lieu, dit Jake.

Comme le fait que Mad fasse partie d'un club de lecture de romances. Il gardait ce petit joyau pour lui-même afin de se venger contre la plaisanterie suivante de Mad ou pour servir de levier, selon ce qui était utile en premier.

Ty frotta son menton barbu.

— Tu es là pour Hailey ?

— Non.

— Bien. Tant qu'elle n'est pas dans mon équipe. Elle ne sait même pas que cela s'appelle un point. Elle dit tout le temps qu'elle va marquer un but.

Ils gloussèrent doucement.

— Allez viens, dit Ty en enlevant son T-shirt. On est les torses nus. Cinq contre six. Les filles sont les T-shirts, six dans leur équipe pour compenser Miss Rose. Tu peux désigner les trois autres, puisque tu es l'invité.

Jake enleva son T-shirt et le jeta dans l'herbe.

— Josh…

— Espèce de jumeau taré, dit Ty.

Ils se choisissaient toujours l'un l'autre, car ils travaillaient extrêmement bien ensemble sans avoir besoin de dire un mot. La plupart du temps, leurs amis les séparaient, car les équipent étaient plus équilibrées de cette façon. Jake baissa la voix.

— Il ne veut pas être dans son équipe à elle.

Ils savaient tous deux à qui faisait référence le 'elle'. Mad était vraiment forte au basket, même si elle était la plus petite, ne faisant qu'un mètre soixante-deux. Elle était rapide et elle était très douée pour le tir. C'était sans doute le résultat de toutes les heures qu'elle avait passées à marquer des paniers dans le garage quand ils étaient gamins.

— Très bien, marmonna Ty. Toi, moi, Josh, qui d'autre ?

Il examina ses options. Il connaissait tous leurs défauts, tous leurs jeux. Il choisit deux de leurs amis.

— Ethan et Marcus.

Ethan était un flic en très bonne condition. Marcus était un ancien de l'équipe de basket du lycée.

— Oui ! aboya Ty et il trottina vers les autres pour leur donner la composition des équipes.

— Pourquoi c'est lui qui choisit ? demanda Mad. Jake n'est presque jamais à la maison. C'est moi qui devrais choisir, puisque j'ai apporté quelqu'un de nouveau.

— Ouais, dit Hailey en levant le menton.

Josh gémit.

Ethan et Marcus enlevèrent leurs T-shirts et Hailey les fixa des yeux, apparemment fascinée par leurs pectoraux et leurs carrés de chocolat. Ethan avait bien douze tablettes. N'avait-il donc rien d'autre à faire dans la vie ? Josh enleva théâtralement son T-shirt, mais Hailey l'ignora complètement. C'était hilarant.

Josh et Alex se tinrent face-à-face au centre, des frères d'environ la même taille, la même attitude décontractée. Sauf que Josh était inhabituellement agressif ce jour-là, attrapant le ballon et le jetant à Marcus. Merveilleux. Plus l'un d'eux devenait agressif, plus les autres entraient dans son jeu. Un pic de testostérone pour tout le monde.

Il plongea dans la mêlée. Il courut et il heurta les autres et il sua à mort, faisant attention à éviter Hailey, qui semblait délicate. Elle ne semblait pourtant pas effrayée par le jeu intense, se mettant fréquemment au milieu pour essayer d'attraper la balle. Josh lui laissa une fois – c'était si évident que tout le monde poussa des grognements – mais Ty la lui vola immédiatement. Mad lui passa la balle quelques fois. Une fois, Hailey jeta la balle dans le mauvais filet et tout le monde l'encouragea. Mad les insulta. La fois d'après, Hailey repassa directement la balle à Mad qui marqua.

Score final : Torses nus 90, T-shirts 40.

Ils se dirigèrent vers les gradins en métal près de là pour s'asseoir quelques minutes et s'hydrater. Hailey sortit une glacière qu'elle fit rouler jusqu'à eux.

— J'ai apporté de la Gatorade et des quartiers d'orange. Servez-vous.

Elle ouvrit la glacière et tout le monde se servit en la remerciant abondamment. C'était vraiment une très gentille attention. Tout le monde se rassit sur ses gradins avec son butin rafraîchissant.

Jake s'assit à côté de Hailey et Mad.

— Merci de m'avoir laissé jouer aujourd'hui, même si je suis nulle, dit Hailey.

— Tu n'étais pas si mauvaise, dit Mad généreusement.

— Tu t'en es pas mal sortie, dit Jake.

— Merci, répondit Hailey en buvant une gorgée de Gatorade.

Elle n'avait pas vraiment besoin de s'hydrater. Elle ne semblait même pas avoir transpiré.

— Où est Josh ?

Mad montra Josh du pouce : il était derrière elle, assis tout en haut des gradins. Hailey lui fit signe de descendre et de venir s'asseoir avec eux.

Josh enfila son T-shirt et il but un peu de Gatorade.

Elle refit un geste.

Il lui fit signe de monter le rejoindre.

Elle fit des gestes frénétiques et tous les hommes se tournèrent pour faire un grand sourire à Josh.

— Tu as été convoqué ! appela Ty.

Tous se mirent à rire.

— La ferme, dit Josh en descendant vers eux.

Il resta une rangée derrière eux, surplombant Hailey.

— Quoi ?

Jake se décala pour faire de la place pour Josh à côté de Hailey. Josh ne bougea pas et Ty le poussa. Josh poussa Ty à son tour, puis il s'assit à côté de Hailey.

— Jenny aimerait te rencontrer si tu es libre demain, dit Hailey. Au parc Baldwin.

Jake ouvrit grand ses oreilles.

— Oui, je peux faire ça, dit Josh. Le matin ?

— L'après-midi, dit Jake. Nous avons ce truc le matin.

Il avait besoin de temps pour se préparer.

Josh se tourna vers lui. Jake articula silencieusement 'une heure'. Josh se retourna vers Hailey.

— Une heure, ça irait ?

— Bien, dit vivement Hailey. Je ferai passer le message. Elle était occupée aujourd'hui.

— Très bien, dit Josh. Il me tarde de la revoir.

Mad descendit des gradins d'un pas lourd et elle jeta ses pelures d'orange à la poubelle.

Hailey poussa un petit soupir.

— Elle te plaît vraiment, hein ?

— Ouais, dit Josh, d'un ton pas du tout convaincant.

— C'est bien, dit Hailey en hochant la tête comme si elle essayait de se convaincre que c'était bien.

Josh leva un sourcil et Jake lui donna un coup de coude.

— Ouais, répéta Josh.

Mad revint et elle se laissa tomber à côté de Hailey.

Josh ferma à me les paupières, comme lorsqu'il ne voulait pas montrer ses émotions.

— Comment s'est passé ton rendez-vous galant avec Jake ?

Mad se pencha en avant.

— Ouais, moi aussi je veux savoir ça.

Hailey rougit.

— Ce n'était pas un rendez-vous galant. Nous avons parlé affaires.

— Je parie que Jake pensait que c'était un rendez-vous galant, dit Josh.

Jake lui jeta un regard noir.

Mad rit.

— Tu t'es fait coincer dans la friend zone, Jake !

Hailey jeta un regard gêné à Jake.

— Je suis désolée, je ne voulais pas te donner la mauvaise impression.

Jake leva la main.

— Pas de souci. Je comprends.

— Tu n'as pas du tout été attirée par lui ? demanda Josh avec une intensité étrange.

Hailey regarda droit devant elle.

— Ta question est très malvenue, en particulier devant lui.

— Ouais, Josh, dit Mad. C'est quoi ton problème ? Allez viens, Hailey.

Mad descendit des gradins et Hailey la suivit.

Jake jeta un regard amusé en direction de son frère jumeau, mais celui-ci ne le remarqua pas. Il regardait Hailey.

Elle attrapa la poignée de sa glacière à roulettes et elle s'adressa au groupe.

— Je suis ravie de tous vous avoir rencontrés. Encore merci de m'avoir laissée jouer.

— Continue à t'entraîner, dit Ty, tu vas y arriver.

— Reviens quand tu veux, ajouta Ethan avec un regard lubrique.

Hailey fit un grand sourire.

— Au revoir !

— Salut les gars, dit Mad.

Tout le monde cria au revoir aux deux femmes.

Jake se tourna vers Josh dès que Hailey fut hors de portée.

— Je n'arrive pas à croire que tu ne lui aies pas dit.

— L'occasion ne s'est pas présentée.

— Tu veux dire qu'elle ne s'intéressait pas à toi, alors tu lui as laissé croire que ce n'était pas toi.

— Non, aboya Josh. C'est juste… elle était trop intéressée par l'argent.

Jake secoua la tête.

— Elle parlait affaires. Tu as dit qu'elle avait un plan d'affaire, qu'elle était ambitieuse…

— Ferme-la, c'est tout. Tu as eu ton rendez-vous. Maintenant tu peux arrêter de me prendre la tête.

Jake sourit.

— Tu vois ? Ça valait la peine de revenir à la maison pour un deuxième rendez-vous. J'ai gagné.

Il sentit un poids tomber de ses épaules. Les choses prenaient la bonne direction.

Chapitre Huit

Claire arriva en tant que Jenny, la casquette baissée au-dessus des yeux, à l'endroit prévu : un parc très calme dans Clover Park. Hailey avait tout organisé pour le dimanche, jour que Claire avait de libre. Depuis le parc, il y avait une courte distance jusqu'à l'appartement de Hailey pour un débriefing – Claire allait sans doute parler et Hailey compatir – puis elle allait retourner en ville. En dehors de quelques enfants d'âge préscolaire, personne ne sembla remarquer Claire assise sur un banc sous un chêne. Elle se souvenait d'une époque dans sa vie où elle aurait donné n'importe quoi pour que quelqu'un la remarque, pour se sentir être quelqu'un, et quand elle avait réussi cela, à quel point c'était gratifiant, excitant. À présent, elle était revenue à la case de départ *par choix*. C'était drôle de voir comment les priorités pouvaient changer.

Elle vit Josh s'approcher en T-shirt, jean et baskets, l'air terre-à-terre et réel. Elle avait presque commencé à penser qu'elle avait rêvé toute la situation. Il n'y avait rien d'artificiel chez lui et c'était une partie de son attrait. Il portait un bouquet de fleurs jaunes éclatantes. Elle se leva, le cœur battant. Elle ne s'était pas rendu compte à quel point il lui avait manqué. Une semaine durant laquelle elle avait constamment rejoué leur journée dans sa tête l'avait conduite jusqu'à ce moment. Elle en tremblait presque d'excitation.

Il s'arrêta devant elle et il lui fit un grand sourire.

— C'est pour toi.

Elle prit les fleurs, des pâquerettes, des tulipes et des œillets, et elle les sentit.

— Merci.

Puis elle se souvint du but de cette rencontre.

— Tu veux t'asseoir ? demanda-t-elle en désignant le paon.

Il la contempla chaleureusement, baissant la tête pour regarder sous la casquette.

— C'est tellement bon de te revoir.

— Toi aussi, souffla-t-elle.

Il sourit et de petites rides se formèrent aux coins de ses yeux.

— J'ai prévu quelque chose. Un endroit où je veux t'emmener.

— Ah. Mais je…

— Ma dame, dit-il en pliant le coude pour qu'elle prenne son bras.

Elle regarda son bras bronzé et solide. Encore des manières de gentleman. Personne ne la traitait jamais aussi bien.

Elle prit son bras et elle fut surprise par le côté approprié de ce geste.

— Où allons-nous ?

Il se dirigea vers le parking.

— Faire un tour sur la rivière Hudson. J'ai emprunté un bateau à un ami. Nous pourrons voir la ville, même faire le tour de la Statue de la Liberté.

Cela paraissait merveilleux. Mais…

— Josh, je dois vraiment te dire quelque chose.

— Nous parlerons après le tour en bateau. Je veux juste te faire passer un peu de bon temps. As-tu déjà vu la ville depuis l'eau ?

Jamais. En voiture, hélicoptère et avion, mais jamais en bateau. Elle secoua la tête.

— C'est génial, dit-il. Tu vas adorer.

Elle lâcha son bras.

— Nous devrions parler…

— Plus tard, d'accord ?

Il s'arrêta et il l'embrassa rapidement sur la joue.

— J'ai très envie de parler, mais d'abord je veux que nous nous amusions.

Elle le regarda au fond de ses yeux marron, fondant déjà, mais il fallait tout de même qu'elle fasse la chose morale.

— C'est juste que je ne suis pas sûre que nous devrions sortir ensemble encore une fois. Je ne suis pas prête pour une relation.

— Laisse-moi juste une chance. Un tour en bateau. Tu peux le faire, n'est-ce pas ?

Il se pencha et il regarda sous la casquette.

— As-tu un endroit vers lequel tu dois t'envoler ?

Elle rit.

— Non.

Jenny ne s'envolait sans doute jamais nulle part.

— Alors, c'est réglé.

Elle céda. Essentiellement parce qu'elle avait envie d'être Jenny et Josh une dernière fois. Et il avait tellement envie de l'emmener faire un tour en bateau. En outre, il avait déjà emprunté le bateau. Ce n'était pas comme s'ils allaient coucher ensemble.

Il lui prit la main et serra doucement.

— Heureusement pour toi, je suis un expert du bateau. Capitaine, je veux dire. Tu peux m'appeler Capitaine.

Elle rit.

— Je me souviens de ta modestie. Tu es aussi un incroyable grand frère…

Il fit un grand sourire impénitent.

— Le meilleur. Et un expert en paddle.

— D'accord, mais si je me mouille, je vais t'appeler quelque chose de bien pire que 'sexy'.

— Je te déconseille de m'appeler 'mignon'.

Il fit un rictus avant d'ajouter :

— C'est le baiser de la mort.

— C'est peut-être ce que je ferai.

Elle sortit son téléphone portable en souriant.

— Deux secondes.

Elle envoya rapidement un texto à Hailey pour lui dire où elle allait, puis elle se laissa tomber dans la joie d'être Jenny.

Le tour en bateau fut incroyable, ou peut-être était-ce la compagnie. Le bateau était une embarcation légère et rapide faite pour six personnes maximum. Mais il n'y avait qu'eux. Josh était à la barre et elle se tint à côté de lui, profitant de la vue, du soleil, de l'air frais. Il avait de la crème solaire, de quoi grignoter et boire sur le bateau. Elle était contente d'avoir porté la casquette qui gardait la perruque en place et l'abritait du soleil. Ils saluèrent la Statue de la Liberté et quelques bateaux qui passèrent. Ils mangèrent un mélange de fruits secs et burent de la limonade. Elle se sentit ivre de bonheur. La liberté excitante d'être sur l'eau, de revoir enfin Josh. Il ne l'embrassa pas ni ne la toucha, sauf pour serrer sa main. Ce fut juste du pur amusement sans aucune attente compliquée.

Bien sûr, ils finirent par devoir retourner à la terre ferme et à la réalité. Mais elle fut Jenny pendant trois heures et c'était merveilleux. Enfin, Josh retourna au quai et amarra le bateau.

Il l'aida à descendre comme le gentleman qu'il était.

— Je commençais à penser que je ne te reverrais jamais. Je suis content que tu sois venue aujourd'hui.

— Moi aussi.

— Tu as faim ? Il y a ce très bon pub irlandais. Nous pourrions y boire un verre et manger et parler.

— Parfait.

Le pub se trouvait près de la rive et il était bondé. Josh reçut un grand bonjour du barman, qui sortit de derrière le bar pour lui serrer la main avec une de ses embrassades masculines. Dans son rôle de Jenny, elle salua timidement cet homme en prenant soin de garder la tête baissée, détournée de la foule. Ils furent conduits jusqu'à une banquette à l'arrière, loin du bar bruyant. La lumière tamisée rendait l'endroit accueillant et chaleureux. Au bout de quelques minutes, ils eurent des bières et un panier de chips.

Ils parlèrent facilement, reprenant exactement là où ils s'étaient arrêtés. Josh était aimable et drôle, lui racontant l'histoire hilarante de Hailey jouant au basket. Quand ils eurent fini le repas, elle redouta leurs adieux. Elle ne voulait pas que la journée se termine. Et elle devait encore expliquer qu'ils ne pouvaient pas se revoir.

Comme s'il avait senti ses pensées s'assombrir, il tendit la main sur la table et il prit la sienne.

— Je veux ton numéro, dit-il en serrant doucement sa main. Je veux te revoir.

Elle ne donnait jamais son numéro. Il n'y avait que quelques rares personnes à l'avoir : sa famille, quelques personnes au travail, Hailey et Julia. Elle inspira profondément, sachant qu'elle devait mettre un terme à tout cela.

— Josh, j'ai vraiment passé une très bonne journée. Et je veux seulement être claire…

Elle déglutit, ravalant la boule dans sa gorge. Elle détestait le faire souffrir.

— Hailey m'a dit que normalement il n'y a pas de deuxième rendez-vous avec toi. Et ça m'a vraiment plu, mais…

— Tu me plais vraiment, dit-il en la regardant au fond des yeux. Je sais que ce n'est pas à sens unique. Je le vois dans tes yeux, je l'entends dans ta voix, je le sens…

— Non. Je suis désolée.

Ses yeux brûlaient, ils étaient remplis de larmes qu'elle ne versa pas. Il était si merveilleux, mais la personne qu'il voulait n'existait pas. Il voulait une gentille fille d'une petite ville. Elle n'était pas gentille et cela faisait très longtemps qu'elle ne vivait plus dans une petite ville.

Elle retira sa main.

— C'est juste que je ne ressens pas la même chose. Ce n'est pas toi. Tu es merveilleux. Je suis sincère.

— Que des conneries.

Elle bafouilla en entendant la dureté de son ton.

— Pardon ?

Son regard était dur et direct.

— Ne me raconte pas d'histoires. Dis-moi la vérité. Pourquoi veux-tu ignorer ce qu'il y a entre nous ? Deux rendez-vous fabuleux, une nuit de folie et puis au revoir ? Si je dois te dire adieu, je veux la vérité.

Elle s'humecta nerveusement les lèvres. C'était difficile de faire semblant alors que tout en elle voulait s'ouvrir, s'accrocher à lui et ne jamais le lâcher. Elle inspira profondément.

— Je ne suis tout simplement pas prête pour une relation.

— Que des conneries.

— Que veux-tu que je te dise ? s'écria-t-elle en luttant pour garder son calme. J'essaie d'être gentille.

— J'emmerde la gentillesse.

Elle retint ses larmes. Josh réagissait exactement comme elle l'avait craint. Un ex rejeté et en colère pouvait endommager l'image de Claire Jordan de façon dévastatrice. Elle ne voulait plus mentir, plus faire semblant d'être quelqu'un d'autre, mais il était clair qu'elle ne pouvait pas prendre le risque de dire la vérité.

Elle ferma les yeux, se remettant dans son rôle. Elle croisa son regard dur et elle dit d'un ton calme :

— Je suis désolée. Nous ne pouvons plus nous voir.

Il serra la mâchoire, l'air furieux, mais il ne dit rien.

Elle se leva, fit un pas vers la porte, et s'arrêta à côté de lui.

— Au revoir, dit-elle doucement.

Il ne répondit pas.

Elle mordit sa lèvre qui tremblait, se força à bouger, et parvint à faire un pas lorsqu'il attrapa brusquement son poignet, la maintenant sur place. Il la tenait fermement de sa main chaude et Claire sentit son pouls vibrer en elle, tous ses sens s'éveiller, alertes et conscients. Elle désira soudain plus de cette chaleur, de ce contact, de... bon sang. Elle n'arrivait pas à croire qu'elle pouvait être émoustillée juste en étant tenue au poignet par l'homme auquel elle essayait de dire au revoir.

Elle risqua un regard vers lui. Son visage était indéchiffrable, dur et dénué d'émotions.

— S'il te plaît, lâche-moi, dit-elle doucement, bien qu'une part d'elle souhaitait qu'il ne lâche jamais.

— Au revoir, qui que tu sois, dit-il en la laissant partir.

Elle déguerpit, le cœur battant à toute vitesse. Il savait qu'elle faisait semblant. Elle passa la porte en trombe et elle marcha rapidement vers le centre-ville en direction de son hôtel. Au bout d'un pâté de maisons, elle regarda derrière elle. Il ne la suivait pas. Elle était à la fois soulagée et déçue. Il ne savait pas qui elle était, elle en était presque certaine, mais il savait que quelque chose clochait. Il devait se douter. Évidemment, elle ne pouvait plus continuer à faire semblant. Elle faisait tout foirer, sa performance étant endommagée de façon permanente par son désir pour lui.

Elle sortit son téléphone portable et elle appela son chauffeur pour qu'il vienne la chercher dans une de ses boutiques préférées. Puis elle continua, restant dans la foule, espérant se mêler à elle, afin que personne ne remarque la femme fausse versant de vraies larmes.

~ ~ ~

Jake était furieux. Ils avaient passé une très bonne journée ensemble pour la deuxième fois et maintenant Jenny, ou qui qu'elle soit, lui avait donné une excuse merdique. Il commençait à penser qu'elle n'était pas vraiment celle qu'elle prétendait être. Les choses ne collaient pas. Pourquoi n'y avait-il aucune trace d'elle sur Internet, d'abord ? Il n'avait pas imaginé la véritable tendresse dans son regard quand il l'avait traitée en gentleman, ni l'aise avec laquelle ils passaient du temps ensemble, ni le désir dans ses yeux chaque fois qu'ils étaient proches. Pourquoi ne pouvait-elle pas être sincère avec lui ? Était-elle une fugitive ? Dans un programme de protection de témoins ? Quoi ?

Il ne put chasser sa mauvaise humeur durant tout le trajet de retour. Il n'envisagea même pas de rentrer chez lui. Il avait besoin de parler avec Josh.

Dès qu'il atteignit l'appartement de son frère, il fit un pas à l'intérieur et Josh l'appela depuis le canapé.

— C'était si mauvais que ça, hein ?

Jake se laissa tomber à côté de lui.

— Elle m'a largué.

Josh baissa le volume du match.

— Désolé.

Jake grogna.

— Tu lui as dit qui tu étais ?

— Non.

— Cela ferait peut-être une différence. Dis-lui ce que tu peux lui offrir. Tu sais, le jet privé, le yacht, la villa en France. C'est comme des bonbons pour un enfant.

Jake poussa un soupir.

— Je ne veux pas qu'elle me désire pour cela. Je veux qu'elle s'intéresse à moi pour ce que je suis.

Josh leva un sourcil en langue non verbale de jumeaux. *Ce n'est pas le cas.*

Jake passa la main dans ses cheveux.

— Il y a quelque chose d'étrange chez elle. Je n'arrive pas à savoir ce que c'est.

Josh se rendit à la cuisine.

— Tu veux quelque chose ?

— Non.

Il attrapa la télécommande et il monta le volume.

Josh revint quelques minutes plus tard avec une assiette de pain de viande et de purée réchauffée. Il mangeait plutôt bien avec la nourriture à emporter de Garner's. Ils regardèrent le match en silence jusqu'à la pub et Josh lui donna un coup de coude.

— Hé, j'ai une nouvelle qui va te faire penser à autre chose que l'étrange Jenny.

— Je n'ai pas dit qu'elle était étrange. Il y a juste quelque chose d'étrange chez elle.

Josh se remplit la bouche de viande et il mâcha avant d'annoncer :

— Ty m'a dit qu'il faisait des cascades en moto dans le film *Désir Féroce*. Il est surexcité. L'autre type a été blessé et ils l'ont appelé à la dernière minute. Quoi qu'il en soit, ils tournent tout près d'ici. Tu connais la trilogie Féroce ? Mad adore.

— Oui, j'ai entendu des femmes en parler.

— Devine qui joue dedans.

Jake poussa un soupir.

— Je ne sais pas. Raconte.

Il n'était pas au courant des potins de célébrités.

— Claire Jordan.

Josh secoua lentement la tête, avec un sourire idiot. Elle est canon. Tu l'as vue dans *Attirance entre voisins* ou *Pleasant Town* ?

— On dirait des films romantiques.

Il regarda son frère avant de demander :

— Tu regardes ces conneries ?

— *Blue Haze* ?

Il revit soudain un corps de rêve strié de boue.

— Ce bikini à pointes ? Bon sang. C'était sexy.

C'était un film post-apocalyptique et elle avait joué une meneuse de gang téméraire dans un futur désertique un peu punk où tout le monde portait des guenilles et du métal. Ce bikini, c'était quelque chose. Il ne se souvenait pas de quoi que ce soit qu'elle ait dit dans le film. Tout était dans la façon dont elle bougeait.

— Ty m'a invité pour le déjeuner mardi, dit Josh. C'est un tournage fermé, mais nous pouvons le rejoindre à l'endroit où ils prennent leurs repas. Tu veux y aller ? Tu rencontreras peut-être Claire Jordan et tu seras genre 'Jenny qui ?'

Oui. Il aurait aimé pouvoir oublier Jenny aussi facilement. Mais que pouvait-il faire d'autre ? Se morfondre, se languir de Jenny.

— D'accord.

Josh termina son repas et il envoya un texto à Ty qui les fit inscrire sur la liste de la sécurité.

Le lendemain, Jake eut une journée entière pour travailler à distance et essayer de ne pas penser à Jenny. Il gérait la dernière crise de leur technologie brevetée qui était apparue sur le marché noir en Tanzanie. Cela aurait dû le garder concentré, mais son esprit n'arrêtait pas de revenir à l'énigme de Jenny. Il commença par penser qu'elle était peut-être mariée. Peut-être avait-elle un autre nom de famille. Peut-être était-elle un homme, avant. Il pensa à toutes sortes d'idées folles. Mais il savait qu'elle était entièrement une femme. Il avait fait sombre, mais tout était au bon endroit et ses réactions avaient été du pur bonheur féminin. Bon sang. Elle le rendait dingue.

Le lendemain, ils arrivèrent à midi et on les guida jusqu'à une zone de repas à l'extérieur, avec quelques longues tables sous de grandes tentes blanches. Une grande villa en pierre se trouvait au loin, entourée de plusieurs hectares de gazon parfait. Une fontaine en marbre au centre d'une allée circulaire ajoutait à cette impression de la vieille Europe. Bel endroit pour filmer.

Ty les rejoignit dès qu'ils passèrent la sécurité, marchant vers eux en jean et veste de cuir noire.

— Vous êtes arrivés ! s'exclama Ty en leur donnant l'accolade, les tapant fort dans le dos. Ce n'est pas facile de trouver cet endroit.

Josh ricana.

— J'ai un GPS interne. Quelque chose de bon pour le déjeuner ?

— Ouais, on a des sandwiches et des baguettes aux boulettes de viande, dit Ty. Venez.

Ils se dirigèrent vers les tentes où mangeait l'équipe de tournage. Josh et lui prirent des sandwiches aux boulettes de viande. Ils préféraient toujours de la nourriture chaude.

Ils s'installèrent à table avec Ty qui leur présenta une partie de l'équipe : des cameramans, des gens de l'éclairage, du son et quelques personnes des costumes.

Josh se pencha vers Ty au-dessus de la table et il chuchota :

— Va-t-on rencontrer Claire Jordan ? Ou Blake ?

Ty secoua la tête.

— Non. Ils ne mangent pas ici. Des repas gastronomiques sont apportés pour le niveau au-dessus. Nous sommes de seconde zone.

Jake leva un sourcil. Cela paraissait très arrogant. Trop importants pour manger avec les petites gens.

Ils en étaient à la moitié de leur déjeuner lorsque le groupe devint soudain silencieux.

Ty chuchota :

— Claire Jordan.

Jake leva la tête pour voir *la* Claire Jordan se tenir à l'autre bout de la table, parlant à quelqu'un de l'équipe. Un grand homme traînait près de là, sans doute un garde du corps. Elle était terriblement canon dans une veste en cuir blanc, une jupe bleu marine et des talons assortis. De longs cheveux bruns tombaient sur ses épaules. Elle était maquillée, mais pas trop, sa peau était rayonnante et sans défauts. C'était sans doute son costume pour le film. Il avait lu quelques résumés du film en venant. Elle jouait une bibliothécaire qui s'embourbait dans un jeu dangereux d'espionnage industriel avec un magnat milliardaire. Il savait qu'il la fixait du regard, mais il ne pouvait s'en empêcher. Il y avait quelque chose en elle, quelque chose de très familier. Il l'avait seulement vue dans ce film avec son bikini et il s'était concentré sur autre chose que son visage. Elle avait l'air complètement différente en bibliothécaire.

Leurs regards se croisèrent brièvement et tous ses sens s'animèrent : il eut la chair de poule, une réaction viscérale, lorsqu'il la reconnut soudain. Il la connaissait. Il connaissait ces yeux, ces pommettes, ce nez droit, ces belles lèvres pulpeuses. C'était Jenny. Sa Jenny. C'était obligé. Ou bien Jenny avait une jumelle. Des jumeaux qui s'échangeaient avec d'autres jumeaux ? Improbable. Cela devait être elle.

Elle se retourna vers les cameramans, leur parlant doucement. Il frotta ses bras couverts de chair de poule. Il ne put arracher son regard elle, son pouls résonnant dans ses oreilles. Les cameramans étaient très respectueux, écoutant et hochant la tête à ce qu'elle disait. Il ne pouvait l'entendre d'où il était, particulièrement avec Ty et Josh qui parlaient du dernier match de basket.

Claire bougea, avançant vers le milieu du groupe et adressa un petit sourire à tout le monde.

— Comment allez-vous tous ? Vous profitez de cette belle journée ?

Son pouls se mit à pomper de l'adrénaline. Il connaissait cette voix grave et rauque. Sa couleur était différente, des cheveux bruns, des yeux noisette, mais ce visage, ce corps, cette voix. Comment était-ce possible ? Pourquoi Hailey organiserait-elle un rendez-vous pour Josh avec la célèbre Claire Jordan ? Qu'attendait Claire Jordan d'un barman ? C'était pour cela qu'elle ne pouvait plus le fréquenter. Elle n'était pas une fugitive, ni mariée, ni un homme. C'était bien pire que tout cela – mis à part peut-être le coup de l'homme – elle était trop célèbre pour un modeste barman.

Il la fixa, souhaitant qu'elle le regarde dans les yeux, désirant voir qu'elle le reconnaissait. Elle le fit enfin et elle se figea, bouche bée, le regardant d'abord lui, puis Josh assis à côté de lui. Il ne lui avait pas dit qu'un de ses frères était son vrai jumeau. Elle se détourna rapidement. Elle l'avait reconnu, mais il n'était pas certain qu'elle sache faire la différence entre Josh et lui. Peu de gens arrivaient à les distinguer en les rencontrant pour la première.

— Claire ! dit Ty. Mes frères voulaient te rencontrer.

Elle se retourna vers eux, affichant un sourire qui semblait forcé.

— Bien sûr.

Elle vint se tenir à côté de Ty.

— Voici Josh et Jake. De vrais jumeaux, évidemment. On peut les différencier, cependant. Josh sourit davantage et il s'habille n'importe comment.

Ty montra Josh.

Josh fit un grand sourire.

Jake ne put pas parler, toujours choqué. Il n'arrivait pas à croire qu'il ait pu être obsédé par une personne qui n'existait pas. Y avait-il eu quelque chose de vrai dans ce qu'ils avaient vécu ?

— Ravi de vous rencontrer tous les deux, dit Claire en les saluant joyeusement, faisant déjà quelques pas en arrière.

Elle tourna sur elle-même et elle partit rapidement vers la villa.

Jake attendit le bon moment : que tout le monde ait terminé de déjeuner et retourne au travail. Puis il prit Josh à part. Ty les suivit, car il n'avait pas besoin d'être sur le plateau avant encore une heure.

— Claire est Jenny, dit Jake à voix basse.

— Sois sérieux, dit Josh.

Jake lui jeta son regard silencieux de jumeau.

Josh écarquilla les yeux.

— Putain de merde ! Pourquoi voulait-elle que Hailey lui organise un rendez-vous arrangé ?

— Je ne sais pas pourquoi elle l'a fait, mais c'était elle.

Il fit un rapide retour en arrière mental sur le temps

qu'il avait passé avec Jenny. Comment ils avaient fait l'amour dans l'obscurité, comment elle lui avait dit de ne pas laisser de marques dans son cou ni de toucher ses cheveux. Sans doute parce qu'elle ne pouvait pas jouer une bibliothécaire timide avec un suçon dans le cou. Et ses cheveux roux avaient dû être une perruque. Putain. Il se sentait con. Il l'avait tellement désirée qu'il n'avait même pas remis en question ses demandes. Dès l'instant où elle avait dit qu'il pouvait faire tout ce qu'il voulait sauf la mordre ou toucher ses cheveux, il avait plongé. Et il n'avait même pas pu faire tout ce qu'il voulait. À présent, il ne le pourrait jamais. Elle était tellement inaccessible pour quelqu'un comme lui.

Ty écarquilla les yeux, incrédule.

— Cette Claire ? La femme la plus sexy au monde ? Tu n'es *pas* sorti avec Claire Jordan.

— Il a couché avec elle, dit Josh.

Ils le regardèrent tous deux d'un air impressionné.

— Je n'arrive pas à croire que je n'ai pas tout de suite compris, dit Jake. La couleur de ses cheveux et de ses yeux était différente quand j'étais avec elle, des cheveux roux et les yeux les plus verts que j'ai jamais vus.

Il se frappa le front. Des lentilles de contact. Comment avait-il pu ne pas le comprendre ? Il regarda la villa, où pseudo-Jenny tournait le plus gros film de l'année.

Il se frotta la nuque. Qu'en était-il de lui ? Il repensa à leur conversation facile, à l'alchimie entre eux, à la passion. Elle ne pouvait être feinte. Même si Jenny n'était pas réelle et même s'il n'était pas Josh, le lien était réel. Il fut momentanément angoissé par l'étiquette de femme la plus sexy au monde, puis il se souvint qu'il était le célibataire le plus sexy de la Silicon Valley. Cela devait compter pour quelque chose ! Sa confiance naturelle lui revint. Bon sang, elle avait dit qu'il était merveilleux au lit. Bien sûr, elle avait cru qu'il était Josh à ce moment-là, mais peu importe. Il était merveilleux au lit et il pouvait l'être encore plus si on lui en donnait l'occasion.

Il se tourna vers Ty.

— Peux-tu faire passer un message pour moi ?

— À Claire Jordan ? coassa Ty.

— Oui.

— Arrête, gémit Ty. C'est ma patronne. Pas juste l'actrice principale. Ceci fait partie de sa compagnie de production. Si je l'énerve, elle va me virer. C'est un gros film. Je ne suis là que parce qu'elle le veut bien en tant que remplaçant de dernière minute.

— Je t'en devrais une, dit Jake. Tout ce que tu veux.

Ty réfléchit.

Il savait que Jake rendait souvent la pareille de façon spectaculaire.

Jake poursuivit.

— Dis-lui juste que Josh sait qui est allé à ce rendez-vous.

Ty fronça brusquement les sourcils.

— Josh ? Je pensais que c'était toi qui étais sorti avec elle.

— Nous avons échangé nos places pour la soirée, dit Jake. Josh voulait embêter cette autre fille.

Ty secoua la tête.

— Vous êtes tarés. Je n'arrive pas à croire que vous fassiez encore vos conneries de jumeaux.

— Fais juste passer le message, aboya Jake. Je réglerai cette histoire d'échange la prochaine fois que je lui parlerai.

— Très bien, dit Ty en le pointant du doigt. Mais tu m'en dois une et je ferai appel à toi.

— Tout ce que tu veux, dit Jake, sincère.

Ty ricana.

— Une nouvelle Ducati pourrait m'être utile. Il y a cette superbe moto.

C'était une moto d'élite. C'était sans doute celle que voulait Ty. La meilleure.

— D'accord.

Josh intervint.

— Qu'est-ce que j'ai moi, pour avoir rendu tout cela possible ?

— Tu peux embêter Hailey, répondit Jake. C'est le but de ton existence, n'est-ce pas ?

Josh poussa l'épaule de Jake. Durement. Celui-ci le poussa à son tour.

— À plus tard, dit Ty en trottinant vers son travail.

— Tu me diras comment ça s'est passé, appela Jake.

Ty leva la main et continua sa route.

Josh se tourna vers lui.

— Tu penses vraiment avoir une chance avec Claire Jordan ?

Elle était à ce point trop bien pour lui que ce n'était même pas drôle. Mais il avait un espoir, car elle voulait manifestement goûter quelque chose de différent de l'élite hollywoodienne habituelle. Et il n'avait pas à avoir honte à côté des gens riches et célèbres.

— Oui, je le crois.

Josh secoua la tête.

— Bon sang, j'aurais aimé aller à ce rendez-vous.

Jake posa la main sur le visage de Josh en poussant sa tête.

— Avec cette tête ?

Josh chassa sa main.

— À quoi pensais-je ? dit-il en riant.

— Et puis dans ce cas-là tu aurais raté une occasion de sortir avec Hailey.

— Je sors tout le temps avec elle.

Il afficha un regard d'ennui qui ne trompa pas du tout son frère.

— Mariage après mariage après mariage. Je n'irais pas si elle ne me payait pas.

— Bien sûr, bien sûr.

— La ferme.

Ils se dirigèrent vers la route d'accès où Josh s'était garé.

— N'oublie pas ton repas d'affaires avec la jolie dame, dit Jake juste pour l'énerver. Il n'y a pas que les mariages.

— Elle ne m'intéresse pas, insista Josh. Je la tolère. C'est tout.

Jake lui jeta un regard sceptique.

Josh ricana.

— Bon sang, je n'arrive pas à croire que tu aies eu Claire Jordan pour ton rendez-vous arrangé. Tout ce que j'ai moi, ce sont les poids plume.

— C'est de ta propre faute.

— Tu vas rester dans les parages un moment ?

— Oh que oui. Je ne fais que commencer.

Josh se frotta les mains.

— Ça va être bien.

CHAPITRE NEUF

Claire retourna sur le plateau afin de préparer la scène suivante, mais elle paniquait. Elle ne s'était pas attendue à voir Josh ici. Double choc : il avait un jumeau identique. C'était tellement bizarre de voir non pas un, mais deux Josh, qu'elle avait presque poussé un cri de surprise. Seule la présence de l'équipe de tournage lui avait permis de garder son calme. Elle n'était pas certaine qu'il l'ait reconnue. Les deux jumeaux l'avaient fixée du regard, mais c'était le cas de la plupart des hommes qui la rencontraient pour la première fois. Ils avaient soit un fantasme de la fille musclée en bikini de *Blue Haze*, soit c'était le fantasme de la vierge d'*Attraction entre voisins*. Elle n'était aucun de ces personnages. Elle poussa un soupir. Il fallait se remettre au travail. Elle enfila son casque et demanda aux acteurs principaux de se rendre dans la salle à manger.

Peu de temps après, tout le monde fut en place et elle fit un rapide résumé de la scène du dîner pour Blake et l'équipe de tournage. L'accessoiriste, Diane, n'était pas satisfaite de l'apparence d'un bol de fruits et ils attendirent qu'elle rafraîchisse les fruits dans la cuisine.

Blake se tourna pour partir. Il préférait traîner dans sa caravane s'il n'était pas devant la caméra.

— Ne t'éloigne pas trop, dit-elle à Blake. Nous devons commencer dès que les accessoires seront en place.

Blake croisa les bras et fixa la salle à manger en serrant la mâchoire.

— Ce ne sera pas long, assura-t-elle.

Il fit la tête, mais il ne dit rien. Il n'en avait pas besoin, car il communiquait suffisamment ce qu'il ressentait de façon non verbale. Il avait été assez désagréable dernièrement. Elle avait entendu dire que sa société de production ne fonctionnait pas bien. Il n'arrivait pas à obtenir les investisseurs pour les films qu'il voulait produire. C'était difficile à faire, cela nécessitait de la finesse et des connaissances en marketing. Claire avait produit son premier film de sa poche. Le succès de ce film avait donné suffisamment confiance aux investisseurs pour soutenir ses films suivants. Tous, sauf la trilogie Féroce, car elle avait tout misé sur celui-là en sachant qu'il pouvait être un gros succès et elle voulait tout pour elle, en ne devant rendre de comptes à personne. Elle avait proposé à Blake d'investir son propre argent quand ils avaient parlé de ce projet pour la première fois six mois auparavant, mais il avait refusé ne serait-ce que d'envisager investir en lui-même. Il avait dit que son nom devait suffire à ce que les gens ouvrent leurs portefeuilles.

Ty s'approcha, c'était une version plus musclée de Josh. À présent qu'elle avait vu les frères ensemble, tout ce qu'elle voyait en regardant Ty, c'était Josh. Les yeux marron profond, l'angle de ses pommettes, la grâce athlétique de son corps. La veille, elle avait passé la matinée avec Ty quand elle avait supervisé les prises de vue extérieures de Damon fonçant sur sa moto. Pour une raison étrange, ses genoux se verrouillèrent soudain, la préparant à recevoir une mauvaise nouvelle.

Détends-toi, se dit-elle. Il voulait sûrement lui poser une question. Après la scène du dîner, Damon, joué par Ty pour la cascade, allait partir comme une furie sur sa moto et déraper sur le bord de l'allée circulaire.

Elle se tourna et elle afficha un sourire forcé.

Ty sourit à son tour.

— Hé, Claire, merci d'avoir rencontré mes frères. Ils étaient ravis.

— Avec plaisir.

Blake les regarda et leva un sourcil.

— Je croyais que c'était un tournage fermé.

— L'équipe de tournage peut rejoindre quelqu'un en dehors du plateau pour le déjeuner si leur invité a obtenu l'autorisation de la sécurité, répondit Claire.

La cantine était suffisamment éloignée du plateau pour que le tournage reste secret et elle avait appris qu'une équipe contente facilitait toujours le tournage. Au cours des trois derniers films, en engageant une grande partie des mêmes personnes, ils avaient développé un certain niveau de confiance. Personne n'avait abusé de ce privilège. En général, il n'y avait pas d'invités.

— Je serai toi sur la moto, dit Ty à Blake. Je suis ta doublure.

— Mets-moi en valeur, dit Blake.

Ty sourit et leva les paumes des mains comme si c'était évident. Il se tourna vers Claire, lui jeta un regard appuyé et dit :

— Josh sait qui est allé à ce rendez-vous.

Son estomac tomba dans ses talons. Merde. Il savait que c'était elle. Ce n'était qu'une histoire de temps avant qu'il raconte l'histoire au plus offrant. Claire Jordan déguisée. Claire Jordan ivre dans la forêt. Claire Jordan et un coup d'un soir sordide. Ou pire, Claire et Blake en péril, qu'est-ce que cela impliquait pour Damon et Mia ? Son film allait couler. Le buzz autour de Damon et Mia serait anéanti. Elle ravala la bile qui montait dans sa gorge.

— Qui est Josh ? demanda Blake.

Ty s'éclipsa.

Blake lui disait quelque chose, mais elle n'entendit pas bien, car ses oreilles s'étaient mises à tinter. Elle trébucha jusqu'à une chaise de la salle à manger et elle s'assit. Elle se mit à transpirer de la lèvre supérieure. Elle laissa tomber la tête dans ses mains, étourdie et espérant ne pas s'évanouir. Elle entendit de l'agitation et elle vit soudain son assistante qui insistait pour lui faire boire un verre d'eau.

Elle leva la tête et elle vit que tout le monde l'examinait d'un air inquiet. Sauf Blake, qui semblait presque content, comme s'il avait voulu la voir rabaissée. Ce fut ce regard satisfait sur le visage de Blake qui lui permit de reprendre son sang-froid.

— Je vais bien, dit-elle. J'ai sauté le déjeuner et j'ai eu un peu le tournis. Je ne referai pas cette bêtise.

Elle mangeait souvent seule dans sa caravane, ainsi personne ne pouvait mettre en doute son petit mensonge pour la bonne cause. Elle regarda le bol de fruits.

— On dirait que nous sommes prêts. Diane, merci pour ton regard aiguisé. Remettons-nous au travail.

Elle but de l'eau et avant qu'il puisse poser le verre, son assistante l'emporta. Elle se leva, plus forte à présent et mieux concentrée. Personne ne pouvait lui faire perdre ses moyens. Elle s'occuperait de Josh plus tard.

Malheureusement, ce ne fut pas si facile. Elle resta sur les nerfs le reste de la journée, ce qu'elle canalisa dans une scène forte en émotions entre elle et Damon où ce dernier soupçonnait Mia d'avoir un secret, potentiellement de l'avoir trahi. Oui, elle connaissait ce genre de situation, mais c'était elle qui craignait que Josh allait la trahir.

Pendant une courte pause, elle envoya un message à Hailey pour organiser un rendez-vous avec Josh. Elle avait besoin de lui parler en face à face et de découvrir exactement ce qu'il avait l'intention de faire avec cette information. Elle demanda à Hailey de l'envoyer dans le salon privé où le club de lecture se réunissait. Il était hors de question qu'elle l'invite dans sa suite. Car bien qu'elle ait fait semblant dans son rôle de Jenny, l'alchimie qui existait entre eux était très réelle. Elle n'avait vraiment pas besoin de retomber une deuxième fois dans un lit avec lui, en étant elle-même cette fois. Cela risquait de l'enfoncer plus profondément, exposant beaucoup plus que ce qu'elle pouvait se permettre de risquer.

Sa vie devenait le genre de mélodrame qu'elle jouait à l'écran.

Elle ne fut pas du tout surprise d'entendre peu de temps après que Josh acceptait de la voir. N'importe qui dans sa situation aurait fait pareil. Il arriverait sans doute en tendant la main. Cela ne la gênait pas de le payer pour l'empêcher de parler. Cela lui permettait de s'épargner beaucoup d'inquiétudes sur le long terme. Les choses pouvaient devenir plus compliquées s'il avait des photos. Elle ne l'avait pas vu en prendre, mais elle ne savait pas ce qu'il avait fait pendant qu'elle dormait. C'était déjà arrivé.

Enfin, l'heure prévue arriva. Elle entra dans le salon, s'assit à la longue table et attendit. Elle voulait qu'il y ait une table entre eux. Il s'agissait d'une négociation et elle s'en sortait mieux avec un peu de distance. Son garde du corps avait des instructions, ainsi qu'une photo fournie par Hailey, pour l'escorter jusqu'à elle. Hailey lui avait envoyé plusieurs messages en s'excusant abondamment pour le rendez-vous qui avait mal tourné, mais elle ne lui en voulait pas. C'était son propre désir idiot de se sentir normale. Ce n'était plus la personne qu'elle était.

La porte s'ouvrit, Frank passa la tête dans la pièce pour lui faire signe qu'il arrivait, puis il laissa entrer Josh. Elle le regarda s'approcher en chemise blanche immaculée, pantalon de costume gris, chaussures en cuir. Sa démarche était déterminée et confiante. Pendant un bref instant, elle eut l'impression qu'ils avaient un rendez-vous d'affaires. Il y avait quelque chose de différent chez lui. Pas seulement les vêtements plus chics. Une attitude. La façon dont il se tenait. Elle sentit monter la fureur en elle. Elle s'était fait rouler. Il avait calculé comment tirer profit au maximum du temps qu'il passait avec elle. Il avait dû savoir qui elle était depuis le début. Elle s'était doutée qu'il savait quelque chose à leur dernier rendez-vous. Qui le lui avait dit ? Avait-elle été trahie par une de ses nouvelles amies ? Mad ? Hailey ? Elle ne voulait pas que ce soit vrai. Peut-être l'avait-il simplement reconnue. Elle espérait vraiment que ce soit le cas.

Il s'arrêta de l'autre côté de la table, juste en face d'elle, et il la fixa du regard.

— Je n'arrive pas à croire que c'était vraiment toi. Je suis toujours sous le choc.

— Comme si tu ne le savais pas.

— Je ne le savais pas. Pas avant de te voir au déjeuner aujourd'hui.

Il continua à la regarder.

— Tes cheveux et tes yeux étaient si différents et tu avais l'air presque timide en étant Jenny. Tu n'es pas timide du tout, si ?

— Non.

À présent, elle se sentait un peu paranoïaque. Elle avait été sur le point de larguer ses nouvelles amies à cause d'une trahison imaginée. Elle se frotta les tempes.

— Je t'en prie, assieds-toi.

Il tira une chaise et il s'assit, ses yeux ne quittant jamais les siens.

— Tes yeux étaient si verts. Il s'agissait de lentilles de contact, n'est-ce pas ?

— Oui.

— Pourquoi ?

Elle ignora la question. Elle ne pouvait pas lui donner davantage de munitions. Pas avant de savoir ce qu'il allait faire avec ce qu'il savait déjà. Elle joignit les mains sur la table, gardant une expression neutre calculée.

— Maintenant tu sais que je suis Jenny. Qu'as-tu l'intention de faire avec cette information ?

— Pourquoi l'as-tu fait ?

Il l'observa, cherchant à déchiffrer son regard. Claire se rappela à quel point il avait été chaleureux, souriant, parlant avec elle, jouant, l'embrassant.

Elle retint un soupir. Cette époque était révolue.

— Quelle importance ?

— Est-ce pour cela que tu ne pouvais plus me voir ? Parce que tu es célèbre ?

— Oui.

Il fronça les sourcils, un V profond se formant sur son front.

— Parce que je suis un barman de rien du tout. Tu penses être plus importante que cela.

Elle se hérissa. Elle était tout à fait terre-à-terre quand on la connaissait bien. C'était juste qu'elle devait garder un cercle social restreint, par nécessité.

— Bien sûr que non.

— Pourtant, c'est exactement ce que je crois.

Il écarta les bras et il les posa sur les dossiers des chaises à côté de lui en se penchant insolemment en arrière.

— Claire Jordan est trop importante pour les petites gens.

— Ne parle pas à ma place, dit-elle sèchement.

Elle se força à se calmer, à ne pas lui donner d'autres éléments pour l'histoire terrible qu'il avait déjà, mais c'était extrêmement difficile, particulièrement maintenant qu'il avait un sourire satisfait.

Il laissa tomber ses bras des chaises et il se pencha lentement en avant, un air de défi dans ses yeux marron.

— Alors, explique-le avec tes propres mots.

— Je n'ai rien à t'expliquer.

— Dans ce cas, que fais-je ici ? demanda-t-il de son ton arrogant.

Comme s'il savait qu'elle était dans une position vulnérable.

Elle eut envie de l'étrangler. Elle n'arrivait pas à croire qu'il s'agissait du même gentleman barman aimable et chaleureux dont elle s'était tant languie, souhaitant pouvoir le revoir une troisième fois et une quatrième et *arg*. Elle fut témoin d'une rapide bataille interne entre l'envie de lui donner l'ordre de sortir ou celle de continuer aussi raisonnablement que possible. Puis il se remit à parler avec tant d'arrogance que toute sa raison passa par la fenêtre.

— Encore une fois, je te demande à toi, *Claire Jordan*, ce que je fais ici ?

— Sors d'ici, cracha-t-elle, trop irritée pour négocier.

Il s'installa confortablement sur sa chaise.

— Non.

Elle bondit sur ses pieds.

— Non ? Il me suffit de lever la voix pour te faire sortir d'ici. Frank va…

— Assieds-toi.

— Qui crois-tu…

— Allez, c'est bon, dit-il d'un ton irrité, comme si c'était *elle* qui lui faisait perdre son temps. Tu m'as fait venir ici jusqu'à ton lieu de rendez-vous super secret. Que veux-tu ?

Elle s'assit brutalement, stupéfaite qu'il lui demande ce qu'elle voulait. Toute cette situation, c'était au sujet de ce qu'il voulait d'elle.

— Ce que je veux moi ?

— Oui.

— Je veux savoir ce que tu as l'intention de faire avec cette information. Je veux savoir si tu as des photos.

Il la regarda comme si elle était folle.

— Des photos ? M'as-tu-vu prendre des photos ?

— Peut-être quand je dormais.

— J'ai dormi comme une masse quand tu as fait ce que tu voulais avec moi. Trois fois incroyables. C'est peut-être toi qui as des photos.

Elle rit, se surprenant elle-même.

— Tout d'abord, non. Deuxièmement, qui les voudrait ?

Il croisa les bras.

— Toi, peut-être.

Elle redevint sérieuse.

— N'inverse pas tout. C'est moi qui risque beaucoup ici. As-tu parlé à quelqu'un ? As-tu parlé à la presse ?

Il leva un sourcil.

— Pour dire quoi ?

Il n'était pas aussi malin qu'elle l'avait cru. Cela pouvait être un avantage pour elle.

— Eh bien, peut-être pourrions-nous arranger…

Sa voix s'estompa quand il lui jeta un regard chaleureux et tendre.

Il se leva, fit le tour de la table jusqu'à elle et elle lutta pour rester calme, mais plus il s'approchait, plus son pouls accélérait, envoyant une vague de désir sauvage dans ses veines.

Il s'arrêta à côté de sa chaise, tendit la main et lui attrapa doucement le menton. Elle s'arrêta de respirer. Il se pencha lentement en avant, tout près, tellement près, ses lèvres à un cheveu des siennes. Elle ne put pas bouger. Elle ne voulut pas bouger.

Il s'approcha de son oreille.

— Ne suis-je pas censé dire à quel point Jenny me plaisait ?

Son cœur bondit dans sa gorge.

— Je suis désolée, chuchota-t-elle.

Il laissa tomber sa main et il s'appuya contre la table à côté d'elle, l'observant longuement. Elle ne savait pas quoi dire. Elle fut submergée par la culpabilité.

Il secoua lentement la tête.

— Pourquoi faire semblant ? Tu pourrais avoir n'importe qui.

Elle le regarda dans les yeux et elle lui dit la vérité. Elle le lui devait bien.

— Je suppose que me sentir normale me manquait.

— Moi, c'est la gentille fille d'à côté qui me manquait.

— Tu pensais que j'en étais une, dit-elle doucement.

— Est-ce qu'il y a une part de toi qui ressemble à Jenny ? Ou bien est-ce que tout était un rôle que tu jouais ?

— Josh, avant de dire autre chose, j'ai besoin de savoir si tu vas en parler à la presse. Au sujet de Jenny.

Il la fixa longtemps, comme s'il réfléchissait.

— Je te paierai pour que tu gardes le secret, poursuivit-elle. Je peux t'obtenir cinq mille dollars cash dans l'heure. Pense à ce que tu pourrais en faire. C'est beaucoup d'argent.

Et elle avait payé beaucoup plus lors d'occasions similaires.

Il se redressa.

— Tu es incroyable, Claire Jordan.

Elle détestait la façon dont il répétait son nom complet. Comme s'il lui rappelait qu'elle lui avait causé du tort.

— Tu penses que je ne pourrais pas obtenir plus que cela auprès de n'importe quel torchon ?

Elle l'avait sous-estimé.

— Dis-moi ton prix. Mais je veux que tu promettes par écrit de ne pas révéler d'informations sur moi, sur Jenny, ou sur le temps que nous avons passé ensemble. J'ai un contrat de non-divulgation dans mon sac.

Elle se pencha pour l'attraper.

— Pas la peine, dit-il avec dégoût. Cela ne m'intéresse pas du tout de parler de toi et je ne veux absolument pas ton argent.

Elle regretta instantanément d'avoir proposé de l'argent. Il lui avait dit à quel point Jenny lui plaisait. Il devait être bouleversé de savoir que Jenny n'était pas réelle.

— Josh, je…

Il se tourna et il se dirigea à grands pas vers la porte, ses longues jambes dévorant l'espace. Elle ne se souvenait pas de l'avoir déjà vu bouger si vite.

Elle se leva.

— Attends !

Il s'arrêta, puis ses épaules tombèrent comme s'il venait de pousser un grand soupir. Ou peut-être redoutait-il ce qu'elle allait dire. Qu'allait-elle dire ? D'autres excuses ? Pardon d'avoir joué avec tes émotions et de t'avoir poignardé dans le cœur ?

Il se tourna lentement, l'observant silencieusement

depuis l'autre bout de la pièce, attendant qu'elle se décide.

Une sorte de force inconnue la poussa vers lui avant qu'elle se rende compte de ce qu'elle faisait. Elle s'arrêta droit devant lui. De près, elle vit le conflit dans ses yeux sombres : la colère, mais aussi la tristesse. Ce fut la tristesse, la douleur qu'elle lui avait causée, qui lui fit lâcher la vérité.

— J'aimerais être elle pour toi. Je ne pensais pas qu'un rendez-vous pour s'amuser, enfin deux, deviendrait si compliqué.

Il regarda par-dessus son épaule.

— Ouais, compliqué.

— C'est trop compliqué de sortir avec un civil. Les horaires, les voyages en continu. Il est difficile de maintenir une relation de cette façon. Il te faut une provinciale. Ce que tu pensais que j'étais.

Il pinça les lèvres. Enfin, il tendit la main.

— Je suppose que c'est donc un au revoir.

Elle lui serra la main et la chaleur de sa peau lui donna des frissons. Elle croisa son regard et il y eut comme une connexion électrique, l'envie terrible de se jeter dans ses bras.

Mais il fit alors un pas en arrière.

— Au revoir, Jenny.

Il faisait ses adieux à la fausse femme, pas à elle. Elle ne se sentit pas mieux pour autant, car elle avait beaucoup mis d'elle-même en Jenny, mais il y avait trop de Claire Jordan en travers du chemin pour que cela importe.

Elle croisa les bras, essayant de se réconforter. Elle détestait les adieux. Toute sa vie semblait être un long au revoir aux gens et aux endroits. Tout d'abord à cause de la carrière militaire de son père, puis parce qu'elle passait d'un lieu de tournage à l'autre dans le monde entier.

Il resta debout devant elle, attendant qu'elle dise au revoir, mais elle ne le put pas.

— Nous nous sommes amusés ce soir-là, n'est-ce pas ? demanda-t-elle. Et sur le bateau.

Il avait un visage sérieux.

— Oui, c'est vrai.

Il se tourna et il partit sans un regard en arrière.

Elle faillit s'effondrer à cause de la culpabilité terrible et du manque qu'elle ressentait déjà.

— Au revoir, Josh, dit-elle à la pièce vide.

Elle essuya une larme perdue, redressa les épaules et passa par la sortie à l'arrière pour se rendre dans sa suite privée. Seule, encore une fois, avec son ombre silencieuse qui la suivait de près.

Chapitre Dix

Hailey était en pleine gloire. Les femmes se liaient d'amitié, elles ne tenaient plus en place d'excitation pendant qu'elles se faisaient coiffer ensemble dans son salon de coiffure local préféré Looking Styling. Maintenant qu'elle y réfléchissait, Armand ferait bien d'essayer Coupes de Cheveux et Happy Ends. Elle lui apportait beaucoup de clientes pour les mariages, et à présent le club de lecture Happy End. Plus tard dans la journée, elles allaient se rendre au tournage de Claire et jouer des figurantes dans la scène de la fête d'entreprise. Hollywood, nous voilà !

— Désolé, Hails, dit Armand lorsqu'elle suggéra le nouveau nom. Tu es Happy End et moi je suis Looking Styling. Tu peux laisser un autre tract avec le nouveau nom de ton club sur le comptoir, si tu veux.

— D'accord, je ferai ça.

Elle n'aurait jamais pris le risque d'énerver son coiffeur. Ils avaient un lien sacré. Personne n'avait le droit de toucher à ses cheveux en dehors d'Armand.

Il y avait trois chaises de salon pour les cheveux et trois autres à l'arrière pour les manucures. Tout le monde faisait le tour. Même Mad, qui ne semblait pas ravie d'avoir des bigoudis dans ses cheveux courts.

— Tu auras l'air tellement mignonne, dit Hailey à Mad.

Mad lui jeta un regard noir.

Hailey sourit à Julia qui se faisait faire les ongles. Elle

n'allait pas les rejoindre dans la scène des figurantes. Elle voulait simplement visiter le plateau.

Hailey se remit à penser au repas d'affaires avec Jake. Cela l'ennuyait de voir à quel point elle pensait à la fin de ce rendez-vous. Un regard de braise ne rattrapait pas le fait qu'il était un vantard ennuyeux. D'accord, il sentait bon, mais n'importe quel type portant de l'after-shave aurait senti bon. Et elle n'avait rien ressenti en le revoyant au basket. C'était étrange, la façon dont fonctionnait l'alchimie entre deux personnes, on, off. C'était tellement changeant. Elle savait grâce à ses talents d'entremetteuse professionnelle qu'il fallait beaucoup plus qu'une simple alchimie pour faire décoller une relation et construire quelque chose de spécial. Il suffisait de regarder Julia et Angelo. Ils avaient des atomes crochus palpables, mais c'était leur amitié solide qui allait les aider à tenir la distance. Apparemment, il était vraiment impossible d'avoir l'un sans l'autre pour une relation de longue durée. Bien sûr, cela la fit penser à Mad et à ses amis masculins. Elle se demanda si d'autres femmes de son club de lecture avaient des amis hommes. Si c'était le cas, elle allait les encourager à explorer s'il y avait quelque chose de plus. Apparemment, il fallait passer de l'amitié à l'amour.

Armand termina le brushing. Ses cheveux tombèrent en couches élégantes avec une jolie vague au bout. Il enleva la blouse noire et il la regarda dans le miroir.

— Magnifique, déclara-t-il en admirant son travail.

Hailey sourit, cent pour cent d'accord avec ses talents de stylisme magiques.

— Merci, Armand ! dit Hailey en se levant et en lui faisant un baiser dans les airs près de sa boucle d'oreille en argent. Ses propres cheveux, brun foncé avec des mèches blondes, étaient parfaitement ébouriffés avec un style soigneusement nonchalant. Il comprenait qu'il ne fallait pas ébouriffer les cheveux et toucher au maquillage lors d'occasions importantes.

Elle fit le tour, regardant où en étaient ses amies à

différents stades des mèches, brushings et ongles. Elle s'arrêta d'abord près de Charlotte, qui faisait faire quelques mèches auburn dans ses longs cheveux bruns.

— Tu as des amis masculins ? demanda Hailey.

Charlotte leva un sourcil parfait.

— Non. Aucune femme n'en a.

— Bien sûr que si. Julia et Angelo étaient amis. Josh et moi sommes amis.

— Non, dit Charlotte. Si un type veut être ton ami, c'est seulement parce qu'il te réchauffe pour l'étape d'après.

Hailey souffla.

— Ça n'est absolument pas vrai.

Elle alla voir Julia qui se faisait mettre du vernis rouge sangria.

— Angelo et toi vous étiez bons amis longtemps avant d'être ensemble, n'est-ce pas ? Charlotte dit que les hommes ne veulent jamais juste être amis. Ce n'est pas vrai, si ?

Julia sourit.

— Angel et moi on s'est désirés dès le départ, même si nous n'avons pas agi tout de suite.

En voyant Hailey froncer les sourcils, Julia continua.

— Mais je suis sûre que certaines personnes sont capables de vivre une relation platonique.

Hailey hocha vigoureusement la tête. Elle se tourna vers le groupe.

— Quelqu'un ici a un ami masculin ?

Toutes les femmes répondirent non, en dehors de Mad, qui dit :

— Des tonnes. Je préfère les garçons aux filles.

Elle regarda autour d'elle d'un air gêné avant d'ajouter :

— En dehors de vous, bien sûr.

Certaines se mirent à rire, d'autres grommelèrent.

— À quoi penses-tu dans ta jolie tête ? demanda Armand à Hailey depuis l'endroit où il supervisait les mèches claires dans les cheveux de Charlotte. Tu cherches une nouvelle façon de caser tes filles ? D'amies à amantes ?

— Chut, dit-elle.

Armand avait toujours un train d'avance sur elle.

— Fais une fête, dit Armand. De la bonne musique, de la bonne nourriture, de l'alcool, le reste se fera tout seul.

— Je vais peut-être faire ça, dit Hailey.

Elle se mordilla la lèvre inférieure. Mais où allait-elle trouver au moins six hommes célibataires à inviter ?

Évidemment ! Mad. Elle rejoignit Mad qui se faisait enlever ses bigoudis. Elle était mignonne, les boucles élastiques sautillant sur toute sa tête comme une femme des années cinquante.

Il ne lui manquait plus qu'un joli foulard ou un bandeau pour compléter le look. Peut-être une barrette papillon à paillettes.

— T'es tellement mignonne ! s'exclama Hailey.

Mad fit la moue.

— On dirait que j'ai mis le doigt dans la prise.

Tara, sa styliste, sembla vexée.

— Je n'ai pas encore terminé.

— Ah, dit Mad. C'est bien.

Tara se mit au travail avec le sèche-cheveux, apportant plus de volume à la coiffure de Mad. Hailey regarda Mad se transformer, passant de dure et piquante à douce et féminine. Avec le bon maquillage et si Mad voulait bien arrêter de faire la moue...

— Quoi ? aboya Mad, ce qui fit sursauter Hailey. Pourquoi restes-tu plantée là ? Tu n'as pas du maquillage à mettre ?

Hailey sourit, toutes dents dehors, comme elle l'avait appris dans les concours de beauté. Dès que Tara passa du sèche-cheveux à la mousse, Hailey alla droit au but.

— Combien d'amis masculins as-tu ? En dehors de ceux que j'ai rencontrés au basket.

Mad l'avait déjà informée que ces hommes-là n'étaient pas du genre à se marier.

Mad pinça la bouche en regardant le plafond.

— Je ne sais pas. Je n'ai jamais compté.

— Il y en a tant que ça ? demanda Hailey avec un nouvel espoir pour son entreprise d'organisation de mariages.

Tant de rencontres amoureuses ! Toutes ses amies pouvaient trouver leurs happy ends pour toujours !

Mad les énuméra tous.

— L'équipe de basket, les gars du softball, ceux du dojo. Vingt, vingt-cinq hommes.

— Tu as vingt-cinq amis masculins ? s'exclama Hailey, criant presque.

— Ce n'est pas grand-chose. Juste des copains avec lesquels je traîne. Nous ne nous racontons pas nos secrets les plus sombres. On fait juste des choses ensemble.

— As-tu déjà…

— Quoi ?

Hailey baissa la voix.

— Tu sais, es-tu sortie avec l'un d'entre eux ?

Tara arrêta de coiffer Mad et elle leva un sourcil.

Mad rougit.

— Je te l'ai dit, ce n'est pas comme ça. Nous traînons ensemble.

— Ça te plaît ? demanda Tara en montrant le miroir à Mad.

Mad se regarda longuement avant de finir par dire :

— Ça ne me ressemble pas, mais enfin.

— Cela ressemble au meilleur de toi, dit Hailey. Nous la maquillons, elle aussi, dit-elle à Tara.

Mad fronça les sourcils.

— Puis-je te poser une question ? demanda Hailey pendant que Tara sortait son maquillage.

— Quoi ?

— Avec un de ces amis, as-tu déjà senti…

— Non ! aboya Mad.

Elle leva la voix au-dessus du brouhaha du salon.

— Y a-t-il quelqu'un qui pourrait prendre Hailey ? Elle

n'arrête pas de m'embêter au sujet de mes amis masculins.

Hailey souffla.

— Vraiment, Mad, tu dois travailler tes manières.

— Nous ne pouvons pas toutes être des reines de beauté.

— Tu ne t'en sortirais jamais dans un concours, marmonna Hailey.

— Ouille, *cassée*, dit Mad en faisant un geste sec de la main.

Hailey fit le tour, se renseignant doucement au sujet de la situation des amis masculins. À sa grande déception, elle trouva que Mad était la seule à en avoir. Elle avait de grands espoirs pour ses amies du club de lecture Happy End. Pas seulement pour ses affaires. Elle était une romantique et elle voulait que quelqu'un de princier leur fasse tourner la tête. Mais où trouver un prince ?

Quand ils eurent fini les coiffures, le maquillage et les ongles, elles sautèrent dans une limousine qui les attendait pour se rendre sur un plateau dans le Queens où était filmée la fête d'entreprise. Depuis qu'elle était devenue une amie de Claire, elle était montée de nombreuses fois en limousine. Cela ne la lassait toujours pas. Elle se sentait excitée à chaque fois. Il y avait même du champagne frais pour elles.

— Oui ! dit Mad. Un verre me détendra. Ce salon, c'était stressant.

Hailey trouvait que les salons la détendaient. Quelqu'un d'autre faisait tout le travail pour la rendre jolie pendant qu'elle se reposait sur une chaise. Mad était magnifique. Elle ne s'était jamais rendu compte à quel point ses traits étaient délicats avant de voir ses cheveux ainsi, un doux halo de boucles encadrant des pommettes délicates, des yeux de biche marron, un petit nez retroussé et un mignon petit menton.

Elle portait un tailleur pantalon noir, même si Hailey avait essayé de lui prêter une robe. Hailey avait voulu faire des achats des pieds à la tête quand elle avait entendu le triste état de la garde-robe de Mad, mais celle-ci avait arrêté net son élan avec un rapide : 'Non, un tailleur pantalon, c'est parfait'.

— Cela valait la peine, dit Hailey à Mad. Tu es magnifique.

— Arrête, dit Mad en rougissant énormément. Ce n'est que de la poudre aux yeux.

— Tu es très belle, dit Julia.

Tout le monde ajouta des compliments pour Mad.

— La ferme, pétasses, dit l'intéressée. Je sais que vous cherchez juste à pêcher les compliments et vous n'en tirerez pas de moi. Vous êtes toutes très moches.

Un silence choqué régna dans la voiture.

— Euh, c'était affectueux, dit Mad.

Elle se tourna vers Hailey.

— C'est de cette façon que je parle à mes potes. Ils savent que c'est voulu comme un compliment. On s'insulte.

— Les femmes disent des choses agréables, comme 'tu es belle' lui apprit patiemment Hailey.

Mad leva les yeux au ciel et soupira bruyamment.

— Très bien. Vous êtes toutes belles, vous aussi.

Elle se tourna vers Hailey.

— Alors pourquoi les femmes disent-elles cela les unes aux autres ? Ne voulez-vous pas que ce soit un homme qui vous le dise ? Ce n'est pas comme si j'allais sortir avec vous.

Elle frissonna.

— Ce n'est pas comme si je voudrais que tu sortes avec moi, répliqua Hailey.

Les femmes se mirent à rire. Hailey se surprit elle aussi à rire. L'idée de Mad et elle formant un couple était ridicule. Comme une robe du soir avec des baskets hautes. C'était impossible !

Lorsqu'elles arrivèrent sur le plateau, elles furent rapidement guidées jusqu'à la salle verte, où elles attendirent avec des bouteilles d'eau et quelques télévisions en circuit fermé montrant le plateau de tournage.

— Attendez ici, dit un type portant un casque avec micro. Claire veut vous saluer personnellement.

Elles attendirent, étourdies par l'excitation et aussi un peu par le champagne. Claire leur avait fourni la boisson, alors elle devait vouloir qu'elles soient d'humeur festive pour la scène de la fête. Bien sûr, elle n'avait fourni qu'une bouteille pour sept, donc elle ne les souhaitait pas ivres.

— Je vous vois tout à l'heure, dit Julia en se faufilant hors de la pièce.

C'était la seule à disposer d'un accès complet au tournage. Claire l'avait rendue productrice.

Elles attendirent un moment et juste quand elles commencèrent à s'agiter et à s'ennuyer, le type avec le casque audio entra et les appela sur le plateau. Hailey fut surprise de voir que le plateau n'était pas aussi grand qu'elle l'avait pensé. Trois murs blancs, quelques tables rondes couvertes de nappes blanches placées stratégiquement, une piste de danse et une zone de buffet. Des plantes en pot dans deux coins. Il y avait trois caméras et de nombreuses lumières accrochées à une grille métallique au-dessus.

Julia fit un geste pour leur indiquer de s'approcher de l'endroit où elle se tenait avec un groupe de personnes vêtues de costards et de robes du soir. D'autres figurants, peut-être. Hailey reconnut immédiatement le mari de Julia, Angelo, et elle se précipita pour le saluer en le prenant dans ses bras.

— Tu vas être dans la scène aujourd'hui ? demanda Hailey.

Angelo secoua la tête.

— Non. Nous sommes juste là pour regarder. Julia et moi souhaitons rester discrets. Mais mes frères sont là avec leurs femmes.

Il indiqua deux beaux Italiens bruns qui se tenaient près de trois hommes châtains tout aussi beaux.

Hailey compta rapidement les femmes parmi ce groupe.

— Ils sont tous mariés ?

— Oui, dit Angelo avec un sourire.

— Mince.

Claire s'approcha.

— Salut les filles ! Vous êtes superbes.

Les femmes se rassemblèrent autour de Claire, la remerciant de les faire participer.

— C'est Blake ? chuchota Charlotte en jetant un coup d'œil à un grand brun dont le maquillage se faisait retoucher.

— C'est lui, confirma Claire.

— Oh mon Dieu, dit Ally en s'éventant.

Elle avait une tendance marquée à l'exubérance.

— Il est encore plus canon en personne !

— Comment peux-tu le savoir depuis l'autre bout de la pièce ? demanda Mad.

— Il l'est, souffla Charlotte.

— Pouvons-nous le rencontrer ? voulut savoir Hailey.

Claire leur jeta un regard indulgent.

— Bien sûr, cela me ferait plaisir de vous présenter, mais, Mesdames, vous ne voulez pas de lui dans la vie réelle. Il ne vous parlerait même pas s'il pensait ne pas pouvoir vous mettre dans son lit.

— Mais il le peut, murmura Ally.

Les autres femmes acquiescèrent.

— Nous serons sages, dit Hailey.

Claire leur fit signe de la suivre et elles avancèrent avidement, mais avec beaucoup de raffinement, pour rencontrer Monsieur Blake Grenier en chair et en os.

— Hé, Blake, dit Claire. Voici mes amies. Elles seront figurantes dans la scène de la fête aujourd'hui. Voici Hailey, Mad, Charlotte, Ally, Lauren et Carrie.

Les femmes le saluèrent toutes en flirtant, sauf Mad, qui leva le menton et dit 'Salut'.

Blake examina le groupe avant d'atterrir sur Hailey, la dévisageant des pieds à la tête d'un regard qui la réchauffa.

Il m'a choisie ! Il lui fit un signe du doigt pour qu'elle s'approche et elle s'avança, attirée vers lui comme une fan sur le point de craquer.

— Tu as l'air d'avoir déjà fait ça avant, dit-il d'une voix rauque et charmante.

Ses yeux étaient d'un bleu stupéfiant, sa mâchoire la perfection masculine, ses lèvres sensuelles avec l'ombre d'un sourire. Elle retint un soupir d'admiration.

— Dans quoi d'autre as-tu joué ?

Elle agita une main en l'air.

— Oh non. Je ne suis pas une actrice. C'est ma première fois.

Il lui fit un sourire à faire fondre sa culotte, un sourire encore meilleur dans la vie réelle qu'à l'écran.

— Je te montrerai les ficelles du métier, dit-il avec un clin d'œil.

Elle se tourna vers ses amies, la bouche grande ouverte, communiquant silencieusement avec ses yeux écarquillés. *Vous avez vu ça ?*

— Nous devons partir.

Claire tira Hailey sur le côté, en ajoutant par-dessus son épaule :

— Merci, Blake.

Hailey retira son coude de la main de Claire.

— Je n'avais pas fini de lui parler.

— Je t'ai déjà dit qu'il ne veut parler qu'aux femmes avec lesquelles il pense pouvoir coucher. Tu mérites mieux que ça.

Hailey se braqua.

— Je suis certaine que c'est faux. Il me semble amical, sexy et gentil.

— Fais-moi confiance, dit Claire en se penchant près d'elle. C'est un trou du cul.

Hailey chercha Blake du regard par-dessus l'épaule de Claire… oh mon Dieu ! Il lui faisait un regard de braise à *elle*, Hailey Adams ! Elle n'arrivait pas à croire que Blake

Grenier, star d'*Attraction entre voisins*, *Pilot Games* et *River Crush* était un trou du cul. Il était tout ce dont pouvait rêver une fille : un voisin sexy, un pilote charmant qui gagnait la guerre et la fille, un homme de la campagne qui respirait le sexe. Sans parler du beau milliardaire de ses livres préférés, la trilogie Féroce. Elle n'allait pas rater cette occasion de s'approcher de lui.

Elle contourna Claire et elle retourna vers Blake, qui recevait toujours les dernières retouches de la maquilleuse. Il n'était pas possible qu'il ne lui parle que si elle voulait bien coucher avec lui. C'était ridicule. Est-ce que cela signifiait qu'il ne parlait toujours qu'à une seule personne ? La personne qu'il était sur le point de se faire ?

— J'ai un petit ami, annonça Hailey, un petit mensonge pour expliquer – avec classe – qu'elle n'était pas disponible pour quoi que ce soit de sexy avec lui.

Blake leva un sourcil. C'était un peu direct, il n'avait pas demandé si elle était célibataire, mais Hailey avait besoin de prouver que Claire avait tort. Blake Grenier n'était pas ce genre d'homme.

— Mais j'adorerais discuter un peu plus avec toi, dit Hailey. As-tu lu les livres de la trilogie Féroce ? Qu'est-ce qui t'a convaincu de prendre ce rôle ? À quel point penses-tu ressembler à Damon ?

Blake l'ignora, flirtant à la place avec la maquilleuse.

Hailey fulmina. C'était bien un trou du cul. Elle tourna les talons et elle retourna vers Claire et ses amies.

Claire regarda Hailey et lui dit :

— Ne le prends pas personnellement. La plupart des hommes que je rencontre sont ainsi.

Hailey écarquilla les yeux. C'était terrible. Elle chuchota doucement, afin que Claire soit la seule à l'entendre.

— Alors, je suis contente de t'avoir organisé un rendez-vous avec Josh.

Claire grimaça.

— Oui.

— Comment cela s'est-il passé hier soir, maintenant qu'il sait qui tu es ?

— J'ai été franche et je lui ai dit que je ne pouvais plus le revoir.

Pour une raison étrange, Hailey ressentait plus de compassion pour Josh que pour Claire. C'était la première fois que Josh appréciait suffisamment quelqu'un pour vouloir un autre rendez-vous et Claire l'avait laissé tomber juste parce qu'il n'était pas une star du cinéma. Il y avait si peu de gens qui étaient des stars et Josh avait ses bons côtés.

Une femme se précipita vers Claire et lui chuchota à l'oreille. Claire fronça les sourcils. La femme lui montra quelque chose sur son téléphone portable. Claire devint écarlate avant de dire sèchement :

— Dis-lui que je la rappelle. Je vais m'en occuper.

La femme partit à toute vitesse.

— Que se passe-t-il ? demanda Hailey.

Claire entraîna Hailey sur le côté, dans un coin plus calme.

— Quelqu'un a parlé à la presse de mon rendez-vous secret avec Josh. Les titres disent que Damon et Mia se sont séparés. Ça fait complètement tout merder pour le film. Je n'arrive pas à y croire. Il m'a dit qu'il ne révélerait rien. Ma publicitaire panique.

— Je ne peux pas croire que Josh fasse quelque chose de ce genre.

Elle prit un air renfrogné.

— Quelqu'un l'a fait.

— Je te jure que ce n'était pas moi. Et personne du Club de lecture. Nous ne te ferions jamais ça.

Claire se frotta les tempes.

— Je sais. Je ne vous crois pas responsables. Cela a dû être Josh. Dis-lui de me rencontrer ce soir, même endroit, même heure. Je dois régler cela avant que ça aille trop loin.

— Bien sûr. Je lui envoie tout de suite un texto. Ne

t'inquiète pas. Je suis certaine qu'il n'y a pas eu de dégâts.

En voyant les yeux brillants de Claire, Hailey continua à toute vitesse :

— C'est réparable et je ferai tout ce que je peux pour t'aider dans tes efforts de bonne publicité. Il te suffit de me le dire.

Claire secoua la tête.

— J'ai la meilleure publicitaire dans le domaine et un avocat si nécessaire. Contente-toi de faire venir Josh ce soir.

— Je m'en occupe.

Hailey envoya un message à Josh. Elle savait qu'il ne répondrait pas tout de suite. En général il travaillait de l'après-midi jusqu'au soir et il n'était pas collé à son téléphone comme la plupart des gens.

Claire poussa un soupir.

— Je dois faire cette scène, ensuite j'appellerai ma publicitaire. J'ai une autre scène après. Puis Josh.

Elle posa les mains sur les hanches.

— Ça va être une longue journée.

Hailey essaya de lui faire un câlin, mais Claire s'écarta rapidement. Hailey se sentait mal pour la part qu'elle avait jouée dans ce bazar. Elle avait vraiment pensé que Josh serait une pause agréable pour Claire. Elle avait toujours du mal à croire que Josh ait pu délibérément blesser Claire. Était-il si désespéré de récupérer de l'argent pour le bar de ses rêves ? Elle ne voulait pas penser cela à son sujet, car elle essayait toujours de laisser le bénéfice du doute aux gens, mais les choses ne se présentaient pas bien.

Blake arrêta Claire quand elle retourna sur le plateau et il lui parla à voix basse, posant la main au creux du dos de Claire, dans une position assez intime. Claire hocha la tête, posa la main sur son bras et sembla le remercier pour quelque chose. C'était étrange, car elle pensait que Claire ne l'aimait pas beaucoup et que Blake ne parlait aux femmes que s'il savait qu'il avait une chance. Hailey chassa ses instincts naturels de l'amour. C'était sûrement parce que

Claire était la patronne que Blake lui parlait, et bien sûr, toutes les scènes de sexe dans le film allaient naturellement mener à une intimité confortable.

Peu de temps après, elles furent conduites sur le plateau, où Claire et Blake jouaient la scène. Hailey et les autres figurants reçurent vite leurs instructions : rester debout, tenir des conversations silencieuses et de temps en temps boire du champagne sans alcool. Ils commencèrent tous avec beaucoup d'enthousiasme et Hailey rejeta même la tête en arrière quelques fois, riant silencieusement à quelque chose que Charlotte lui avait prétendument dit. Son enthousiasme ne dura pas.

Claire passa la voir pour demander à Hailey de rester discrète. La scène devait se focaliser sur Damon et Mia.

Hailey travailla à être discrète, ce qui était très difficile pour quelqu'un qui avait l'habitude de briller scène comme elle l'avait fait pour tous ces concours de beauté. Et puis, elle était dans un film ! Et pas n'importe quel film. Son livre préféré auquel on donnait vie ! Ils durent changer plusieurs fois de groupe pendant le tournage, ce qui l'amena à s'approcher du grand frère d'Angelo, Nico, qui était aussi beau que Blake Grenier ! Peut-être même mieux. Un canon purement italien. S'il y avait des concours de beauté pour hommes, il aurait une armoire pleine de tiares. Nico était doué pour être discret, ne bougeant même pas la bouche. Il restait simplement planté là. Elle continua ses conversations vides animées en passant en revue les frères d'Angelo et leurs femmes, puis ses amies, et même une fois au bar en arrière-plan derrière Damon.

Quatre heures plus tard, son enthousiasme faiblit. Claire avait dû leur faire refaire la même scène des centaines de fois. Hailey s'ennuyait tellement. Et elle avait faim. Ils ne s'arrêtaient jamais pour grignoter, ou quoi ?

Quand ils eurent fini une heure plus tard, Hailey ne s'intéressait plus du tout au show-business. Cela paraissait beaucoup plus glamour sur le grand écran que dans la vraie vie. Elle ne savait pas comment Claire supportait toute cette répétition. À chaque fois il leur fallait concentrer toute leur énergie sur la scène comme si c'était la première fois, encore et encore jusqu'à ce que la prise soit parfaite. S'il n'y avait qu'un seul petit défaut de lumière, de son, chez les acteurs, les costumes, le maquillage, il fallait tout recommencer !

Hailey se traîna jusqu'à la salle verte où elles avaient laissé leurs sacs. Elle regarda son téléphone pour voir s'il y avait un texto de Josh et elle fut soulagée de voir qu'il acceptait de rencontrer Claire ce soir comme elle l'avait demandé. Elle informa Claire qui donnait déjà des ordres pour la scène du vestiaire. Claire la remercia et retourna au travail. Pauvre Claire. Combien de prises allait-il falloir pour cette scène ?

Mad était surexcitée. Elle attrapa son sac en bandoulière en tissu et elle le jeta par-dessus son épaule.

— Il me tarde de nous voir dans ce film. Nous sommes célèbres ! Allons au Garner's. Je paie la première tournée.

Les femmes acceptèrent de bon cœur et retournèrent vers la limousine en discutant de leur journée excitante. Hailey se sentait simplement fatiguée. Elle s'était sans doute épuisée en restant au sommet de son excitation depuis l'instant où elle s'était réveillée à six heures du matin. Il était à présent dix-sept heures trente. Elle se dit de faire un effort. Quel était l'intérêt de se faire belle avec ses meilleures amies si ce n'était pas pour aller fêter cela ensemble ?

Il était presque dix-neuf heures quand elles arrivèrent au bar. Josh travaillait comme d'habitude. Il devait partir bientôt s'il voulait être en ville pour le rendez-vous que Claire avait demandé à vingt et une heures. Claire faisait de longues journées, mais les horaires étaient strictement définis par les règles syndicales pour tous ceux qu'elle engageait.

Mad tapa le bar de la main.

— Des bières pour tout le monde. Je paie.

— Je prendrai plutôt un chardonnay, dit Julia.

— Un martini, dit Charlotte.

Elles changèrent toutes la commande de boissons, sauf Mad. Hailey resta silencieuse. Elle ne boirait que de l'eau. Elle était déjà fatiguée et l'alcool allait certainement l'endormir. Il lui faudrait manger bientôt.

Josh dévisagea Mad.

— Mais qu'est-ce qu'ils t'ont fait ?

Mad se toucha les cheveux d'un air gêné.

— Je t'ai dit que j'allais être dans ce film.

Josh secoua la tête, remplit un verre de bière et le posa devant elle.

— Trop de maquillage.

— Bref, dit Mad en s'asseyant sur le tabouret à côté de celui de Hailey et en la dénonçant. Hailey a dit que nous sommes magnifiques.

Josh regarda Hailey. Elle se sentit rougir sous son regard insistant.

— C'est toi qui as fait ça ?

— Non. Mais j'ai été contente d'aider. Le Où et le Pourquoi sont confidentiels.

Elles n'étaient pas censées parler du film. Une fois qu'il sortirait l'année suivante, elles étaient libres d'en parler autant qu'elles le voulaient. Elle chuchota à l'oreille de Mad pour le lui rappeler.

— C'est juste Josh, dit Mad en faisant un signe apaisant de la main. Il ne parlera à personne du film.

Elle avait sans doute raison, mais elles avaient donné leur parole à Claire. Un mojito apparut devant elle avec une feuille de menthe posée dessus. Sa boisson habituelle, qu'elle n'avait même pas commandée.

— Merci, murmura-t-elle.

Josh secoua un shaker de martini sans commentaire. Il le servit à Charlotte.

— Que puis-je servir d'autre à toutes ces belles dames ? demanda-t-il en faisant un sourire charmant aux autres femmes.

Après qu'il les eut toutes servies, il s'occupa à empiler les verres derrière le bar. Il n'y avait pas beaucoup de monde pour un mercredi soir chez Garner's. Hailey était préoccupée, se demandant à quel moment Josh allait partir. Claire allait piquer une crise s'il ne venait pas. Elle était très remontée à cause de toute cette mauvaise publicité.

Enfin, Hailey ne put plus le supporter. Josh devait partir tout de suite ou être en retard. Elle sauta du tabouret et elle glissa le long du bar pour aller se planter devant lui.

— Ne crois-tu pas que tu devrais partir bientôt ?

Il versa une autre bière pression.

— Je travaille jusqu'à dix heures.

— Mais tu as dit que tu allais la voir à neuf heures !

Il se figea.

— Oui, c'est vrai. Combien de temps allez-vous rester ici ?

— Je ne sais pas. En quoi est-ce important ?

Il se remit au travail, ne prenant pas la peine de répondre.

Elle retourna s'asseoir, mais quelque chose la rongeait, l'impression qu'un élément n'était pas tout à fait à sa place. Elle s'inquiétait un peu pour Claire.

CHAPITRE ONZE

Jake était sur le point de se rendre au petit aéroport pour avions privés lorsqu'il reçut un texto de Josh disant que Claire voulait le revoir, même endroit, ce soir. Il s'interrogea. Pourquoi ? Qu'y avait-il de plus à dire ? Elle ne voyait aucun avenir avec lui, c'était clair, même après qu'il lui ait dit avoir senti quelque chose de réel. La conversation avait de temps en temps été douloureuse, d'autres fois presque stimulante. Il la sentait plus fougueuse que l'était la timide Jenny et son amour naturel de la compétition aimait le défi de croiser le fer avec elle. Il avait envisagé l'idée de lui dire qui il était, mais il s'était entêté à vouloir qu'elle l'aime pour qui il était, pas pour son nom valant de l'or. Il avait été lui-même lors de ces rendez-vous, en dehors du comportement de gentleman, et des quelques fois qu'il avait été obligé de trouver une explication à la Josh pour la raison de sa présence à un rendez-vous arrangé.

Josh envoya un nouveau texto. *On a des problèmes.* Il y avait également un lien.

Il cliqua dessus et il vit Claire en gros plan sur un magazine people. Elle était déguisée, pas le déguisement de Jenny, mais un avec des cheveux bruns et courts et elle marchait dans une foule de gens autour d'elle. Le titre disait *Rencontre avec son amant barman ! Mia et Damon à la dérive !*

Bizarre. C'était comme si la presse ne faisait pas de différence entre la personne réelle et le personnage qu'elle jouait. Un autre texto de Josh arriva.

Des journalistes sont venus au travail. Je vais rester discret pendant quelques jours, dès que j'aurai terminé au travail.

Merde. La presse avait dû trouver Josh et ils avaient essayé de lui soutirer des informations. Son jumeau ne réagissait pas bien avec les gens agressifs. Son entraînement au combat ressortait, le faisant agir d'abord, poser les questions après. Ils savaient tous que c'était une très mauvaise idée de le surprendre par-derrière.

Pardon, je vais voir ce que je peux faire, renvoya Jake.

Ses pensées revenaient sans cesse à la façon dont la presse avait pu être au courant. Il n'avait pas dit un mot. Josh ne l'aurait jamais fait non plus. Qui d'autre était au courant ? Ty. Mais son frère n'était pas une balance. Peut-être était-ce la façon préventive qu'avait Claire de contrôler le message ? Il fit quelques recherches en ligne, mais aucun des articles n'était positif. Ils laissaient entendre qu'elle était trop importante pour eux, qu'elle jouait à être une fille normale. Une princesse parmi les paysans. Il y avait même des photos soi-disant de Claire déguisée en Jenny. Elles représentaient une femme très ordinaire sous le titre : 'La prochaine performance digne d'un Oscar ?'

Aucun publicitaire n'aurait laissé le message être aussi négatif. Claire devait avoir une fuite, quelqu'un près d'elle, quelqu'un qui cherchait à se venger, peut-être, ou simplement à gagner un peu d'argent.

Ce soir-là, il fut encore escorté par l'immense garde du corps qui lui fit passer la porte du salon privé. Claire bondit sur ses pieds et marcha vers lui, le feu dans ses yeux s'allumant en une réaction animale qu'il essaya de tempérer. Jenny lui avait plu. Mais cette femme, qui venait vers lui toute enflammée et terriblement sexy, en plus de ce qu'ils avaient déjà vécu avant, lui donnait toutes sortes d'idées diaboliques. Elle était faite de différentes épaisseurs, d'une complexité qui le fascinait et d'une nature passionnée qu'il avait envie de creuser.

Elle s'arrêta devant lui, les joues rouges, les yeux noisette étincelants. Son T-shirt blanc à col en V exposait une poitrine qu'il se souvenait avoir goûtée. Brûlante et sucrée. Elle portait un jean moulant et il avait envie qu'elle garde ses talons noirs quand il allait lui enlever les vêtements inutiles. Il enfonça les mains dans ses poches pour ne pas la toucher.

— Combien pour que tu la fermes ? aboya-t-elle.

Il réfléchit à une façon d'orienter les choses vers ce qu'il voulait. Désamorcer la situation et relancer un scénario différent.

Elle claqua des doigts devant son visage.

— Alors ?

Il chassa sa main.

— Je t'ai dit que je ne révélerais rien. Pourquoi supposes-tu que c'est moi ?

Elle fronça les sourcils d'un air suspicieux. Ses yeux noisette étaient jolis, verts et dorés avec un anneau de bleu profond. Il préférait ses yeux noisette aux faux yeux verts éclatants. Ses cheveux arrivaient au niveau de ses épaules et ils étaient bruns. Il préférait ses cheveux blonds. Il avait trouvé une photo d'elle dans son bikini clouté et elle avait des cheveux blonds courts en épi, une vraie dure. Le brun donnait l'impression qu'elle était trop pâle par contraste.

— Josh ! Tu es défoncé ? Où es-tu ?

Il se força à se concentrer.

— Quoi ?

— J'ai dit que tu étais le seul à avoir une bonne raison.

— Pardon, Claire Jordan, il faudra que tu trouves quelqu'un d'autre à blâmer. Ma parole est d'or.

Il aimait utiliser son nom complet, car il était ravi de citer sa véritable identité après s'être langui de la Jenny fictive. Il voyait maintenant que ce nom l'empêchait d'avancer. Elle paniquait à cause de quelques gros titres dans les journaux à sensation. Il était certain que cela devait lui arriver tout le temps. C'était à elle de passer outre son nom et de tenter sa chance avec lui.

— Tu veux bien arrêter de m'appeler Claire Jordan ? C'est juste Claire.

— D'accord, Juste Claire.

Elle poussa un grognement du fond de la gorge qui le fit terriblement bander. Il comprit un peu mieux à quel point Josh devait s'amuser en énervant Hailey. Il se détourna et se dirigea vers le bar du côté opposé de la pièce en espérant qu'il y aurait quelque chose pour détendre l'atmosphère. Il n'était pas très doué pour jouer au gentleman quand il voulait quelque chose. Et il désirait Claire avec une férocité bien au-delà de Jenny, qui avait déjà été très intense. Cette femme le tenait par les couilles, alors qu'elle ne le savait pas. Il préférait que cela continue ainsi.

Il passa derrière le bar et il trouva un excellent merlot. Il leva la bouteille.

— Du vin ?

— Non !

Elle marcha à grands pas vers le bar et vint se tenir face à lui.

— Nous ne sommes pas là pour faire la fête.

Il déboucha la bouteille et il se versa un verre. Il l'entendit respirer profondément de l'autre côté, essayant de se contrôler. Lui aussi, il aurait aimé la contrôler, sous lui. Il but une gorgée de vin, feignant une nonchalance qu'il était loin de ressentir.

Elle frappa le bar de la main pour attirer son attention. Elle n'avait jamais perdu son attention. Il était extrêmement conscient d'elle, tous les sens en alerte, depuis sa poitrine qui se soulevait avec sa respiration, jusqu'à ses joues et son cou rouge, cette voix rauque qui l'excitait même quand elle était en colère. Elle ne sentait pas la vanille et le sucre aujourd'hui. Elle avait une odeur de rose et quelque chose qui s'accordait bien avec Claire, épicée et acidulée. Un parfum pour son rôle dans le film ? Peu importe. Il avait envie d'embrasser, de lécher et de sucer chaque centimètre de sa peau.

— Oui ? dit-il d'une voix traînante. Tu as toute mon attention.

Elle pinça ses lèvres pleines et le pantalon de Jake le serra encore plus.

— J'ai entendu dire que la presse s'est beaucoup intéressée à toi aujourd'hui. Tu as eu assez de publicité pour ton bar ?

Il posa le verre.

— Je ne suis même pas propriétaire de ce bar.

Cela l'ennuyait que Josh doive rester discret uniquement parce qu'une personne voulait obtenir quelque chose de Claire.

— Je t'ai dit que ce n'était pas moi. As-tu besoin que je l'écrive de mon sang ?

Elle fronça les sourcils.

— C'est forcément toi. Combien ?

— Je n'ai pas besoin de ton foutu fric.

— Cela revient toujours à de l'argent. Combien ? Dix mille ? Vingt mille ?

Elle croisa les bras.

— C'est ma dernière offre, espèce de connard cupide, menteur et sournois !

Jake perdit patience.

— Sais-tu qui je suis ? rugit-il.

Elle sursauta.

Il passa brusquement une main dans ses cheveux.

— Non, bien sûr que non, dit-il à voix basse.

Il respira profondément.

— Je suis Jake Campbell, PDG de Dat Cloud. J'ai pris la place de Josh pour le rendez-vous arrangé parce qu'il voulait sortir avec quelqu'un déguisé en moi pour lui apprendre une leçon, et moi je voulais sortir avec une gentille fille provinciale. J'en avais assez des femmes superficielles et glamour.

Il plaça les deux mains sur le bar et il se pencha pour être certain qu'elle entende la suite, car elle était autant responsable de ce bazar que lui.

— Je cherchais quelque chose de réel.

Elle chancela.

— Nous étions tous les deux déguisés.

Elle secoua lentement la tête.

— Attends, à qui Josh voulait-il apprendre une leçon ?

— Qui penses-tu ? Hailey. La femme qu'il adore énerver.

— Est-elle au courant ?

— Non.

— Elle le sera maintenant.

— Il faut qu'elle le sache.

Elle le fixa longuement.

— Ainsi, je suis la femme glamour et superficielle dont tu t'es lassé.

Elle rit, puis elle sembla ne plus pouvoir s'arrêter, riant jusqu'à se plier en deux en se tenant le ventre.

— Je ne vois pas ce qui est si drôle.

Elle se redressa en s'essuyant les yeux.

— Tu es le coureur de jupons riche et égocentrique que je ne supportais plus.

— Je ne suis pas un coureur de jupons égocentrique.

Il ne pouvait pas vraiment nier être riche.

— Tu as couché avec moi lors du premier rendez-vous.

— Toi aussi. Ensuite ?

— Je pense toujours que tu es égocentrique.

Il croisa les bras.

— Et qu'est-ce qui te fait croire cela ?

Elle bomba le torse en se pavanant devant lui.

— Sais-tu qui je suis ? Je suis Jake Campbell, putain, le PDG de Dot Cloud !

Il fronça les sourcils.

— Dat Cloud.

Et il ne parlait pas de cette façon. Elle s'arrêta et elle lui jeta un regard appuyé.

— Ça, ça montre que je suis plus important que tout le monde autour de moi.

Elle indiqua des gens inexistants autour d'eux.

— Je ne te vois pas non plus abandonner ton train de vie.

Elle leva le menton.

— Échec et mat.

Il poussa un soupir.

— Écoute, je n'ai pas parlé à la presse. Quelqu'un d'autre t'a dénoncée. Et quel est le problème, de toute façon ? Tu dois souvent faire les gros titres.

— Le problème, c'est la trilogie Féroce. Les fans adorent les histoires de Mia et Damon sortant réellement ensemble.

— Mais c'est faux. Attends, c'est bien faux, n'est-ce pas ?

— Oui. Mais cela nous fait beaucoup de publicité gratuite. Nous en avons besoin.

— Alors tu sors avec Blake pour de faux rendez-vous galants pour la vraie presse ?

Elle se laissa tomber lourdement sur un tabouret de bar.

— Ce n'est pas… il nous suffit d'apparaître ensemble dans certains endroits et de laisser la presse imaginer ce qu'elle veut. J'ai de la chance qu'il ait déjà fait tout pour précéder l'histoire. Nous sortons samedi voir la première représentation d'un spectacle à Broadway et nous irons à l'after. Cela devrait nous aider. Mais je ne peux pas avoir d'autres histoires sur le fait que je sors en douce avec un autre homme.

— Je ne vois toujours pas pourquoi tu dois rester discrète. Les gens ne peuvent-ils pas faire la différence entre la fiction et la réalité ?

— C'est pour le buzz. Tu ne peux pas comprendre.

Elle se mordit la lèvre inférieure. Il se souvint de la douceur de ses lèvres, de son goût, de la chaleur qui s'embrasait entre eux.

— Eh bien, il semblerait que tu aies une fuite quelque part. Tu dois te concentrer là-dessus.

Il tapota le bar devant elle.

— Je n'ai rien à gagner à dire aux gens que tu es sorti avec mon frère, ce qui n'est même pas vrai.

Elle balaya cela de la main.

— C'est un plateau de tournage fermé. J'ai moi-même approuvé toutes les candidatures.

Elle marqua une pause.

— Sauf Ty. Il a été un ajout de dernière minute. Et c'est lui qui a passé ton petit message mystérieux.

— Ce n'est pas lui. Qui d'autre veut révéler tes secrets ?

— Tout le monde ! C'est de cette façon qu'ils se font de l'argent, en vendant des secrets aux journaux à sensation.

— D'accord, qui d'autre sait que tu étais Jenny ?

— Juste le club de lecture, toi, et ton jumeau, je suppose.

Elle secoua la tête avant de continuer.

— Quand je vous ai vus assis tous les deux, identiques, je savais quand même lequel tu étais.

— Comment as-tu su ? demanda-t-il doucement.

Cela signifiait quelque chose pour lui. Cela signifiait qu'elle voyait qui il était réellement à l'intérieur.

Elle regarda au loin, d'un air rêveur.

— Et quand tu es entré ici hier soir. Il y avait quelque chose dans ta démarche, ton attitude était différente. Tu ne faisais plus semblant.

Il contourna le bar et il vint se tenir à côté d'elle.

— En effet. Et en dehors de quelques petits mensonges pour expliquer pourquoi je m'étais rendu à ce rendez-vous arrangé, j'ai été moi-même tout ce temps.

Elle lui jeta un regard sceptique.

— Non. Tu es vraiment différent maintenant.

— Différent de quelle façon ?

— Tu n'es pas gentil et charmant. Tu es agressif.

Il lui fit son meilleur sourire charmeur.

— Non. Je suis quand même gentil et charmant.

Ses lèvres ébauchèrent un sourire.

— J'ai bien peur que non.

Il leva les mains.

— On m'a dit que je devais agir en gentleman.

Les yeux de Claire étincelèrent joyeusement.

— Tu n'es pas un gentleman. Cela a dû être difficile pour toi.

Elle ne semblait pas être déçue. Il ne put résister à l'envie de la toucher, poussant une mèche de ses cheveux derrière son oreille.

— Ainsi tu n'es pas adorable et timide et je ne suis pas un gentleman. On s'en est quand même bien sorti au lit.

— Bien ?

Elle s'écarta.

— Nous ne savions pas qui était l'autre à ce moment-là et je n'ai pas vraiment confiance en toi.

— Pourquoi pas ?

— Parce que tu as menti sur ton identité.

— Toi aussi. Quel autre argument as-tu ? Faisons tomber toutes ces barrières, dit-il en accompagnant ces mots d'un geste coupant de la main.

Elle secoua la tête, un sourire réticent tirant sur les coins de sa bouche. Oui, elle avait envie de lui.

— Parce que les hommes veulent toujours coucher avec Claire Jordan et cela leur apporte beaucoup plus qu'à moi.

Il ravala une réflexion inappropriée sur la façon dont elle pourrait en profiter comme une bête si elle le laissait faire et il tenta une dernière fois de se comporter en gentleman, ce qui avait si bien fonctionné quand il l'avait charmée à en faire tomber sa culotte.

Il ne fut pas inspiré.

— Pourquoi voulais-tu tant un gentleman, d'ailleurs ? demanda-t-il.

— Parce que je n'en rencontre jamais.

Il n'était pas convaincu que ce fut réellement ce qu'elle voulait. Quelqu'un d'aussi fougueux qu'elle devait rapidement perdre tout intérêt pour ce type d'attitude retenue et chevaleresque. Il fit un pas en arrière, ne cédant pas à l'envie de l'attirer dans ses bras, de passer une main dans ses cheveux – ses vrais cheveux – et de posséder cette bouche délicieuse. S'il lisait entre les lignes, elle expliquait très bien pourquoi elle avait cherché à obtenir un rendez-vous avec Josh le gentleman : tous les hommes lui faisaient du rentre-dedans. Il dut retenir son envie naturelle de faire la même chose.

Elle se pencha contre le bar.

— Maintenant que j'y pense, toutes les personnes sur le plateau quand Ty a fait passer ton message auront entendu que je sortais avec Josh.

Elle lui jeta un regard noir.

— Merci pour ça. Tu n'aurais pas pu passer par Hailey ?

Il avait été en état de choc. Il s'était langui de quelqu'un qui n'existait pas. Et il voulait la revoir.

Il passa à l'offensive.

— Comment pouvais-je te parler autrement ? Tu ne voulais pas me donner ton numéro. Je ne pouvais pas vraiment passer devant ton immense garde du corps sur un plateau de tournage. Tu es *Claire Jordan*, dit-il en encadrant les mots avec ses mains.

— Pourquoi n'ai-je pas pu avoir le véritable Josh ? cria-t-elle, les mains sur les hanches. Il était approuvé par le club de lecture, pas toi.

Ah, c'était parti. Il fit un pas en avant, envahissant son espace personnel, envoyant valser ces conneries de gentleman.

— Pourquoi n'ai-je pas pu avoir la véritable Jenny ?

Elle lui jeta un regard assassin.

— Parce qu'elle était un mensonge !

Il s'avança vers son visage.

— Elle était tout ce que je voulais.

Jusqu'à ce que je te trouve.

Sa respiration était plus rapide maintenant. Elle humidifia ses lèvres.

C'était le signe. À quelques millimètres d'elle, il fixa sa bouche des yeux.

Elle parla d'une voix douce.

— Tu es tout ce que je méprise.

Ils se percutèrent, les bouches collées, les corps en contact depuis le torse jusqu'à l'entrejambe douloureux. Il agrippa ses cheveux et il prit le contrôle du baiser, faufilant sa langue à l'intérieur, savourant le goût sucré et épicé dont il se souvenait. Il glissa son autre main sur sa fesse, l'appuyant contre lui, là où il voulait la sentir. Mais il avait besoin de beaucoup plus.

Elle poussa contre son torse. Il leva la tête et il la regarda dans les yeux dilatés et plein de désir comme cette première nuit qu'ils avaient passée ensemble. Ceci avait toujours été réel.

— Stop, dit-elle en haletant. Nous devons nous arrêter.

Il regarda sa bouche. C'était impossible. Il avait besoin d'elle comme de sa respiration. Son cerveau ne fonctionnait pas assez bien pour l'amadouer, mais il n'en eut pas besoin.

Elle attrapa sa tête et elle l'embrassa encore. Parfait. Il la souleva, l'embrassant toujours, et il la porta jusqu'à la table. Il la posa sur le bord, écarta ses jambes et vint se tenir entre elles, déposant des baisers le long de sa gorge, pendant que ses mains se glissèrent sous son T-shirt.

— Attends, dit-elle en repoussant ses mains. Je ne peux pas…

Il mordilla le lobe.

— Si, tu le peux.

— Pas ici.

Il l'embrassa dans le cou, puis il suça. Elle frappa frénétiquement son épaule.

Il leva la tête, étourdi de désir.

— Qu'est-ce qui ne va pas ?

— Tu ne peux pas laisser de marque sur moi. Cela ne fonctionnera pas pour le film.

Il caressa le pouls rapide dans sa gorge.

— D'accord, je m'en souviens à présent. Pas de marques. Où pouvons-nous aller ?

— Jake, dit-elle.

Il adorait entendre son prénom. Il l'aimait tant qu'il ne remarqua pas au début qu'elle s'écartait de lui.

Il l'attrapa par les hanches et il la fit glisser contre lui. Elle grogna quand ils se touchèrent.

— Je ne peux pas faire ça avec toi, dit-elle en s'appuyant sur ses mains, comme si elle essayait de ne pas le toucher.

Il lâcha ses hanches.

— Je ne t'ai jamais trahi. Je ne l'aurais pas fait. Qui d'autre sait que tu es sortie en étant Jenny ? Trouve cette personne et tu verras.

Elle se mordit la lèvre.

— Le club de lecture est au courant. Mais ce sont les meilleures amies que j'ai. Cela ne peut pas être elle, n'est-ce pas ? Merde. C'est pour cela que je ne peux pas avoir de véritable relation. Je ne peux avoir confiance en personne.

— Tu peux avoir confiance en moi.

Elle soupira.

— Je ne te connais même pas.

— Cherche à me connaître.

— Jake… souffla-t-elle en détournant le regard.

— Un rendez-vous, un vrai. Jake et Claire.

Elle fut tentée. Il le vit bien. Elle ne lui dit pas tout de suite non et elle examina son visage, cherchant la vérité. Il se pencha en avant, frôlant ses lèvres avec les siennes, essayant de l'attirer. Il s'écarta et il la regarda dans les yeux, tout à fait prêt à le faire toute la nuit si nécessaire. L'enjôlant, la charmant, cherchant une ouverture. Il pensait que cela allait être trop difficile de l'amadouer étant donné à quel point il la désirait, mais c'était beaucoup plus dur de la voir s'éloigner.

Elle parla doucement.

— Tu ne veux pas ce genre d'attention sur toi. Ce n'est pas agréable.

Ce n'était pas un non.

— Je te veux *toi* et peu importe ce que cela implique, ça m'est égal.

Il prit son visage entre ses deux mains.

— Je veux Claire.

Elle ferma les yeux et il laissa tomber ses mains sur ses épaules, les faisant glisser le long de la peau satinée de ses bras jusqu'à ses mains. Il enleva ses mains de derrière son dos et il les tira en avant, les tenant simplement. Elle ne s'écarta pas. Il sentit qu'elle commençait à lui céder.

Elle finit par parler, les mots le remplissant de joie.

— Il faudrait que nous restions très discrets.

Non pas qu'il voulait rester discret. Il voulait simplement être avec elle à tel point qu'il acceptait de jouer le jeu selon ses règles à elle. Pour le moment. Il l'embrassa doucement et il parla contre ses lèvres.

— C'est un oui ?

— Oui.

Elle le repoussa.

— Maintenant, arrête de m'embrasser. Un rendez-vous. Jake et Claire.

— Pourquoi dois-je arrêter de t'embrasser ?

— Parce que tu veux apprendre à me connaître, tu te rappelles ?

— Je peux d'abord apprendre à connaître ton corps. Me refamiliariser avec.

Elle rit.

— Oui. J'ai déjà entendu celle-là.

Il se dit que c'était sans doute vrai. Tout le monde désirait la femme la plus sexy au monde. Il avait vu affiché partout le magazine qui lui attribuait cet honneur et son corps en bikini. Il savait que ce genre d'attention ne faisait pas toujours ressortir le meilleur chez les gens et il se rendit compte qu'il devait sortir du lot.

Il fit un pas en arrière et il l'aida à descendre de la table.

— Quel gentleman, le taquina-t-elle.

— Tout est une illusion, répondit-il, ne prenant pas la peine de cacher la tension de sa voix causée par le désir frustré.

— C'est l'histoire de ma vie, dit-elle jovialement. J'enverrai un texto à Hailey pour te faire savoir quand je suis libre.

— Donne-moi au moins ton numéro maintenant que nous avons établi à quel point tu me désires.

Elle rit et il fit un grand sourire.

— J'aimerais arrêter de passer par d'autres gens.

Il sortit son téléphone de sa poche, tapa le code et le lui tendit.

Elle entra son numéro en disant :

— Je ne donne jamais ce numéro. Il n'y a qu'une poignée de personnes qui l'ont parce que c'est nécessaire. Peux-tu gérer ce type de responsabilité ?

— Qu'est-ce que tu crois ?

C'était un honneur et il l'avait plus que mérité grâce à sa retenue.

Elle le regarda dans les yeux, les siens étaient pleins de feu.

— Je l'espère. Je te jure que je te pourchasserai et…

Il l'interrompit par un baiser. Pas un baiser doux. Le type de baiser qui indiquait qu'il prendrait ce qu'il voulait et qu'elle allait aimer ça. Elle se laissa aller contre lui.

Quand il fut prêt, il mit fin au baiser et il attrapa son téléphone dans la main molle de Claire.

— À plus tard, Claire Jordan.

Elle retint un sourire, puis elle lui en fit un énorme. Elle était incroyablement belle dans cet état bien embrassé et plein de désir pour lui.

— À plus tard, Jake Campbell.

Il sourit et il sortit. Voilà qui était mieux.

CHAPITRE DOUZE

Hailey s'amusait tellement à fêter sa participation au film avec ses amies qu'elle perdit complètement la notion du temps. Elle se rendit compte de l'heure lorsque tout le monde fit ses adieux. Elle devait s'assurer que Josh aille voir Claire à temps pour leur rendez-vous. Elle attrapa son téléphone. Oh merde. Vingt et une heures trente.

— Josh, appela-t-elle à l'autre bout du bar, pourquoi es-tu encore là ?

— Je finis à dix heures.

Il essuya le bar, ne tenant pas du tout compte de son échec majeur à aller voir Claire au milieu de sa situation terrible.

— Mais ne dois-tu pas aller voir quelqu'un ? demanda-t-elle avec un regard appuyé.

Mad lui donna un coup de coude.

— Avec qui a-t-il rendez vous cette fois ?

Hailey l'ignora.

— Josh ?

Il jeta le torchon derrière le bar.

— Non.

Elle ne pouvait pas vraiment crier *tu dois aller voir Claire Jordan et régler ce bazar* depuis l'autre côté du bar. Elle se rendit à l'autre bout du comptoir. Il était vide de ce côté, alors elle se pencha en avant et elle chuchota :

— Tu laisses tomber Claire ?

Il se frotta la nuque.

Elle poussa un soupir exaspéré. C'était quoi le problème avec les hommes ? Bon sang. C'était la moindre des choses. Elle sortit son téléphone pour prévenir Claire. Tiens, Claire venait de lui envoyer un message.

Elle regarda son téléphone, le cœur battant, lisant le texto une deuxième fois. Ce n'était pas possible…

Cela signifiait…

Quoi ?

Claire : *Mon rendez-vous arrangé était avec Jake. Il a échangé avec Josh, qui voulait t'apprendre une leçon. Que t'a fait ce rat ?* :(

Ce qu'il avait fait ? Il l'avait juste invitée dans un restaurant de snobs, ennuyée à mourir et fait semblant d'être un homme d'affaires à succès ! Et quelle espèce de leçon voulait-il lui apprendre ? Quel était son objectif ? De se vanter, se vanter et se vanter, dans une tentative ridicule de la faire désirer Jake puis de faire une révélation à la Scooby-Doo, montrant que c'était en réalité Josh, la plaie arrogante et odieuse de son existence qu'elle désirait ? Carrément pas !

De la tromper en la faisant croire qu'elle était assez bien pour fréquenter l'élite richissime ? Ou juste pour se moquer d'elle ? Il avait sans doute ri en secret en voyant son malaise anxieux dans ce restaurant super chic.

Elle leva la tête et elle vit que Josh la regardait intensément.

— Comment as-tu pu ! cria-t-elle.

— Qu'as-tu encore fait ? demanda Mad en riant.

Ils ignorèrent Mad tous les deux.

Josh se contenta de la regarder, ses yeux marron expressifs croisant son regard avec beaucoup d'intensité. Comme la fois où il l'avait trompée avec ce dîner et qu'il lui avait jeté ce regard bizarrement intense ! Il le lui rappelait ! Comme si elle en avait besoin.

Elle se pencha en avant et elle grogna une promesse solennelle.

— Josh Campbell, tu n'auras plus jamais de rendez-vous dans cette ville.

— Ressaisis-toi, dit-il.

Elle souffla.

— Tu es éjecté de mon plan d'affaire pour toujours !

Josh posa les deux mains sur le bar devant elle et se pencha plus près. Sa voix fut un chuchotement rauque qui la fit involontairement frissonner.

— Je n'ai jamais voulu en faire partie.

— Alors pourquoi as-tu… c'était quoi tout ce… arg !

Elle tendit la main.

— Je veux récupérer tout mon argent.

— Je ne l'ai pas sur moi. Il faudra que tu viennes chez moi.

Elle pinça les lèvres.

— Mais oui. Et je suppose que c'est dans ta chambre.

Un coin de sa bouche se souleva.

— Comment le sais-tu ?

Elle pointa le doigt vers lui.

— Tu viens de devenir le numéro un de ma liste d'emmerdeurs.

— C'est mieux que numéro deux, dit-il en riant.

Elle eut envie de lancer quelque chose. Elle voulait sauter par-dessus le bar et l'étrangler. Mais elle ne le fit pas. Elle garda son sang-froid, ne voulant pas lui donner la satisfaction.

— Je me vengerai. Tu ne sauras pas où, quand et comment, mais cela arrivera quand tu t'y attendras le moins.

Il eut un sourire lent et pervers.

— Que la bataille commence, princesse.

Elle retint les pires injures qu'elle connaissait parce que…

Elle. Était. Une. Femme. Classe.

Arg ! Elle se tourna et elle sortit en trombe.

~ ~ ~

Claire n'était pas sur le point d'accuser Hailey ou qui que ce soit d'autre du club de lecture d'avoir parlé à la presse. Plus elle découvrait vite qui était responsable, plus tôt elle pouvait se détendre en présence de Jake. Et elle voulait vraiment profiter de sa présence. Cela faisait tellement longtemps qu'elle ne s'était pas sentie à l'aise avec un homme. Tellement longtemps qu'elle n'avait pas ressenti cette pointe de désir causée simplement par un regard ou un contact. Et il comprenait le besoin de rester discret.

Elle retourna à sa caravane pour une courte pause, son ombre silencieuse la suivant pendant qu'elle repensait à la journée où Ty lui avait fait passer le message. Blake et l'équipe habituelle avaient été présents. Elle avait une bonne relation avec l'équipe et Blake n'avait jamais rien fait pour la blesser avant. Cependant, Blake avait été particulièrement désagréable et il avait beaucoup joué la diva dernièrement. C'était la première fois qu'elle le dirigeait. Avait-il un problème avec le fait qu'elle soit la patronne ? Il avait signé pour tous les films de la trilogie Féroce. Pourquoi prendre le risque ? Peut-être pensait-il être intouchable, sans risque d'être renvoyé. *Oh merde.* Elle faillit se frapper le front. Tout était logique. Blake n'avait rien à perdre. Il pouvait faire ce qu'il voulait, car il savait que les fans n'accepteraient jamais un Damon de remplacement. Tout le monde l'aimait pour ce rôle. Elle ne pouvait pas vraiment utiliser un Damon différent pour le deuxième et le troisième film de la trilogie.

Elle rentra dans sa caravane, n'aimant pas ce qu'elle savait devoir faire. Si Blake révélait des choses à la presse, la poignardant dans le dos, elle devait le savoir avant qu'il torpille complètement le film. Elle inspira profondément et elle organisa un rendez-vous privé au déjeuner le lendemain. Frank serait juste de l'autre côté de la porte si elle avait besoin de lui. Elle ne pensait pas que Blake soit du type violent, mais elle savait qu'il valait mieux rester prudente.

Le lendemain, Blake arriva pile à l'heure avec un

déjeuner faible en glucides et beaucoup de protéines : un steak saignant et des épinards. Il sourit.

— Cela fait trop longtemps que nous n'avons pas eu un déjeuner tranquille, juste nous deux.

La dernière fois, c'était lorsqu'elle lui avait parlé de prendre le rôle de Damon.

— Trop longtemps, acquiesça-t-elle en s'asseyant avec son propre déjeuner de salade, saumon et deux gressins fins.

Son estomac était noué en sachant ce qu'elle devait lui demander. Elle savait qu'elle ne pourrait pas manger.

— Que penses-tu du travail que nous faisons jusque-là ? demanda-t-elle.

— C'est très bien, dit-il en découpant son steak.

Le sang coula de la viande et s'accumula sur l'assiette blanche. Il fourra le steak dans sa bouche et pointa le couteau brillant vers elle, le regard dur.

— Tu as quelque chose à me dire ?

Elle humidifia ses lèvres sèches, l'estomac retourné.

— Non. La production n'a pas pris de retard.

Elle allait attendre qu'il ait fini avec le couteau, vider la table, puis aborder le véritable objectif de cette visite. Elle savait qu'elle avait une imagination débordante –couteau, sang, meurtre – mais son instinct ne l'avait encore jamais trompée.

Elle fit rapidement dévier la conversation vers son sujet préféré : lui-même. Il parla joyeusement de sa carrière et des interviews importantes qu'il avait faites, tout en dévorant son steak. Il joua ensuite avec les épinards avant de repousser son assiette.

— Je vais leur demander de prendre ça, dit-elle en rassemblant le couteau, la fourchette et l'assiette et en faisant un pas dehors pour les passer à Frank.

Elle pencha la tête et elle chuchota :

— Pose ça quelque part.

Frank ne remit pas l'ordre en question. Il prit simplement les couverts qui ne faisaient pas partie de son travail et il retourna à sa vigilance.

Elle revint à l'intérieur, mais elle resta près de la porte.

— Blake, ces histoires à mon sujet affirmant que je sors avec un barman font de gros dégâts au buzz de notre film.

— Je sais. C'est pour cela que j'ai suggéré que nous allions à cette première. Pour réparer la situation.

— Écoute, je vais être directe. Il n'y a que quelques personnes qui savent que je suis sortie avec lui. Et tu en fais partie.

Le visage de Blake resta impassible.

— Et alors ? L'équipe était là, elle aussi.

— Je leur ai déjà posé la question. Ils ont tous juré ne pas avoir dit un mot.

— Je n'aime pas ce dont tu m'accuses. Je suis un professionnel.

— Je vais te poser cette question une seule fois et je veux que tu sois franc. As-tu dit à la presse que je suis sortie déguisée avec Josh Campbell ?

— Claire, sois sérieuse. Pourquoi voudrais-tu que je…

— Réponds à la question !

Il se leva, les paumes levées, un geste conciliant qui contredisait la haine tout juste retenue qui brillait dans ses yeux bleus vifs.

— T'es tarée.

— Tu n'aimes pas devoir obéir à une femme. Tu voulais ta propre société de production, mais tu n'arrives pas à la faire décoller…

— J'ai des projets.

— Non, ce n'est pas vrai. Je sais *tout*, bluffa-t-elle. Je sais que tu es à l'origine de la fuite.

Elle ne le savait pas, mais les cheveux dans sa nuque étaient dressés et son instinct le lui dictait.

Il croisa les bras.

— Tu ne peux pas me virer. J'ai un contrat pour la trilogie.

— Je peux racheter ton contrat et te remplacer.

C'était vrai en théorie. En pratique, il était difficile de trouver les fonds. Blake n'était pas donné.

— Non, dit Blake d'un ton soudain apaisant. Nous ferons plus d'apparitions ensemble. Les fans de la franchise seront ravis. Ils oublieront toute cette histoire de déguisement.

— Tu veux que nous nous affichions ensemble pour améliorer ta célébrité. C'était ta raison pour tout cela. Afin que les investisseurs soutiennent ta société de production. Ne vois-tu pas que tu te tires dans le pied ? Tu crois que tu ne fais que me rabaisser un peu ? Tu fais foirer tout le bon buzz que nous avions pour ce film. Cela coûte très cher.

Il lui fit un sourire enjôleur qui lui donna la nausée.

— Laisse-moi me faire pardonner.

— Comment ? Tu es en train de tuer mon film…

— *Ton* film ?

Il pointa un doigt vers elle.

— C'est précisément le problème. Ton film, ta société de production. Tu te donnes de grands airs à donner des ordres à tout le monde…

— Dehors.

Elle ouvrit la porte et elle lui fit signe de partir.

— Connasse ! Tu vas le regretter.

Il sortit à grands pas.

— Je le regrette déjà, se dit-elle doucement.

Elle se rendit à la fenêtre et elle regarda Frank escorter Blake plus loin. Blake se débarrassa de lui et se dirigea vers sa propre caravane.

Et maintenant ? Ils n'étaient qu'à un mois de la fin du tournage et elle n'avait pas le budget pour tout filmer avec quelqu'un d'autre. Elle était coincée avec lui. Elle fit les cent pas dans la caravane. Elle n'arrivait pas à s'imaginer travailler avec lui pendant deux ans de plus, en sachant qu'il la haïssait secrètement. Qu'allait-il essayer d'autre pour la saboter ?

Elle eut envie de le raconter à Jake. De lui faire savoir

qu'elle avait trouvé le coupable et de s'excuser de l'avoir accusé. Elle avait son numéro maintenant qu'il lui avait envoyé un texto. Elle écrivit le message et elle regarda le téléphone, souhaitant qu'il réponde au plus vite. Elle secoua la tête : c'était une chose si normale d'envoyer un texto à un homme et d'attendre sa réponse. Il travaillait sûrement. Elle soupira et elle posa le téléphone. Il fallait qu'elle mange.

Elle venait de terminer le déjeuner quand son téléphone se mit à sonner. Elle l'attrapa vivement, se sentant déjà mieux en voyant le nom de Jake à l'écran.

— Salut, dit-elle. C'est Blake qui a parlé à la presse au sujet de Jenny et Josh. Je suis désolée de t'avoir accusé.

— Ah, très bien, tu es pardonnée, dit Jake. Espèce de star de cinéma paranoïaque.

Elle rit.

— Merci, PDG à la grosse tête.

Il gloussa.

— Alors tu as viré Blake ?

Elle soupira.

— Je suis coincée avec lui. Je ne peux pas me permettre de payer la rupture de contrat. Il est prévu pour les trois films.

Il siffla longuement avec compassion.

— C'est affreux.

— C'est le showbiz.

Un silence tomba entre eux.

— Bon, dirent-ils en même temps.

Elle rit.

— Je te verrai demain pour le dîner si tu es libre. La sortie avec Blake est annulée.

— Parfait.

— D'accord. J'organiserai tout et je t'enverrai les détails par texto. Ciao.

— Comment ça, 'ciao' ? Peux-tu être encore plus prétentieuse ?

— Pourrais-tu être encore plus critique ?

Il gémit longuement.

— Combien de temps avant de pouvoir évacuer toute cette irritation contenue et la canaliser comme il faut ?

— Tu es une bête.

— C'est vrai.

Elle sourit et elle serra le téléphone contre elle.

— J'aime bien les bêtes.

— Je le sais. J'ai compris qui tu étais dès le premier jour.

— Pas vrai.

— D'accord, pas le premier jour Jenny. Le premier jour Claire.

— Je t'ai cherché sur Internet. Tu ne m'as pas dit que tu avais été nommé célibataire le plus sexy de la Silicon Valley.

— Je croyais que c'était évident.

Elle rit.

— Je n'arrive pas à croire que je viens de subir une trahison horrible de la part du type avec lequel je vais être coincée pendant deux ans et puis tu m'appelles et je ne peux pas m'arrêter de sourire.

— Tu vas devoir t'y habituer. Ciao, bébé.

Elle sourit.

— Ciao.

Elle raccrocha et elle quitta sa caravane, étourdie par quelque chose qui ressemblait beaucoup à de l'amour. Elle avait été amoureuse une fois ou deux, une fois au lycée, trop jeune trop tôt et une fois quand elle avait été une actrice en difficultés avec un autre acteur. Cette dernière relation s'était terminée quand elle avait eu un gros rôle, mais pas son petit-ami. Ceci était différent. C'était plus grand. De l'AMOUR en lettres majuscules. Elle en devenait bête.

Son assistante se précipita vers elle dès qu'elle retourna sur le plateau.

— Blake a disparu. Nous ne le trouvons nulle part. Je crois qu'il a quitté le complexe.

Bon sang. Il avait un contrat et ils avaient besoin de lui aujourd'hui.

Elle secoua la tête, redescendant de son petit nuage.

— Appelle-moi son agent.

~ ~ ~

Jake avait l'impression d'être un agent double à cause de toutes les épreuves qu'il devait traverser pour dîner avec Claire. Pas étonnant qu'elle soit paranoïaque. Il devait la rejoindre à l'entrée de service de son hôtel et prendre une Mercedes aux vitres teintées qui passa par de toutes petites ruelles pour les conduire à l'entrée de service d'un restaurant où son assistante avait fait une réservation sous un faux nom. Son garde du corps les accompagna lors du trajet, disant à peine deux mots à Jake. Une fois qu'ils furent au restaurant, on les escorta rapidement à travers la cuisine, où les employés ne parurent pas surpris de leur présence, puis par un escalier jusqu'à une salle souterraine avec trois petites tables et trois serveurs. L'endroit était chaleureux, avec des panneaux de bois sombre et des appliques murales scintillantes.

Il reconnut un couple assis à une des tables : une actrice connue avec son petit ami rockstar. L'autre table accueillait deux jeunes très beaux qui auraient pu être acteurs, musiciens ou mannequins. Cela semblait être le bon endroit pour les beaux couples cherchant un peu d'intimité. Claire salua l'actrice de la main avec un grand sourire. Il leva le menton vers elle, puis il posa la main au creux du dos de Claire afin de la guider jusqu'à la seule table vide. Claire était incroyablement belle, comme l'on pouvait s'y attendre de la part de *la* Claire Jordan, dans une robe sans manches, turquoise en haut, dorée en bas. Ses chaussures à talons dorées sexy avaient de minces lanières qui faisaient le tour de ses chevilles.

Ce n'était pas qu'il n'appréciait pas les efforts de Claire, mais il avait été tout aussi attiré par elle quand elle était Jenny, sans vêtements de haute couture et sans maquillage. Il se dit qu'elle devait déjà avoir assez de gens dans sa vie qui s'extasiaient devant sa beauté, ainsi, lorsqu'il la vit toute pomponnée, il se contenta de dire 'Jolie robe' ce à quoi elle avait répondu 'Jolie chemise'. C'était une chemise blanche taillée sur mesure. Et cela avait suffi pour les compliments.

Une fois qu'ils furent installés à la table, il se pencha vers elle et parla à voix basse, afin que seule Claire l'entende.

— Pas étonnant que tu aies une si grosse tête. C'est comme si tu étais la présidente.

Elle fit la moue, l'air adorable.

— Tu sais, insulter ta compagne n'est pas la meilleure façon d'atteindre le mode bestial.

Il gloussa.

— Mode bestial après ça. Je te le garantis.

— Et c'est toi qui dis que j'ai la grosse tête. Tu n'as jamais entendu parler de faire les choses lentement ?

— Je ne suis pas doué pour attendre. Toi non plus. Sinon nous n'aurions pas – il se mit à parler d'une voix aiguë – *hum-hum* le premier soir, Jenny.

Elle rit de cette façon gutturale qu'il adorait.

— Parle à voix basse, dit-elle.

Il jeta un coup d'œil au menu.

— Tu manges toujours à vingt et une heures ?

— C'était le seul horaire disponible. Griffin Huntley a réservé toute cette salle pour sa femme et lui juste avant.

C'était une très grande rockstar. Il était impressionné.

Jake regarda autour de lui, observant l'espace chaleureux.

— Griffin Huntley mange ici ? C'est que ça doit être bon.

— Oui, c'est bon, monsieur, dit le serveur, un grand homme mince qui était soudain apparu à leur table.

Jake se remit vite.

— Madame et moi aimerions votre meilleur champagne. Nous avons quelque chose à fêter.

— Très bien, monsieur.

Le serveur partit.

Claire inclina la tête avec un sourire éclatant.

— Et que fêtons-nous ?

Il sentit une grande vague d'affection pour elle. Elle était tout : adorable et fougueuse, sexy sans chercher à faire d'efforts. Glamour oui, mais pas superficielle. Il y avait différentes épaisseurs. Il était complètement épris, malgré le coup de théâtre Jenny/Claire.

Il prit sa main et caressa le dessous de son poignet.

— Le début de quelque chose de fabuleux. Du moins, je pense que ce sera fabuleux. J'ai été attiré par Jenny, mais le jury délibère encore pour toi.

Le plaisir dansa dans ses yeux noisette.

— Je suis dix fois plus forte que Jenny.

Il frôla sa main avec ses lèvres et il sentit quelqu'un le fixer du regard. Il jeta un coup d'œil en direction de l'entrée de la pièce où son garde du corps, Frank, était planté comme un soldat. Leurs regards se croisèrent et Frank détourna les yeux.

Jake se pencha sur la table et chuchota :

— Est-ce que Frank reste debout pendant tout le repas ?

— Oui, chuchota-t-elle à son tour. Il se tient toujours près de l'entrée principale d'une pièce avec vue sur les autres points d'accès.

— Et te suit-il jusqu'à ta…

Il hésita, mais il fallait qu'il le sache.

— Comment fais-tu pour le sexe ?

Elle eut un sourire diabolique.

— Comme tout le monde.

Il ne rit pas. La façon dont Frank le fixait du regard le mettait mal à l'aise. Il continua à parler à voix basse.

— Alors il se tient juste derrière ta porte ?

Elle secoua la tête et elle chuchota :

— Il vérifie d'abord ma chambre, ensuite il reste dans la sienne qui se trouve au-dessous de la mienne.

— Peut-il tout entendre ?

— J'espère que non. Je ne le sais pas.

Il réfléchit, jetant un autre coup d'œil au géant au visage de marbre. Quel tue-l'amour.

— Il est donc toujours avec toi ?

Elle hocha la tête.

— C'est nécessaire pour ma sécurité. Son numéro est programmé dans mon téléphone. Je suis aussi censée porter ce bracelet d'urgence pour le contacter, mais il est moche, dit-elle en fronçant le nez.

Il ravala un rire. Cette femme acceptait d'être suivie par une ombre, mais pas au point de perturber sa tenue.

— Ah bon, il est moche.

— Oui.

— Ainsi, tu n'aimes que les engins de sécurité à la mode ?

Elle but une gorgée d'eau en cachant un sourire.

— Et il en existe si peu.

Un panier de pain chaud arriva. Il lui tendit le panier et elle secoua la tête.

— Trop de glucides.

Il prit une tranche de pain au levain pour lui et il la couvrit de beurre.

Jenny ne s'inquiéterait pas des glucides.

— Jenny ne tourne pas une scène de sexe dans un minuscule cache-sexe.

Il ferma les yeux. Il ne voulait pas penser à Claire presque nue avec un autre homme, même si c'était pour du sexe simulé. Il ouvrit les yeux et il vit qu'elle le fixait du regard.

— Cela t'ennuie ? demanda-t-elle.

— Non. Je suis certain qu'il est nul au lit.

Ce n'est pas du tout sexy. C'est très technique d'obtenir la bonne mise en scène. Et puis toute l'équipe est présente.

Il changea de sujet.

— Alors, que fais-tu ensuite ? Où vas-tu après avoir terminé le tournage de ce film ?

— Nous bouclons *Désir Féroce* deux jours avant Thanksgiving. C'est gravé dans le marbre. Tout le monde a prévu de rentrer chez lui pour les vacances. Je ferai un peu de postproduction à Los Angeles, puis je me rends à Vancouver pendant trois mois pour un autre film. Je serai à nouveau dans le Connecticut en octobre pour filmer le deuxième épisode de la trilogie. Nous allons sortir un film Féroce par an. Il y a *Désir Féroce*, *Pulsion Féroce* et *Amour Féroce*.

Il mangea un morceau de pain et il mâcha.

— Je devrais lire ces livres. Ils ont l'air salaces.

Son regard s'illumina.

— Ils le sont. Mais c'est également une profonde histoire d'amour et de rédemption.

Le serveur arriva avec le champagne, l'ouvrant avec un 'pop' discret, puis versant une petite quantité dans les deux verres.

Claire but une petite gorgée.

— Merveilleux, merci.

Le serveur sourit.

— Très bien, dit-il en versant un peu plus dans chaque verre avant de partir.

Claire leva son verre.

— À l'amour et à la rédemption.

— Je ne suis pas certain de ce que cela veut dire dans ce contexte, mais…

Il voulut trinquer, mais elle garda son verre en arrière.

— Cela signifie que nous nous rachetons tous les deux en montrant qui nous sommes vraiment.

L'émotion qui encombrait sa gorge le fit parler d'une voix rauque.

— Et l'amour ?

Elle lui fit un petit sourire.

— Je ne sais pas. J'avais des sentiments pour Josh, mais le jury n'a pas délibéré à ton sujet.

Il ne put s'empêcher de sourire.

— Touché.

Elle eut un sourire en coin. Il fit tinter son verre contre le sien et ils burent.

Il reposa son verre avant de demander :

— Où vis-tu quand tu ne filmes pas ?

Elle leva les épaules.

— J'ai une maison à Aspen, une à San Francisco…

— Je vis à San Francisco. Enfin, près de là. Sois une bonne voisine et passe me voir.

— J'apporterai le pique-nique.

Il la regarda tendrement, se souvenant de leur premier pique-nique.

— Viens déjà toi, ce sera bien.

Elle secoua la tête.

— Pourquoi ai-je l'impression que tu es trop beau pour être vrai ? Qu'à n'importe quel moment tout va disparaître, 'pouf' !

Elle écarta les mains dans les airs.

— Comme si tu étais dans une caméra cachée.

Elle regarda autour d'elle d'un air méfiant.

— Ce n'est pas le cas. C'est réel.

Il prit les deux mains de Claire dans les siennes.

— Il n'y a pas plus réel.

Le serveur revint avec la salade.

Quand il fut reparti, Jake regarda Claire manger de minuscules bouchées de salade et mâcher lentement. Elle n'avait pas un gramme de graisse sur elle. Cela ne l'aurait pas déplu de la voir avec des courbes douces. Mais il la comprenait. S'il devait être filmé à poil, il ferait du sport en continu et il surveillerait la balance.

Elle leva les yeux.

— J'ai dit à Hailey que Josh et toi vous aviez échangé

vos places.

— Ah bon ? Qu'a-t-elle dit ? A-t-elle quand même aimé le dîner ? C'était un restaurant trois étoiles au Michelin.

— Ah ? C'est ça qu'il a fait ? Je ne savais pas comment il lui avait appris une leçon. Tiens. Alors il l'a juste emmenée dîner en faisant semblant d'être toi ? Elle est tellement fâchée que je pensais que c'était bien pire. Tout ce qu'elle a dit, c'est qu'il ne pourra plus jamais sortir avec une fille dans cette ville.

Il éclata de rire. Il imaginait très bien Hailey préparer une vengeance. Elle raconterait peut-être à tout le monde que Josh avait une MST.

— Il ne faut pas jouer avec Hailey, dit Claire.

Jake secoua la tête.

— Il l'a juste emmenée dîner pour lui montrer qu'elle s'intéressait vraiment à lui et non pas au frère milliardaire.

— Tu es milliardaire ?

— Tu ne t'es pas renseignée sur mes avoirs ?

— Non. J'ai juste cherché les informations de base : situation de famille, casier judiciaire, titre de célibataire le plus sexy.

Il gloussa.

— J'ai récemment quitté le club des dix chiffres. Enfin, revenons à Josh. Écoute ça. Il a mis en place toute cette scène élaborée, mais il n'a jamais fait la grande révélation, il n'a pas remué le couteau dans la plaie. Il l'a juste emmenée dîner, ramenée chez elle et c'est tout.

— Il doit y avoir autre chose.

Elle mangea plus de salade, d'un air pensif.

— Elle est furieuse. Il a dû se passer quelque chose.

— Si c'est le cas, il ne veut pas en parler.

— Je vais la travailler. Les femmes parlent de ce genre de choses, en particulier Hailey. Ce n'est vraiment pas son genre de ne pas raconter tous les détails. Elle s'intéresse surtout aux détails.

Elle pinça les lèvres.

— Et lui, on dirait un abruti.

— Hé, c'est mon jumeau.

— Je sais, mais…

— Ouais, c'était vraiment un sale coup. Il est complètement perturbé par Hailey. C'est vraiment simple. Une femme te plaît, tu l'invites à sortir, tu la séduis et tu la baises comme une bête. C'est ma philosophie.

Elle se retint de sourire, mais il vit l'humour danser dans ses yeux.

— Tu as peut-être raté une étape, là.

Il fit semblant de réfléchir.

— Non, je ne crois pas. C'est à peu près tout.

Elle rit.

— Je ne devrais pas t'encourager.

— Tu le devrais vraiment.

Les assiettes de salade furent enlevées dès l'instant où ils eurent terminé. Les plats arrivèrent quelques minutes plus tard. Tout était bio et venait directement de chez le producteur. Claire eut du saumon avec des légumes rôtis. Encore une fois, pas de glucides.

Jake mangea du steak et de la purée de patates douces. Il se souvint de son regard d'extase quand il lui avait donné des bouchées de gâteau au chocolat lors de leur pique-nique. Maintenant qu'il y repensait, elle n'avait eu que trois bouchées. Et ce gâteau était fantastique.

— Les glucides ne te manquent pas ? demanda-t-il.

— J'en mange entre deux films. Ça va.

Il coupa le steak parfaitement à point.

— Que s'est-il passé avec l'agent de ce type ?

Il savait qu'il ne devait pas dire de noms quand ils étaient en public, mais il était curieux de savoir ce qu'il s'était passé avec Blake.

— Plus tard, dit-elle.

Il hocha la tête une fois.

— Compris.

Ils terminèrent le dîner, la conversation étant aussi

facile entre eux que lorsqu'ils étaient Jenny et Josh. Cela ne fit que confirmer pour lui que la chose entre eux était bien réelle, qu'elle l'avait toujours été et qu'elle se développerait à partir de là. Il parvint à convaincre Claire de venir boire un verre au bar de son ami en centre-ville. Il avait réservé une salle privée au troisième étage, un de ses endroits préférés pour emmener des clients ou des amis. Parfois une femme.

Pendant le trajet, elle se blottit contre lui et l'informa sur Blake.

— J'ai dit à son agent qu'il ne respectait pas les termes du contrat, j'ai menacé de faire appel à mon avocat et Blake est apparu deux heures plus tard complètement ivre.

Il lui serra l'épaule.

— C'est terrible.

— Oui. Et puis aujourd'hui il est arrivé avec une heure de retard, la gueule de bois et aboyant contre tout le monde. Il a renvoyé son assistant, puis il a piqué une crise parce que personne ne lui avait apporté son café spécial, ce que son assistant aurait fait s'il n'avait pas été viré.

Elle poussa un long soupir avant de continuer.

— Il me harcèle également au sujet de Josh, disant qu'il ne veut de moi que pour faire de la publicité à son bar.

— Tu ne lui as pas parlé de moi ?

— Je ne veux pas que les gens sachent à ton sujet. Ils ont déjà assez de choses à dire par rapport à Josh.

— Nous devrions rendre notre relation publique. Ce n'est pas juste pour Josh. Il a dû éviter la presse et ça le stresse d'avoir une foule autour de lui.

— Mais il travaille dans un bar. N'est-il pas toujours au milieu d'une foule de gens ? Ou à des mariages ?

— Il peut gérer le bar parce qu'il y a une barrière entre lui et les autres gens, mais c'est différent quand il est dehors et qu'il y a un tas de journalistes. J'imagine qu'il rase les murs lors des mariages.

Elle s'enfonça plus loin dans son siège.

— Je ne veux pas que les gens sachent pour nous. Cela

va tout gâcher. Je viens de te trouver et je veux que notre relation reste privée. Il est particulièrement important que les fans restent focalisés sur Damon et Mia.

Il n'aimait pas la façon dont elle laissait la presse dicter sa vie, en particulier quand son frère devait gérer les conséquences.

Il se tourna pour la regarder dans les yeux.

— Pour toujours ?

— Non, pas pour toujours. Pendant un moment. Jusqu'à ce que je sois certaine que nous sommes à un niveau où ce que dit la presse n'a plus d'importance. Et que tout est prêt pour le film.

Elle soupira.

— C'est mieux de cette façon. Tu ne comprends pas ce que tu vas subir.

Elle baissa la voix, triste et résignée.

— C'est un cauchemar.

Il essaya de détendre l'atmosphère.

— Tu ne sais même pas ce que tu vas subir avec les gens de la Silicon Valley. Tu parles d'un cauchemar.

Les coins de sa bouche montèrent.

— Ah bon ?

— Oh oui, dit-il en jouant avec une mèche des cheveux de Claire. Des bugs informatiques qui t'empêcheront de dormir. Des réunions d'actionnaires qui te donneront envie de dormir.

Elle passa un bras autour de sa taille.

— Dis-moi ce que tu fais. J'ai lu que c'était en rapport avec le partage de l'information.

— Ton pouvoir de Google-fu est impressionnant.

Elle rit. Il lui raconta, expliquant pourquoi il avait monté l'entreprise et quelle était l'utilité de sa technologie dans le monde entier. Il lui parla également des offres qu'il avait eues pour le rachat de son entreprise, afin qu'elle sache qu'il pouvait être flexible quant à son lieu de travail et à son temps de travail pour un avenir avec elle. Bien qu'il n'ait pas parlé à voix haute d'avenir avec elle. Il ne jouait jamais toutes ses cartes dès le début de la partie.

— Impressionnant, dit-elle.

Il pencha la tête pour lui chuchoter à l'oreille :

— Maintenant, si tu pouvais dire ça ce soir quand je baisserai mon pantalon.

Elle lui donna une tape sur l'épaule en riant.

Ils avaient fait un très bon début. Un deuxième début, en fait, encore mieux que le premier, car celui-ci était réel.

Chapitre Treize

Claire était un peu angoissée par l'arrêt imprévu pour boire un verre avec Jake : normalement elle informait les établissements de son arrivée et Frank partait en éclaireur pour vérifier le lieu. Mais en même temps, elle voulait poursuivre leur rendez-vous. Elle détestait avoir l'impression de devoir s'arrêter de s'amuser juste parce qu'elle était célèbre. Il s'avéra que le bar était le pub irlandais dans lequel ils s'étaient arrêtés lors de leur deuxième rendez-vous de Jenny et Josh. Jake décrivit comment se rendre à la salle privée au troisième étage à Frank, qui était assis à l'avant avec le chauffeur, et à Claire.

— Ainsi, je suppose que tu connais le propriétaire ? demanda-t-elle.

Il entrelaça ses doigts avec les siens de cette façon affectueuse qu'il avait.

— C'est mon ami Marcus qui est propriétaire. J'étais un des investisseurs à ses débuts. Il m'a remboursé dans l'année, mais j'ai toujours droit au traitement VIP.

Bien, tout ira bien. C'était un environnement contrôlé. Il connaissait le propriétaire. La salle était réservée juste pour eux et elle savait que Frank resterait près d'elle.

— Détends-toi, dit Jake. Tu ne vas pas au-devant d'un peloton d'exécution. Nous allons juste boire un verre, nous amuser.

Elle ne répondit pas. Il n'avait aucune idée des situations hallucinantes auxquelles elle devait faire face à cause des fans enragés qui voulaient un morceau d'elle. S'il restait assez longtemps avec elle, il le verrait. Ce n'était pas juste pour des photos ou des autographes. Ils attrapaient ses mains, voulaient ses cheveux ou un élément de ses vêtements. Les hommes qui avaient des fantasmes érotiques à son sujet voulaient la toucher. C'était pour cela qu'elle avait Frank. Parfois elle avait envie d'avoir tout un tas de Franks afin de pouvoir se déplacer dans une bulle de protection sans être accostée.

La voiture s'arrêta devant le bâtiment. Frank sortit tout seul pour vérifier l'endroit en avance pendant que le chauffeur faisait le tour du pâté de maisons.

Jake essayait sans cesse de la distraire, l'embrassant dans le cou, mais elle ne put pas se détendre assez pour en profiter.

Elle repoussa son épaule.

— Pas maintenant.

Il glissa une main dans ses cheveux en la dévisageant d'un regard brûlant et il attendit un instant sans respirer. Elle cligna des yeux, fascinée. Puis la bouche de Jake posséda la sienne, assez agressive et brutale pour qu'elle ne puisse penser à rien d'autre qu'à sa chaleur et à son goût. Une délicieuse sensation rare de papillons dans le ventre lui rappela que Jake était spécial.

Il s'écarta lorsque la voiture s'arrêta de bouger et il fit un lent sourire sexy.

— Nous sommes arrivés.

Frank ouvrit la porte à l'arrière de la voiture et passa la tête à l'intérieur.

— Il y a des paparazzi. Nous allons bouger vite. Vous êtes prêts ?

Merde. Comment les paparazzi savaient-ils qu'elle était ici ? Ils se pressaient déjà autour de la voiture.

Elle se tourna vers Jake.

— On va devoir se dépêcher. Frank nous fera entrer en sécurité.

— Je n'ai pas l'intention de courir.

— Bouge vite, d'accord ?

Il fronça les sourcils.

— Pourquoi ? Parce qu'il y a un crétin avec une caméra ?

— Fais-le, c'est tout, siffla-t-elle en sortant de la voiture.

Des flashs se déclenchèrent, l'aveuglant presque dans l'obscurité de la nuit. Elle se tourna et elle vit Jake debout, redressant sa chemise et marchant à son allure habituelle, le visage fermé. Presque comme s'il les défiait de s'approcher.

Et puis Frank la tint par l'épaule, la gardant partiellement cachée. Elle se pressa d'entrer dans le bâtiment, tout droit vers une porte réservée aux employés, à travers une zone de stockage, puis à l'étage et par une porte sur laquelle il était écrit Privé. Jake n'était pas avec eux. Que faisait-il ? Parlait-il avec les paparazzi ? Leur donnait-il une histoire ? Bon sang.

Elle arriva au troisième étage dans lequel se trouvait un bar rempli de boissons avec un barman qui se tenait prêt. C'était un homme grand avec des cheveux courts d'environ son âge. C'était celui qui avait chaleureusement salué Jake la dernière fois qu'il était là. Il lui sourit. Elle lui rendit un sourire crispé. Il y avait une demi-douzaine de tables rondes et une table de billard. Toujours pas de Jake.

Il arriva enfin, d'un air nonchalant. Frank sortit pour attendre à l'extérieur de la porte.

— Qu'est-ce qui t'a pris si longtemps ? demanda-t-elle.

Jake se dirigea vers le bar.

— Que veux-tu boire ?

Elle tapota du pied. Elle ne pouvait pas lui crier dessus devant le barman, qui était en train de saluer Jake comme si c'était un frère perdu depuis longtemps.

Jake la regarda.

— Viens rencontrer Marcus. C'est lui qui va nous servir ce soir.

   Kylie Gilmore

Marcus attrapa l'épaule de Jake et le secoua.

Elle afficha son sourire affable réservé aux fans et elle traversa la salle pour les rejoindre.

— Bonjour, ravi de te rencontrer, Marcus. Je m'appelle…

— Claire Jordan. Je sais, dit Marcus en riant. Que fais-tu avec ce type ?

Elle leva les sourcils.

— Je commence à me poser la question.

Jake fit semblant de recevoir un coup dans le cœur.

— Ooh !

Il passa derrière le bar avec Marcus.

— Elle est fâchée parce que j'ai refusé d'entrer ici en courant comme elle le voulait. Je n'obéis pas aux ordres.

— Ce n'était pas un ordre, dit-elle en serrant les dents. C'était pour ta sécurité.

Jake secoua la tête et examina le bar.

— Tu ne peux pas laisser un type avec un appareil photo dicter ta vie. Ils vont parler de toi de toute façon. Fais ce que tu veux.

— Ce n'est pas si facile, dit-elle.

— Si, ça l'est.

Marcus sortit une bouteille de bière et il la tendit à Jake. Celui-ci la décapsula et il but une gorgée. Elle aurait grincé des dents si cela ne coûtait pas si cher à faire réparer.

— Leur as-tu parlé ? demanda-t-elle à Jake d'un ton sec.

Tant pis pour son visage affable.

— Je sens comme une tension, dit Marcus. Tiens, voilà pour toi.

Il posa une bouteille de vin blanc frais et une bouteille de rouge sur le bar.

— Jake te servira. Les deux sont très bons. Ravi de t'avoir rencontré, Claire.

— Pareillement, dit-elle. Merci.

Marcus sortit en gloussant.

Dès l'instant où il quitta la pièce, elle fondit sur Jake.

— Qu'as-tu fait au cours des dix minutes qu'il t'a fallu pour monter ici ?

— Détends-toi. Ce n'était rien. J'essayais juste de te montrer que tu peux agir comme un être humain normal et que rien de mauvais n'arrivera.

Il indiqua les deux bouteilles de vin.

— Que veux-tu, le blanc ou le rouge ?

— Qu'as-tu fait ? insista-t-elle.

— Rien. Bon sang, t'es parano. Pouvons-nous revenir à la partie où nous sortons tranquillement ensemble ? Je n'ai pas dit à ces gens de venir. Il s'agit d'une partie de la ville à la mode. Ils sont sûrement tout le temps ici.

Elle croisa les bras, toujours furieuse qu'il n'ait pas suivi ses conseils. Elle avait beaucoup plus d'expérience que lui dans ce domaine. Il fit le tour du bar, écarta les bras de Claire et la serra dans ses bras.

Sa voix gronda dans son oreille.

— Allez, bois un verre avec moi.

Elle poussa un soupir irrité, mais elle ne s'écarta pas de lui. C'était rare que quelqu'un la tienne ainsi et c'était très agréable. Il se mit à fredonner un air qu'elle ne connaissait pas avant de la prendre par la main et de poser sa main libre au creux de son dos. Sa colère se dissipa quand il la fit valser.

Elle soupira et elle posa la joue contre son torse chaud, respirant sa senteur épicée et boisée. Elle avait peut-être réagi de façon exagérée. Il n'était pas habitué à la façon dont les choses devaient se faire.

— Voilà qui est mieux, dit-il, le bruit faisant vibrer son torse.

Pour une raison étrange, son impertinence l'amusait plus qu'elle l'irritait. Peut-être parce admirait-elle sa confiance en lui ? Certains hommes étaient intimidés par sa célébrité et ils étaient plus agressifs pour compenser, ce qu'elle comprenait toujours pour ce que c'était : de la vantardise, aucune profondeur. Jake avait beaucoup confiance en lui, mais avec un véritable succès pour l'expliquer. Elle commençait à croire que le rencontrer lui au lieu de son jumeau avait été un tour du sort avec une bonne dose de destin. Cependant, il n'avait pas besoin de le savoir. Il était bien trop tôt pour exposer son cœur.

Elle leva la tête, décontenancée par l'intensité de tout ce qu'elle ressentait pour lui.

— D'accord, je vais boire ce verre.

Il leva une main au-dessus de sa tête et il la fit tourner sur elle-même.

— Puisque Marcus est parti, la poule mouillée, je serai ton barman ce soir.

Il arrêta de la faire tourner quand elle lui refit face, l'embrassa tendrement, puis mordilla sa lèvre inférieure. Elle ressentit comme un choc électrique. Il la surprenait sans cesse : il était adorable avec un côté tranchant qui l'obligeait à rester vigilante.

Il marcha jusqu'au bar et il leva la bouteille de rouge.

— J'ai l'impression que tu es d'humeur rouge, la couleur de la passion.

— Quelqu'un t'a déjà dit à quel point tu étais subtil ?

Il ricana et déboucha la bouteille.

— Bizarrement, non. Tu es la première.

Elle secoua la tête avec un sourire.

— Choisis la table à laquelle tu aimerais être dévergondée, dit-il. J'arrive.

Elle regarda les tables en bois sombre disposées dans la pièce et elle considéra cette idée folle pendant un moment. Il n'y avait que deux fenêtres couvertes par de longs rideaux rouge sombre. Et bien sûr, Frank qui se tenait de l'autre côté de la porte.

Elle s'assit sur un des tabourets ronds du bar.

— Tu peux toujours rêver.

Il lui tendit un verre de vin. Elle but une gorgée.

— Il est vraiment très bon.

— Je ne t'aurais jamais emmené dans un endroit avec du mauvais vin. Marcus s'y connaît.

— Tu investis dans beaucoup de bars ?

— Non. Seulement celui-ci. C'est un des frères de sang dont je t'ai parlé.

Ah. Elle se demanda si elle rencontrerait un jour sa famille. Peut-être s'ils allaient tous dans un endroit privé. Comme sa cachette dans le Maine. Sa famille était éparpillée. Son frère était à Londres. Ses parents avaient pris leur retraite en Caroline du Nord.

— À quoi penses-tu ? demanda-t-il en s'asseyant sur le tabouret à côté d'elle.

— Je me demande quelle direction nous allons prendre maintenant.

— Facile. Nous retournons à ton hôtel.

— Ah bon, vraiment ?

Il était si arrogant. Et il avait tellement raison.

Il but une gorgée de sa bière.

— Nous savons tous les deux la direction que ceci va prendre.

Elle souffla et elle leva les yeux au ciel pour dire silencieusement, *mais bien sûr.*

Il tira sur une mèche de ses cheveux.

— Tu oublies que j'ai grandi avec Mad. Je sais tout du grand show.

Il se pencha en avant en poursuivant.

— Tout le cinéma. Ne te fatigue pas à cacher à quel point tu me désires. C'est écrit en grosses lettres fluo au-dessus de ta tête : baise-moi.

Elle ne put s'empêcher de rire.

Il but une autre longue gorgée de bière en la regardant de ses yeux brûlants.

— Laisse tomber le verre. Allons-y.

— Attends une minute, tu as fait tout un foin pour prolonger cette soirée et c'est ce que nous allons faire. Je n'ai pas affronté les paparazzi et le stress d'une sortie non planifiée pour ensuite partir d'ici à toute vitesse.

— D'accord.

Elle faillit tomber de son tabouret, surprise qu'il capitule aussi facilement.

— D'accord.

Elle tendit la main vers son verre de vin, mais il l'attrapa le premier. Il le leva aux lèvres de Claire, lui faisant boire une gorgée en la fixant d'une intensité telle qu'elle déglutit bruyamment. Le merlot était riche, avec une touche de cerise qui la réchauffa. Il reposa le verre sur le bar, puis il traça le contour de ses lèvres d'un doigt avant de le retracer avec sa langue. Elle écarta les lèvres avec un soupir, le corps lourd et fondant de désir. Jake faufila sa langue à l'intérieur avec un mouvement de va-et-vient imitant ce qu'ils allaient finir par faire. Elle gémit et elle fit passer ses bras autour de son cou. Elle était loin d'en avoir assez lorsqu'il leva la tête.

— J'aime ce verre que nous buvons, dit-il d'une voix rocailleuse. Buvons-en un peu plus.

Elle hocha la tête.

Cette fois, il écarta les jambes de Claire, faisant remonter sa robe sur ses cuisses, et il vint se placer entre elles avant de porter le verre à ses lèvres. Il regarda sa bouche et il posa le verre sur le bar avec un bruit. Ils se jetèrent l'un sur l'autre avec leurs bouches affamées. Le désir monta en elle quand il fit glisser sa main sur le haut de sa cuisse, frôlant le bord de son string en soie, ce qui la rendit folle.

— D'accord, allons-y, dit-elle.

Il lui jeta un regard assez suffisant.

— Mais nous n'avons pas terminé ton verre et il est si bon.

Il faisait durer le moment, jouant avec elle comme un chat avec une souris ardente.

Elle posa la main sur son cul et l'attira vers elle.

— J'ai changé d'avis. Consentement, désir, intention, tout est bon.

Il rit doucement d'un air diabolique en s'écartant juste assez d'elle pour lui faire pousser un gémissement de protestation.

— Ça, c'est Josh.

Ses doigts glissèrent soudain sous son string et une longue caresse la fit frissonner.

— Avec qui es-tu ? demanda-t-il.

— Jake, souffla-t-elle lorsque son doigt caressa directement le centre de son plaisir.

Il décrivit des cercles paresseux, s'écartant de l'endroit où elle voulait qu'il soit.

— Jake veut seulement la preuve que tu es prête et que tu en as envie.

Il leva son doigt mouillé et il le suça. Elle poussa un soupir tremblant. Puis il fit traîner ce même doigt sur sa lèvre inférieure, dépassant ses dents et pénétrant dans sa bouche. Elle se goûta et cela lui plut. Elle suça son doigt, regardant les yeux de Jake se dilater de désir.

Il laissa tomber son doigt et il l'embrassa à nouveau, la caressant partout, sa bouche étant dure et exigeante. Elle le désirait de la même façon désespérée que la première fois qu'elle avait été avec lui. Elle n'avait encore jamais désiré personne de cette façon.

Elle arracha sa bouche aux lèvres de Jake.

— Jake. Oui. Prête, j'en ai envie. Maintenant.

Les coins de sa bouche remontèrent.

— Mais nous n'avons pas terminé ton excellent vin.

Elle prit le verre et le vida d'un seul coup. Il gloussa, son rire rauque montrant qu'il savait qu'elle était sous son emprise. Elle s'en moquait. Elle se lécha lentement les lèvres, cherchant à le tenter, à le manipuler. Il arrêta de sourire et il l'attrapa soudain en la tirant de son tabouret. Il fit remonter sa robe jusqu'à sa taille et il la souleva en l'embrassant passionnément. Elle serra ses jambes autour de lui, adorant la friction de son érection dure contre elle. Il rompit le baiser et il marcha avec elle jusqu'à la porte.

— Attends, dit-elle en revenant à la réalité. Frank est juste là. Les paparazzi. Tu dois me reposer.

Il caressa ses fesses, sa peau nue brûla sous ses doigts.

— Ils ne veulent pas une photo de ce beau cul ?

— C'est exactement ce qu'ils veulent. Pose-moi.

— Mais c'est si agréable de te toucher. J'aimerais vraiment te baiser ici.

Il la portait toujours, tripotait encore ses fesses. Le mouvement de la marche la fit frotter contre lui de façon si délicieuse que pendant un instant de folie elle souhaita elle aussi qu'il puisse la baiser ici.

— Tout vient à point à qui sait attendre, dit-elle.

Il la reposa.

— C'est toi qui seras cuite à point quand j'en aurai terminé avec toi.

— J'aime ta façon de penser.

Elle le prit par la main et elle se précipita dans le couloir.

Frank ne sembla pas du tout surpris par son apparition soudaine et elle rougit en se demandant ce qu'il avait pu entendre.

— Nous retournons à l'hôtel, dit Claire à Frank.

Ils descendirent tous les trois au rez-de-chaussée, puis Frank la guida jusqu'à la voiture. Elle serra fermement la main de Jake, même lorsque quelques photographes se penchèrent vers eux pour prendre une photo.

Jake et elle restèrent tous les deux silencieux pendant le trajet jusqu'à l'hôtel. Elle était excitée, pleine d'anticipation et incapable de faire quoi que ce soit pendant au moins vingt minutes. Elle ne savait pas pourquoi Jake était silencieux. Mais sa main était posée fermement sur le haut de sa cuisse. Et les regards qu'il lui jetait de temps en temps étaient pleins de promesses de séduction.

Dès qu'ils furent seuls dans sa suite, elle se jeta sur lui. Il l'attrapa et il l'embrassa avec une intensité qui lui donna le tournis et lui coupa le souffle.

— C'est par où la chambre à coucher ? demanda-t-il.

— À droite, puis à gauche.

— Compris.

Il trouva la chambre, l'entraînant à l'intérieur et fermant la porte derrière eux.

— Mets de la musique.

Elle l'embrassa dans le cou, le goûtant, suçant et mordillant. Il était comme un dessert des plus délicieux. Mais elle pouvait avoir autant de ce dessert qu'elle le voulait.

— À cause de ce tue-l'amour à l'étage au-dessous, dit-il en tirant sur les cheveux de Claire. J'ai besoin de bruit pour couvrir tes cris d'extase.

Elle s'arrêta.

— Des cris ?

Elle fut traversée par un frisson en voyant la promesse sombre dans ses yeux.

— Tu ne pensais quand même pas que j'allais y aller mollo avec toi cette deuxième fois ? Ça, c'était Josh et Jenny. Les choses sérieuses commencent maintenant.

Son pouls s'accéléra et une chaleur fiévreuse la fit haleter. Il poussa un juron avant de la coller contre la porte et de l'embrasser jusqu'à lui couper le souffle en se frottant contre elle. Il l'embrassa jusque dans le cou et parla contre ses lèvres.

— Quand tu me regardes de cette façon, je peux à peine réfléchir.

Il remonta brusquement sa robe et la retira par-dessus sa tête. Son regard la dévisagea des pieds à la tête alors qu'elle se tenait là, en soutien-gorge, string et chaussures à talons.

— Je n'ai pas pu te voir la fois d'avant. Putain.

Il bougea vite, dégrafa son soutien-gorge d'un geste d'expert et le lui retira avant de faire glisser le string vers le bas.

— Garde les talons.

Elle resta debout, attendant, souhaitant désespérément sentir ses mains pendant que son regard la parcourut encore de la tête aux pieds avant de s'attarder sur son sexe.

— Touche-moi, dit-elle.

Il n'hésita pas, sa bouche couvrant la sienne, ses mains sur sa taille, glissant sur la courbe de ses hanches. Elle passa les bras autour de son cou, ravie d'avoir retrouvé la chaleur de son torse, l'appuyant entièrement contre elle. Il fit passer sa main entre ses jambes et elle gémit doucement en se laissant tomber contre la porte. Puis il rompit le baiser, la regardant pendant qu'il la caressait avec ses doigts. Elle se balança, bougeant selon son rythme, se laissant ressentir tout le plaisir qu'il lui donnait. Ces gémissements devinrent plus bruyants à mesure que ses doigts devenaient plus exigeants. Elle se raidit quand tout se vrilla en elle, serré et brûlant. La bouche de Jake couvrit soudain la sienne, avalant ses gémissements quand il la poussa de plus en plus loin vers la limite. Et puis elle s'envola, se balançant contre sa main, ses cris étouffés par sa bouche.

Il posa la main sur son sexe encore frémissant et il leva la tête.

— Je n'arrive pas à croire que tu aies joui aussi vite. C'était trop facile. Tu dois aller plus loin que cela.

— Plus loin ? chuchota-t-elle.

C'était déjà rare pour elle d'avoir un orgasme. Elle en avait déjà eu avec lui, mais il était trop souvent arrivé qu'elle se sente utilisée puis abandonnée après le sexe.

Il la tenait toujours tandis que son autre main se mit à caresser sa gorge.

— Comme si ton monde entier s'estompait puis explosait. Et que tu es fracassée en petits morceaux frissonnants.

Il pencha la tête et il tira doucement sur son lobe avec ses dents.

— Et puis je répare les morceaux et je t'ouvre à nouveau jusqu'à ce que tu halètes et que tes jambes flanchent et que tout ce que tu peux dire, c'est mon nom.

— Mon Dieu, chuchota-t-elle.

Il lui fit un sourire diabolique.

— Appelle-moi juste Jake.

Puis il l'embrassa à nouveau, sa langue entrant en elle avec une possessivité délicieuse. Elle sentit ses genoux trembler, son corps vibrant de désir alors que le baiser se prolongeait et qu'il parcourut tout son corps avec ses mains chaudes.

Il interrompit le baiser.

— Va mettre de la musique. Tu vas crier cette fois.

Elle ne put même pas parler, se contentant de le regarder.

Il recula et leva les mains.

— Je vais au lit. Tu vas mettre la musique.

Il commença à déboutonner sa chemise, alors elle resta pour le spectacle. Il s'arrêta en regardant autour de lui.

— Tu n'as pas de radioréveil. Où pouvons-nous mettre de la musique ? Allume la télé. Fais quelque chose. Je ne peux pas travailler dans ces conditions !

Cela la fit rire.

— D'accord, je sais. J'ai une enceinte pour le téléphone.

Elle attrapa son portable, partit rapidement chercher l'enceinte dans l'autre pièce et brancha le tout sur la table de nuit.

— Que veux-tu écouter ?

— Quelque chose de fort, dit-il depuis l'autre côté de la pièce.

Elle avait de la musique pour le sport, de la musique pour danser et de la musique apaisante. Elle choisit la musique pour danser, car elle avait un bon rythme bruyant. Il vint se placer derrière elle, jeta un préservatif sur la table de nuit et la prit dans ses bras.

— Parfait, dit-il avant de l'embrasser sur le côté de la nuque.

Il parcourut tout son corps avec ses mains, caressant ses seins, puis son ventre, ses hanches. Elle se cambra contre lui : une invitation. Soudain, elle ne sentit plus la chaleur de Jake dans son dos.

Elle se tourna et elle vit qu'il avait retiré les couvertures et qu'il se couchait sur le dos. OUI ! Elle ouvrit le sachet du préservatif et elle le fit rouler sur lui.

— Je ne vais pas te demander comment tu peux être aussi doué pour ça, dit-il.

Elle s'assit à cheval sur lui, puis elle voulut se soulever, mais il l'arrêta avec les mains sur ses hanches.

— Pas encore, dit-il.

Elle essaya de bouger, mais il la tenait fermement.

— Pourquoi pas ?

— Parce que tu n'es pas encore allée assez loin.

Il la fit remonter le long de son corps en glissant vers le bas.

— Jake, protesta-t-elle.

C'était tellement obscène. Elle ne voulait pas…

— Chevauche ma bouche, dit-il avant que ses lèvres se referment sur son centre.

Elle poussa un cri quand il la suça fort et elle s'accrocha à la tête de lit. Il tenait ses hanches et il la faisait bouger au-dessus de lui, en la travaillant avec sa bouche diabolique. Elle trembla, serrant très fort la tête de lit, essayant de se relever, mais il ne la laissait pas faire, la tenant ouverte et exposée et contre lui. Elle fut secouée d'une décharge de plaisir brûlant et la pièce s'estompa, le rythme de la musique faisant alors bouger ses hanches quand elle céda au désir d'en avoir plus et plus et plus. Elle cria lorsque l'orgasme la surprit, d'une intensité explosive, la secouant jusqu'au plus profond de son corps. Il ne s'arrêta pas, créant des vagues de plaisir jusqu'à ce qu'elle arrive au bout.

Il se faufila et passa derrière elle, tirant à nouveau ses hanches contre lui.

— C'est si bon, murmura-t-il.

Elle posa sa joue sur l'oreiller frais, des mèches pleines de sueur tombant sur ses yeux. Il entra lentement en elle, la remplissant, s'enfonçant profondément jusqu'à ce qu'il soit entièrement en elle. Elle gémit doucement.

Il se posa sur elle et retira les cheveux de son visage. Puis il l'embrassa sur l'épaule.

— Tu peux m'en donner plus.

— Je n'ai jamais eu deux orgasmes à la suite, avoua-t-elle.

La plupart des hommes ne faisaient pas les mêmes efforts que Jake.

— Je ne suis pas sûre de pouvoir t'en donner plus.

— Tu le peux, dit-il avec suffisance avant de bouger en elle, faisant venir une autre vague de plaisir.

— Jake…

Il continua son mouvement, prenant son temps, un va-et-vient doux qui faisait courir de petites vaguelettes de plaisir dans le corps de Claire.

— J'aime que tu ne puisses dire rien d'autre que mon nom.

— Je peux…

Il s'enfonça profondément, tirant ses hanches en arrière contre lui.

— Jake ! s'écria-t-elle.

Et puis il la fit se balancer, la caressant de l'intérieur, la rendant fiévreuse, tremblante de désir. Il la maintint ainsi, jouant avec elle, jusqu'à ce qu'elle le supplie de la satisfaire. Il grogna et s'enfonça durement, encore et encore, la poussant jusqu'au sommet qui semblait juste hors d'atteinte. Son monde se rétrécit, ne restait plus que les sensations tout au fond d'elle, le battement de son cœur, sa respiration haletante, la chaleur dans son dos. Et puis son monde s'obscurcit quand un éclat de plaisir la traversa, la laissant haletante et tremblante sous lui. Il s'enfonça profondément et il garda ses hanches serrées contre lui pendant qu'il jouit en poussant un long grognement rauque.

Son esprit était embrumé de bonheur. Elle ne put penser à rien d'autre qu'à l'homme qui lui avait apporté un plaisir aussi incroyable.

— Jake, chuchota-t-elle.

Il se retira et roula sur le dos. Elle se laissa tomber sur le matelas. Il jeta un bras sur ses épaules. Un long moment passa pendant qu'ils reprenaient leur souffle. Il appuya sur le bouton de l'enceinte et la pièce devint silencieuse.

Elle éteignit la lumière, remonta les couvertures et se blottit contre lui.

— C'était encore mieux que la première fois, dit-elle, encore sous le choc de tout ce qu'il lui avait fait ressentir.

Il ne répondit pas. Elle leva la tête pour le regarder. Il était difficile de le distinguer dans l'obscurité. Puis elle entendit un petit ronflement.

Elle posa sa tête sur son torse.

— Je suis en train de craquer pour toi, chuchota-t-elle dans le noir.

C'était agréable d'exprimer ce qu'elle ressentait et encore meilleur de savoir que cela ne pourrait pas être utilisé contre elle.

CHAPITRE QUATORZE

Le lendemain matin, Claire s'éveilla au bord de l'orgasme après un rêve très sexy. Elle ouvrit grand les yeux lorsqu'elle se rendit compte que c'était réel. Jake était allongé contre elle et il la caressait entre les jambes, décrivant de petits cercles.

— Jake, chuchota-t-elle et il caressa plus fort, la faisant basculer dans le plaisir avec un cri.

Il la fit rouler sur le dos et sourit au-dessus d'elle.

— C'est l'heure de se réveiller.

Elle tendit les mains vers lui, avec un si grand sourire que cela lui faisait mal aux joues.

— Viens-là et fais ce que tu veux de mon corps.

— C'était mon plan depuis le début, dit-il en roulant sur elle et en la pénétrant.

Elle le serra et leurs corps s'unirent furieusement avec une grande intimité. Elle ne s'était jamais sentie aussi proche d'une autre personne.

Il leva la tête, ses yeux sombres plongeant dans les siens.

— Mon Dieu, Claire.

— Je sais.

Il entrelaça ses doigts avec les siens et il remonta les bras de Claire au-dessus de sa tête, son regard ne la quittant jamais pendant qu'il lui faisait l'amour. Et ce fut bien plus que juste du sexe : ce fut une union de leurs âmes. Elle souleva les hanches, l'accueillant plus loin en elle. Il grogna et pompa vigoureusement, les envoyant tous deux se perdre dans un oubli bienheureux.

Il se laissa tomber sur le lit à côté d'elle. Elle jeta un coup d'œil vers lui, elle était maintenant bien réveillée et heureuse.

— Tu n'es pas encore en train de t'endormir, si ?

— Le sexe me donne envie de dormir, murmura-t-il.

Il ferma les yeux, un petit sourire sur son beau visage.

Elle posa la couverture sur lui et elle se dirigea vers la salle de bains pour se doucher et se préparer. Quand elle revint à la chambre, il était réveillé et il regardait son téléphone.

Elle s'assit à côté de lui sur le lit.

— Tu vois quelque chose d'intéressant ?

Il la regarda avec sérieux.

— Ne panique pas, d'accord ?

Un frisson glacial la parcourut.

— Pourquoi ne dois-je pas paniquer ?

Il lui montra l'écran de son téléphone. Il y avait une photo d'eux avec le titre : Des jumeaux pour cette chanceuse ! Claire Jordan est sortie avec le jumeau du barman, Jake.

Elle posa sa main sur sa gorge.

— Comment l'ont-ils su ?

Il se frotta les tempes.

— C'est pour cette partie que tu ne dois pas paniquer. Je leur ai dit hier soir.

— Tu leur as dit ? Pourquoi as-tu fait cela ?

— Parce qu'ils n'arrêtaient pas de me poser des questions au sujet de Garner's et que je ne voulais pas que Josh soit encore embêté. Je t'ai dit que c'était stressant pour lui. Alors j'ai expliqué qu'il y avait eu un malentendu et que c'était en fait moi, Jake, son jumeau, qui sortait avec toi. C'est la vérité de toute façon.

— Je n'arrive pas à le croire ! Je t'ai dit que je voulais que notre relation reste privée !

— Ce n'est pas si terrible.

— C'est terrible ! Maintenant ils vont inventer toutes sortes d'histoires comme quoi je me tape des jumeaux. Un ménage à trois ou quel que soit le nom que tu veuilles donner.

Il eut un petit sourire.

— Un ménage à jumeaux.

Elle se leva, furieuse.

— C'est peut-être drôle pour toi, mais ça ne l'est pas pour moi. Tu as sans doute fait exprès pour que ton nom apparaisse dans les titres. Parce que tu as des propositions de vente de ton entreprise. Cela ne fera qu'augmenter ton statut.

Elle aurait dû le savoir. Les hommes l'utilisaient toujours ainsi pour se rendre plus importants.

— Claire, ce n'est pas ça. On dirait que tu penses que je t'utilise pour ton nom.

Elle croisa les bras.

— N'est-ce pas le cas ?

— Non, dit-il en se levant et en la prenant dans ses bras. Je t'utilise pour ton corps.

Elle s'écarta violemment.

— Allez, je plaisantais. Tu réagis comme une diva. Tout ne tourne pas autour de toi.

— Mais ceci, oui, Jake ! Ceci me concerne de très près.

Elle attrapa son téléphone et composa le code. Dix messages sur son répondeur, au moins une centaine d'e-mails avec des alertes sur son nom et sept textos de plus en plus frénétiques de sa publicitaire.

— J'ai mis tout ce que j'avais dans la trilogie Féroce. Il ne reste plus rien pour une campagne de marketing. Tout ce que j'ai, c'est le buzz positif autour de Blake et moi pour avoir un impact.

— Alors tu ne peux pas avoir de relations à cause d'un film ? C'est ce que tu es en train de dire ?

Elle envoya rapidement un texto à sa publicitaire en lui disant qu'elle s'en occupait.

— Ce n'est pas si simple. Il s'agit de ma carrière, de mon entreprise, de mon avenir tout ensemble.

Elle le regarda dans les yeux.

— Maintenant je dois gérer les conséquences pendant que toi, tu t'en vas sans un souci au monde. Ta valeur nette vient d'atteindre à nouveau les dix chiffres.

— Pourquoi tout tourne autour de l'argent avec toi ? aboya-t-il.

— Parce que c'est ce que les gens veulent de moi ! Ils veulent m'utiliser de la façon qui les sert le mieux.

— C'est peut-être ce que tu voulais de moi, dit-il. C'est mon expérience avec les femmes.

— Espèce de porc ! Comment oses-tu m'accuser d'être une croqueuse de diamants ! J'ai mon propre argent et tu le sais.

— Ce n'est pas vrai, tu viens de dire que tu avais tout investi dans ce film.

— Je le récupérerai si je peux juste avoir de bonnes recettes le premier week-end, ce qui signifie que j'ai besoin d'une presse positive.

Son téléphone vibra avec un texto. Elle le regarda.

— Frank veut savoir si je vais bien.

— Alors, dis-lui que tu vas bien. C'est comme si tu avais un baby-sitter géant, ajouta-t-il avec un rictus.

Elle lui jeta un regard noir.

— Quoi ? Vas-tu faire semblant que je te fais quelque chose pour qu'il me jette dehors ? Je n'ai rien fait que tu ne m'ais pas supplié de faire.

— Ça, c'est terminé, cracha-t-elle.

Elle envoya rapidement un texto à Frank pour lui dire qu'elle allait bien.

— Tu devrais partir.

— Ce n'est pas parce que je n'obéis pas à tout ce que tu dis et que je ne veux pas jouer à tes petits jeux de cache-cache que je suis contre toi. Je veux être avec toi.

— Selon tes conditions.

— Oui. Parce que les tiennes sont pourries. Tu fais passer la presse avant les gens dans ta vie qui se soucient vraiment de toi. C'est moi, au cas où tu n'aurais pas compris !

Elle eut envie de donner des coups de pied. Elle marcha jusqu'à la pile des vêtements de Jake et elle les lui jeta.

— Tu ne comprends pas. Si tu te soucies vraiment de moi, tu essaierais au moins de voir ceci de mon point de vue. Je suis une marchandise. Une marque. Et cela doit être protégé à tout prix.

Il la dévisagea longuement avant d'enfiler son T-shirt.

— Ton prix est peut-être trop élevé.

Ses genoux faillirent lâcher et elle les bloqua. Parce qu'il pensait qu'elle ne valait pas ce que cela lui coûtait d'être avec elle.

— Je veux que tu t'en ailles, dit-elle doucement avant de sortir rapidement dans le salon où elle devait appeler sa publicitaire.

Elle savait qu'il allait y avoir une cascade d'appels à passer afin que les choses se calment et que le message des médias change.

Claire resta au téléphone avec sa publicitaire qui hurlait pendant les minutes qui suivirent. Sa pression sanguine passa dans la zone rouge, mais elle entendit malgré tout le claquement de la porte d'entrée.

~ ~ ~

D'une façon ou d'une autre, Claire survécut au mois de tournage qui suivit, rempli de scènes d'amour et de ménage avec Blake. Les disputes étaient beaucoup plus faciles, car ils se détestaient vraiment. Elle était certaine que Blake était à l'origine des articles dans la presse selon lesquels le tournage était tendu. Il les poignardait tous dans le dos juste pour pouvoir se défouler et se venger d'elle. Et elle ne se sentait pas du tout aimante depuis que Jake avait arraché son cœur et avait marché dessus. Elle n'avait plus eu de ses nouvelles. Il avait disparu – pouf – cela avait été trop beau pour être vrai. Exactement ce qu'elle avait pensé.

Le dernier jour du tournage, tout le monde était ému de passer la dernière journée ensemble. Elle espérait revoir une partie de l'équipe sur les plateaux du film suivant, mais cela dépendait toujours des emplois du temps imprévisibles associés aux tournages de films.

Après avoir mangé du gâteau et porté des toasts au champagne, Claire retourna à sa caravane, son ombre silencieuse la suivant de près.

— Espèce de salope ! hurla Blake derrière elle.

Elle se tourna.

— Pardon ?

Son visage était tout rouge.

— Tu as fait une offre pour racheter mon contrat ? Les fans vont me considérer comme Damon. Ils n'accepteront pas un remplaçant.

— Je ne sais pas de quoi tu parles.

— Qui as-tu trouvé pour me remplacer ?

— Je n'ai pas proposé de racheter ton contrat.

— Mon cul, oui ! Mon agent vient de me dire que ton petit-ami a fait une offre. Campbell.

Elle écarquilla les yeux. 'Campbell'. Non, impossible. Pourquoi l'aurait-il fait ? Ils ne se parlaient même pas.

— Ne t'attends pas à ce que je fasse de la publicité pour ce film. Je vais dire que c'est une belle merde.

— Personne ne voudra travailler avec toi si tu le fais.

Il se précipita vers elle, mais Frank le bloqua.

— Va-t'en, Blake, dit Frank d'un ton grave et menaçant. Claire, va dans ta caravane.

Les jambes tremblantes, elle retourna à sa caravane. Elle se laissa tomber sur une chaise, choquée pendant une bonne minute. Ensuite, elle appela Jake.

— As-tu fait une offre pour le rachat du contrat de Blake ?

— Non, pas moi.

Elle entendit le sourire dans sa voix.

— Oui, toi. Ne fais pas ça. Nous avons besoin de lui. Et de toute façon, c'est un très mauvais investissement.

— Et si je participais au financement de la campagne marketing qui t'inquiète à tel point que tu ne peux même pas décrocher le téléphone pour le meilleur amant que tu aies jamais eu ?

Ses yeux se mirent à brûler de larmes.

— Toi non plus, tu ne m'as pas appelé.

— Nous sommes tous les deux des cœurs tendres à la tête dure. On fait bien la paire. Et tu me manques terriblement.

Elle eut la gorge serrée.

— Toi aussi, tu me manques.

Elle déglutit.

— Mais tu n'as pas besoin d'investir dans mon film pour être avec moi. C'est mon souci, pas le tien.

— C'est en toi que j'investis.

Elle éclata en sanglots. Elle ne put pas s'en empêcher. Il lui avait tellement manqué et elle n'avait jamais pensé qu'il ferait ce genre de sacrifice pour elle. Elle avait cru qu'il était sincère lorsqu'il avait dit qu'elle n'en valait pas la peine. Que le prix que cela lui coûtait d'être avec elle était trop élevé.

— Claire ? Est-ce que ce sont des larmes de joie ?

Elle renifla et elle attrapa un mouchoir en s'essuyant le nez. Aujourd'hui, Claire Jordan n'avait rien de glamour.

— Tu as dit que le prix d'être avec moi était trop élevé.

— Oui, eh bien, le prix de ne *pas* être avec toi est encore plus élevé. Ce dernier mois a été un enfer. Je ne pouvais pas m'arrêter de penser à toi parce que… je t'aime.

— Moi aussi, je t'aime !

— Quand reviens-tu en Californie ?

— Demain.

— Sois une bonne voisine et passe me voir.

Elle eut un sanglot de bonheur.

— Jake.

Elle essuya ses larmes avant de continuer.

— Je n'arrive toujours pas à croire que tu fasses tout ceci.

— Je t'ai dit que je voulais être avec toi. Alors quoi, tu ne m'as pas cru ?

— Non, je ne t'ai pas cru.

— Je vais vendre mon entreprise et voyager partout où tu tourneras. Nous créerons un foyer ensemble. Deux personnes entêtées parfaitement assorties avec de gros egos.

— Ne vends pas ton entreprise à cause de moi.

— Et pour nos enfants ?

Elle se remit à pleurer.

— Tu es trop beau pour être vrai.

— Tu as tout à fait raison. À bientôt.

Elle raccrocha en tremblant. Puis elle appela Hailey pour lui raconter la bonne nouvelle. Ses amies du club de lecture allaient passer à l'hôtel ce soir pour le dîner et pour l'aider à faire ses bagages.

Elle demanda à son assistante d'échanger son vol pour Los Angeles du lendemain matin contre un vol pour San Francisco. Elle avait eu l'intention de rester à l'hôtel à Los Angeles pour la postproduction, mais elle méritait une petite pause et elle avait terriblement envie de revoir Jake.

Claire dépassa un peu les bornes pour sa dernière réunion avec le club de lecture : trois sortes de margaritas et de cocktails side-car (en l'honneur de *Désir Féroce*) du bar de l'hôtel, de la nourriture apportée par le meilleur restaurant mexicain de la ville et deux saveurs de mousses couvertes de nappage au chocolat noir de la meilleure pâtisserie française. En outre, comme une geek surexcitée, Claire arriva en avance dans le salon privé.

Elle fit les cent pas dans le salon vide. L'espace gris et monotone allait un peu lui manquer. Elle y avait tant de bons souvenirs. La nourriture et les boissons étaient posées sur le comptoir, le dessert restant au frais dans le frigo derrière le bar. Elle se souvint de la première réunion du club de lecture. Elle avait pensé qu'elles allaient toutes s'asseoir à la longue table d'un côté de la salle, mais Hailey leur avait dit d'attraper une chaise et de s'asseoir en cercle à la place. D'après elle, c'était plus intime de cette façon. Elle avait raison.

Elle se servit une margarita à l'orange sanguine, parfaite pour l'automne. Elle aurait dû être épuisée. Elle avait quitté sa chambre vers cinq heures du matin, travaillé toute la journée, puis elle était rentrée à dix-neuf heures. À la place, elle était excitée comme une puce. Cela lui rappelait ce qu'elle ressentait quand elle était enfant avant une soirée pyjama avec ses amies. Elle mit de la musique joyeuse sur son téléphone branché sur enceinte et elle dansa un peu toute seule.

Une demi-heure plus tard, la porte d'entrée du salon s'ouvrit. La grande tête rasée de Frank apparut et il hocha une fois la tête avant de faire un pas en arrière pour laisser passer ses amies. Elles apportèrent de la vie dans cet endroit morne, du bruit et de la gaieté.

Elle se précipita pour embrasser chacune d'entre elles, soudain émue, sachant qu'elles allaient lui dire revoir.

— Non, pas de ça, dit Hailey. Nous allons rester en contact. Tu ne vas pas te débarrasser si facilement de nous.

Julia sourit et serra l'épaule de Claire.

— En plus, Claire doit revenir pour tourner *Pulsion Féroce* et *Amour Féroce*.

— Et Jake et elles sont officiellement en couple, ajouta Hailey d'un air rayonnant comme si elle était la seule personne responsable d'un tel événement.

C'était peut-être le cas. Claire n'aurait jamais rencontré Jake sans elle.

— Hailey nous a tout raconté dans le trajet en limousine tout à l'heure, dit Charlotte.

Les femmes discutèrent entre elles, s'exclamèrent au

sujet de la double mascarade avec Claire déguisée et les jumeaux qui avaient échangé leur place.

Claire haussa les épaules.

— Cela a fonctionné. Heureusement.

— Tu ne nous as jamais parlé de ton dîner avec Joshy, dit Mad, titillant l'ours blond vénitien.

Hailey rougit.

— Mince. J'ai laissé la sauce dans la limousine.

— Je vais appeler et leur demander de la porter, dit Claire.

— C'est ça que tu cherches, la rousse ? demanda Mad en indiquant la glacière accrochée à l'épaule de Hailey.

— Oui ! s'exclama Hailey. Ça alors.

— Pose-la avec le reste de la nourriture, dit Claire en montrant le bar. J'ai commandé des tamales, des enchiladas, des taquitos, des chips et du guacamole. Oh, et gardez de la place pour la meilleure mousse que vous ayez jamais goûtée. Il y a chocolat et noisette.

Hailey et Mad échangèrent un regard enthousiaste et se dirigèrent vers la nourriture. Les autres femmes – Ally, Lauren, Carrie, Charlotte et Julia – les suivirent de près.

Une fois qu'elles furent assises à table avec des assiettes pleines de nourriture, Claire les remercia pour l'accueil chaleureux qu'elles lui avaient réservé.

— Vous avez fait toute la différence pour mon séjour ici. Je… je vous aime, les filles.

— Ooh, Claire ! s'exclama Hailey en sautant sur ses pieds et en la prenant dans ses bras.

Mad lui dit 'tope-là' en joignant le geste à la parole et les autres femmes dirent en chœur :

— Nous t'aimons aussi.

Claire se sentit pleine de joie.

Elle s'essuya les yeux.

— Normalement, la date de sortie de *Désir Féroce* est fixée pour décembre prochain.

Elle marqua une pause, puis elle ajouta nonchalamment :

— Nous pourrions le regarder ensemble à l'avant-première à Los Angeles.

Les femmes devinrent dingues, sifflant et criant et tapant des pieds. Claire échangea un sourire avec Julia. Julia et elle avaient récemment parlé d'inviter tout le monde sur le tapis rouge.

Hailey fut la première à se remettre.

— Oh mon Dieu ! hurla-t-elle. Je peux à peine croire que nous serons à l'avant-première. C'est tellement fantastique !

Les femmes discutèrent avec excitation jusqu'à ce que Hailey finisse par se calmer assez pour dire :

— Claire, ceci est vraiment le point culminant de ma vie. Un événement sur tapis rouge, ce rôle que j'ai joué dans ton film…

— Un rôle de figurante qui ne parle pas, précisa Claire.

Elle ne voulait pas qu'elles se montent la tête. Le mot technique pour les figurants dans un film était simplement 'arrière-plan', mais Claire trouvait que 'figurants' était un peu plus gentil, un peu plus humain. Seuls les acteurs syndiqués avaient des rôles parlants.

— Que vous avez toutes extrêmement bien joué, ajouta Claire dans le silence inhabituel.

Les femmes lui sourirent avec une véritable gentillesse.

— Et nous avons rencontré Blake Grenier, dit Hailey. Même si c'est un trou du cul.

Son cœur se serra en voyant la loyauté que Hailey lui témoignait par rapport à Blake.

— Allez, que tout le monde mange. Après ça, nous irons à l'étage pour faire mes bagages. Si vous trouvez quelque chose dans ma garde-robe que vous voulez porter pour l'avant-première, je vous l'offre.

Quelqu'un poussa un petit cri.

— Pour de vrai ? demanda Hailey.

Claire rit.

— Oui, pour de vrai.

Les femmes se remirent à manger. Claire écouta leurs bavardages enthousiastes au sujet de robes et de chaussures, contente de pouvoir leur donner ce cadeau d'adieu.

Elles finirent le repas, Claire appela son contact à l'hôtel pour le ménage, puis elle fit signe aux femmes de la suivre par la porte de derrière. Frank les salua de la tête et il les suivit de près tandis qu'elles se dirigèrent vers l'ascenseur privé jusqu'à la suite. Ils durent tous se serrer dans l'ascenseur, tout le monde restant étrangement silencieux, se souriant et gloussant de temps en temps. Frank resta à l'avant, face aux portes, le visage de marbre.

Une fois que Frank s'était assuré que l'endroit ne contenait pas de psychopathe, il partit et les femmes entrèrent toutes en file indienne dans la chambre. Ses amies sortirent bouche bée du vestibule. C'était la première fois qu'elle les avait invitées dans son espace privé. Mais cela n'allait pas être la dernière.

— C'est ça que tu appelles ta chambre ? demanda Charlotte. C'est un étage entier de l'hôtel.

Mad se précipita à travers les pièces en faisant un tour rapide.

— Elle a même une salle à manger ! cria-t-elle.

— Vous pouvez visiter aussi, si vous voulez, dit Claire aux autres femmes qui essayaient d'allonger leur cou pour mieux voir le reste de la suite.

Elle traîna derrière elles pendant que les femmes poussaient des oh et des ah au sujet du décor, des aménagements luxueux, de la chambre à coucher. C'était le genre d'admiration qu'elle devait se rappeler de conserver. D'une certaine façon, le voir à travers leurs yeux l'aidait à apprécier tout cela. Quand elles eurent terminé, elle leur fit signe de se diriger vers la chambre et le dressing rempli de ses vêtements, chaque élément ayant été choisi par sa conseillère de mode. Même quand elle ne travaillait pas, elle devait être bien vêtue pour la photo inévitable d'un paparazzi ou d'un fan qui voulait prendre un selfie avec elle.

— Mad, toi d'abord, dit Claire. Tu as environ ma taille. Choisis des robes. Tout ce que tu veux.

Mad devint écarlate.

— Je vais juste regarder.

Hailey posa les mains sur ses hanches.

— Comment ça, tu vas juste regarder ? Choisis quelque chose.

Mad fit traîner la pointe de sa chaussure noire sur la moquette.

— Je ne sais pas quoi choisir, marmonna-t-elle avec un regard presque timide.

Claire observa les cheveux violets courts et ébouriffés de Mad, son T-shirt de concert noir déchiré au col et son bermuda ample habituel. Elle se souvint que Jake lui avait parlé de tous ses frères et qu'il avait dit que Mad était un des leurs. Peut-être n'avait-elle jamais porté une robe de fête. Ou bien si rarement que cela la mettait mal à l'aise.

Claire passa en revue ses robes du soir, cherchant la bonne couleur pour Mad. Qu'est-ce qui était assorti aux cheveux violets, aux yeux marron et à la peau claire et délicate ? Elle sortit une robe argentée à sequins et au dos nu.

— Non, dit Hailey. Violet.

Elle fouilla rapidement parmi les robes et elle en sortit deux violettes : une lavande avec un volant sur le bas et une autre robe sans manches d'un violet profond qui faisait comme une seconde peau sur Claire. Il était difficile de deviner les formes de Mad. Elle supposa que ses seins devaient pouvoir tenir la robe sans manches.

— Choisis-en une, ordonna Hailey en levant les deux robes devant Mad.

Mad leva le menton.

— C'est toi qui choisis.

Hailey lui tendit la robe violette sans manches. Mad la pris en marmonnant 'merci'. Elle resta là, tenant la robe à une bonne trentaine de centimètres d'elle.

— Essaie-la, l'encouragea Hailey.

— Maintenant ? demanda Mad.

Ses joues rosirent et elle jeta un regard en coin aux autres femmes, qui ne la regardaient même pas. Elles étaient trop occupées à fouiller dans le dressing de Claire.

— Oui, maintenant, dit Hailey. Sinon, comment vas-tu savoir si elle te va ?

— Je le ferai plus tard chez moi, murmura Mad.

Mad était-elle si timide ? Trop gênée pour se changer devant les autres ? Claire ne l'aurait jamais deviné.

Claire s'approcha de Mad et elle lui chuchota à l'oreille :

— Tu peux te changer dans la salle de bains. Je vais les occuper. Si tu n'aimes pas la façon dont elle te va, remets tes vêtements normaux. Mais si tu l'aimes, il faut que tu nous la montres.

Mad hocha la tête une fois et sortit en trombe de dressing.

— Où va-t-elle ? demanda Hailey.

— Il y a trop de monde là-dedans, dit Claire.

Elle attrapa la robe noire courte qu'elle avait portée à un gala de charité le printemps dernier.

— Celle-ci serait magnifique avec tes cheveux, dit-elle à Hailey en la lui tendant.

Hailey poussa un petit cri.

— C'est une Prada !

— Faite spécialement pour moi, dit Claire.

— De la haute couture, chuchota Hailey avec admiration.

Elle se tourna.

— Défais ma fermeture éclair.

Depuis qu'elle connaissait Hailey, elle l'avait toujours vue en robe.

Claire défit sa fermeture. Hailey sortit de sa robe et enfila l'autre par-dessus sa tête. Claire lui ferma la petite agrafe à l'arrière au niveau de la taille.

Hailey se pavana.

— Oh mon Dieu ! J'adore !

Elle s'approcha du miroir et elle fit un petit tour sur elle-même. Ensuite, elle se précipita vers Claire en la prenant dans ses bras.

— Merci !

Les yeux de Claire s'embuèrent en lui rendant son câlin.

— Avec grand plaisir.

Hailey parcourut ensuite les placards à chaussures, essayant plusieurs paires, puis elle choisit une paire de talons aiguille noirs Versace aux talons couverts d'or. Elle fit un grand sourire à Claire.

— Elles sont un peu serrées, mais ça ira.

— Je te trouverai quelque chose à ta taille, dit Claire. Tu devras sûrement les porter toute la soirée pour l'avant-première et l'*after*.

Hailey fit tomber sa mâchoire de façon comique. Claire rit.

Hailey se tourna vers le groupe, qui fouillait toujours dans la garde-robe de Claire.

— Mesdames ! Qu'en pensez-vous ?

Elle prit la pose, une main sur sa hanche.

— Waouh, dit doucement Ally.

Le groupe devient silencieux, toutes bouches ouvertes, tandis que les regards passèrent devant Hailey pour fixer Mad qui se tenait de façon gênée, les jambes écartées d'un air agressif. Elle avait laissé ses grosses chaussures dans la salle de bains. Sans son armure habituelle, elle semblait menue et féminine. Magnifique, à vrai dire. Excepté son visage hargneux.

— Quoi ? aboya Mad. Qu'est-ce que vous regardez toutes ?

— Elle est parfaite, dit Claire. Tu es magnifique.

Le visage de Mad s'adoucit.

Ah.

Les femmes se rassemblèrent autour de Mad, discutant

de son nouveau look, faisant rougir et gigoter Mad avant qu'elle finisse par aboyer :

— D'accord, d'accord ! Ce n'est pas l'affaire du siècle. Maintenant il me faut des chaussures. Tout ce que j'ai, ce sont des baskets et des bottes.

Claire regarda ses pieds, menus et fins.

— Du trente-sept et demi ? devina-t-elle.

Mad la pointa du doigt.

— Elle est douée.

Claire prit Mad par la main et elle l'entraîna jusqu'aux étagères à chaussures.

Hailey apparut à leurs côtés.

— Cette collection est incroyable !

Mad regarda les chaussures de marque depuis les talons aiguille aux sandales en passant par les ballerines.

— Choisis quelque chose pour moi, dit-elle à Hailey.

Hailey fut ravie, attrapant chaque chaussure avec vénération et annonçant le créateur et la saison à tout le monde. Cette femme était une véritable amatrice de chaussures. Après quelques minutes du plus grand spectacle de chaussures jamais vu sur terre, Mad finit par craquer.

— Tu veux bien choisir juste une paire ? J'ai besoin de remettre mes habits normaux. Cette robe est serrée.

Hailey fronça les sourcils.

— Elle n'est pas serrée. Elle te va parfaitement. C'est juste que tu as l'habitude de te promener dans un sac informe.

Mad ne se vexa pas.

— Les sacs sont très confortables.

Hailey la dévisagea des pieds à la tête avant de choisir une paire de talons aiguille noirs Louboutin.

— Essaie-les. Doucement. Ce sont des chaussures à trois mille dollars.

— Tu déconnes ! s'exclama Mad. Personne ne paie ce prix-là pour des chaussures.

Hailey indiqua les chaussures.

Mad se tourna vers Claire, les yeux écarquillés.

— Sérieusement ? Tu paies autant pour ce minuscule morceau de chaussure ? Mes bottes coûtent cinquante dollars et il y a beaucoup plus de matière, en plus elles sont faites pour durer.

— Ne sais-tu donc rien de la mode féminine ? demanda Hailey.

Mad croisa les bras.

— Pardon la rousse, je n'ai pas passé mon enfance à lire des magazines de mode.

— Ta mère ne t'a jamais emmenée faire du shopping ?

— Je ne me souviens pas de ma mère, murmura Mad.

Elle enfonça ses pieds dans les talons aiguille et elle chancela un instant, attrapant le bras de Hailey pour retrouver son équilibre.

— Comment peux-tu marcher là-dedans, putain ?

— C'est l'entraînement, dit Claire.

Hailey acquiesça.

— Ta mère est-elle, euh, décédée ?

— Non, elle est toujours en vie quelque part. Du moins, c'est ce que je pense. Sinon j'en aurais sûrement entendu parler. Qui a besoin d'elle ? J'ai eu dix grands frères et un super papa pour compenser.

Elle se frappa la poitrine avec le poing.

— Les Garçons Trouvés ne se rendent jamais.

Les Garçons Trouvés et une fille, pensa Claire. Mad ne semblait pas se rendre compte qu'elle s'était elle-même traitée de garçon.

— Dix grands frères ? s'exclama Charlotte. C'est intense.

— Cinq frères biologiques et cinq frères d'une autre mère, dit Mad en s'animant. Je suis la plus jeune. C'était comme d'avoir toute une équipe de base-ball qui s'occupait de moi.

Elle avança le menton.

— Maintenant, je suis assez grande pour m'occuper de

moi-même.

— Waouh, tu étais vraiment en infériorité numérique, dit Hailey.

Les femmes murmurèrent avec sympathie et regardèrent Mad sous un autre jour.

Mad fit quelques pas pour s'entraîner en titubant.

— Aucun souci. C'était merveilleux. Ça l'est toujours.

Elle se tordit la cheville, arracha la chaussure et la jeta.

Hailey poussa un petit cri.

— Tu ne viens quand même pas de jeter une Louboutin !

Mad jeta un regard noir à la chaussure et retira la deuxième.

— Je me suis tordu la cheville à cause de cette stupide chaussure. J'ai un match de flag à Thanksgiving avec mes frères.

Elle grimaça et elle marcha en boitant jusqu'au couloir.

Hailey récupéra la chaussure posée contre une des bottes en velours de Claire et l'examina attentivement. Mad revint et Hailey leva la chaussure vers elle.

— Tu as de la chance qu'il n'y ait pas de dégâts.

— C'est moi qu'elle a failli endommager, rétorqua Mad.

Claire se dirigea vers les étagères à chaussures et sortit une autre paire de chaussures à talons noires, des Jimmy Choos avec un talon plus épais.

— Essaie celles-là.

Elle les déposa sur le sol à côté de Mad qui bougeait sa cheville et sautait sur place comme si elle tirait au basket.

— Ma cheville va bien, dit Mad.

Hailey indiqua les chaussures. Mad les enfila.

— Attention ! gronda Hailey.

Elle secoua la tête lorsque Mad lui attrapa encore le bras pour tenir en équilibre.

— C'est pour cela que tu t'habilles comme un homme. Tu ne sais pas être une fille.

— Je t'emmerde ! rugit Mad en s'écartant brusquement de Hailey. Je sais être une fille !

La pièce devint silencieuse.

Hailey essaya immédiatement de faire marche arrière.

— Je suis désolée. C'est juste que, je ne savais pas…

Elle se tut en voyant le regard hostile de Mad, puis elle ajouta :

— Je peux t'aider.

— Je n'ai pas besoin d'aide ! répondit Mad sèchement.

Hailey et Mad se regardèrent dans les yeux. Le regard de Hailey passa de la défensive à l'empathie en un instant. Mad leva le menton, reprenant son expression belligérante.

— C'est mon tour ! annonça Ally en brisant la tension. J'aimerais quelque chose en bleu.

Claire se précipita pour aider Ally et les femmes se concentrèrent bientôt sur les tenues dessinées des autres. Hailey fit des allers-retours sur la longue étendue qui séparait la salle de bains de la kitchenette avec Mad en talons, tout en détournant son attention grâce à des questions au sujet de ses frères et de ses équipes de sport préférées. C'était la façon subtile de Hailey d'apprendre à Mad à marcher en talons. De temps en temps elle ajoutait des instructions : lève la tête, un pied devant l'autre, ne traîne pas des pieds, du talon aux orteils en faisant dérouler le pied. Quand Mad retourna au dressing où elles étaient toutes vêtues de robes, Mad rayonnait.

— Je gère ce combo robe-chaussures, dit-elle.

— Tout mon entraînement aux concours de beauté a trouvé son utilité, s'exclama fièrement Hailey.

Mad eut un rictus.

— Les concours, c'est n'importe quoi.

— Sois reconnaissante, dit Hailey en lui donnant un coup de hanche.

— Fais attention, la rousse, je suis ceinture noire quatrième dan. Je peux te faire embrasser le sol en deux secondes.

Hailey examina Mad pendant un instant.

— Nous te ferons peut-être embrasser quelqu'un très bientôt.

Mad ricana sans délicatesse.

— Excuse-moi, mais ne te dis pas que tu peux arranger un rendez-vous avec ton homme à tout faire.

Tout le monde rit. L'homme à tout faire de Hailey était Josh, le frère de Mad. Du moins il l'était avant de passer en première place de sa liste de cons. Le pauvre type ne sortirait jamais avec qui que ce soit dans cette ville si Hailey y pouvait quelque chose.

— Y a-t-il quelqu'un qui a attiré ton regard ? demanda Hailey.

Mad devint écarlate.

— Non !

Elles éclatèrent de rire. Il y avait bien quelqu'un.

— Maddy a le béguin, chantonna Hailey.

Mad sortit en trombe du dressing puis elle se retourna pour crier :

— C'est Mad et occupe-toi de ta vie !

Hailey fit un beau sourire.

— J'ai une très belle vie grâce à de merveilleuses amies comme toi.

Mad cligna des paupières plusieurs fois, les yeux brillants quand elle revint en chancelant dans la chambre sur ses talons instables.

— La ferme, la rousse. Tu vas me le payer.

Hailey jeta un bras par-dessus les épaules de Mad et elle pencha la tête contre celle de son amie.

Claire secoua la tête en souriant.

— Il me faut une photo de ça.

Elle regarda toutes ses amies sur leur trente-et-un, magnifiques dedans comme dehors.

— En fait, j'ai besoin d'une photo de vous toutes. Allez, venez.

Elles se dirigèrent vers le salon et elles prirent une série de photos avec le téléphone de Claire. Elles prirent la pose comme des mannequins, firent des grimaces et sa préférée, ce fut la photo où elles étaient toutes ensemble dans les bras les unes des autres en formant un énorme câlin où elles crièrent 'Vive les SALOPES !'.

Bien sûr, elles savaient toutes que c'était le happy end qui les intéressait.

~ ~ ~

Claire arriva assez tard le lendemain à la magnifique maison moderne de Jake. Elle demanda à Frank d'attendre dans la voiture, car elle avait besoin de voir Jake seule. Elle se sentait étrangement nerveuse.

Et puis elle le vit, pieds nus en jean et T-shirt, marchant vers la porte. Il ouvrit et il lui sourit.

— Salut, voisine.

— Salut, dit-elle en avalant la boule dans sa gorge.

Il la tira à l'intérieur, la serrant dans ses bras. Elle poussa un soupir, entourée de chaleur et d'amour. Son long chemin au cours du mois infernal qu'elle venait de passer l'avait conduit jusqu'à cet instant, ce dernier arrêt : les retrouvailles avec Jake.

Il s'écarta et il prit son visage entre les mains.

— Viens habiter avec moi.

Elle écarta les lèvres de surprise, bien qu'elle en avait vraiment envie. Elle ne voulait plus jamais le quitter.

— Tu devrais apprendre à mieux me connaître…

— As-tu la moindre idée de ce que cela fait de se sentir enfin…

Il laissa tomber ses mains et il se frotta le torse.

— J'avais cette douleur vide. Rien ne pouvait la remplir, pas le travail, pas les fêtes, rien, et puis tu es apparue et c'était comme si je pouvais à nouveau respirer. Sais-tu à quel point c'est rare ?

Elle se mordit la lèvre et elle hocha la tête.

— Oui, je le sais.

Elle caressa le torse de Jake en se souvenant de sa propre solitude omniprésente. Elle était désormais remplie de véritables amitiés et de véritable amour.

— Je ressens la même chose.

Il couvrit sa main en la tenant contre lui.

— Et ce n'est pas à cause de ton nom. J'aimais déjà beaucoup Jenny, puis quand j'ai découvert qui tu étais vraiment, ton statut de star ne m'intéressait pas, car c'était toi, la véritable toi, qui jouait avec moi et qui se battait avec moi et qui couchait avec moi, même quand tu portais la perruque rousse et tes étranges lentilles de contact vertes.

Elle rit.

— Qui faisait l'amour avec toi. C'est plus joli que 'couchait avec toi'.

Il sourit et il posa un baiser bruyant sur ses lèvres.

— Oui, pardon. C'était une façon masculine de parler. Bref, j'ai apprécié Jenny et j'aime Claire.

Elle passa ses bras autour de son cou et elle l'embrassa, son cœur s'élevant en entendant les mots qu'elle ressentait au plus profond d'elle-même.

— Moi aussi, je t'aime.

— Bien. Maintenant que ça c'est fait, Frank va-t-il aussi vivre avec nous ?

Elle rit.

— Il reste dans une dépendance sur la propriété. J'ai besoin de lui. Les fans ne veulent pas seulement des autographes. Un jour j'ai trouvé un inconnu tout nu dans mon lit qui récitait des répliques de l'un de mes films en essayant de me convaincre de le rejoindre. Les hommes essaient de me toucher… *mrwmf.*

Il l'avait serrée fort contre lui, sa main entourant l'arrière de sa tête d'une façon protectrice.

— Mon Dieu, Claire, je n'en avais aucune idée. Nous le gardons. Peut-être devrais-tu avoir deux Frank.

— Un seul suffit largement.

Il relâcha son étreinte et elle leva la tête.

— Il était dans les forces spéciales de l'armée. Il voit tout.

— D'accord.

Jake baissa la tête en la regardant dans les yeux.

— Je ne veux pas me cacher de la presse. Je veux que nous soyons un couple normal, poursuivit-il.

— La normalité ne fait pas partie de mon futur. Mais que penses-tu de ça : nous resterons discrets pendant un mois, puis, quand tu auras été informé au sujet du protocole Claire Jordan, tu pourras faire un tout petit pas dehors.

— Ah bon, le protocole Claire Jordan ?

Elle sourit.

— Oui. Ce n'est pas aussi facile que ça en a l'air d'être tout le temps au centre de l'attention. C'est dur, intrusif et impardonnable.

Il se déplaça, posant ses lèvres sur le côté de sa nuque et faisant glisser des baisers brûlants jusqu'à son oreille.

— Je suis solide. On s'en fiche de la presse à scandale toujours prête à critiquer. Tant que je t'ai toi.

— Tu m'as, dit-elle en soupirant.

Il la regarda dans les yeux.

— Alors, voici ce que je te promets. Je resterai calme avec les caméras et tout ça. Voici ce que je veux de ta part : une promesse solennelle. Lève la main.

Elle leva la main en riant.

— C'est ici que je jure sur la Bible ?

Il prit la main de Claire et la posa sur son cœur.

— Tu jures ici. Tu vas te souvenir à quel point je t'aime et ne jamais faire passer la presse et ce que pourraient dire les paparazzi avant nous.

Elle sentit ses yeux la brûler.

— Jake, je ne ferais jamais…

— Jure-le, Claire.

— Je le jure. Je sais que je me suis énervée…

— Vraiment, vraiment énervée.

— Oui, dit-elle sèchement. Vraiment, vraiment énervée au sujet du buzz sur ce film. J'avais de bonnes raisons.

— Mais…

— Mais c'était avant que je tombe amoureuse de l'incroyable Jake Campbell.

Il attrapa son poignet et leva son bras dans les airs.

— La dame a gagné un prix !

Il l'embrassa et parla contre ses lèvres.

— Moi.

— Ce que t'es ringard, dit-elle en riant.

— Tu vas m'appeler très différemment dans quelques minutes.

— Ah bon, vraiment ? dit-elle avec un grand sourire rayonnant.

Cet homme. Il était vraiment suffisamment incroyable et confiant pour supporter le regard des médias qu'ils allaient devoir endurer.

Il passa un bras autour de sa taille et il la fit marcher jusqu'au mur.

— Oui, vraiment, dit-il avec un éclat diabolique dans ses yeux sombres.

Son dos heurta le mur et Jake s'appuya contre elle. Il passa les doigts dans ses cheveux et il inclina sa tête pour l'embrasser. Elle regarda au fond de ses yeux marron et elle sentit autant qu'elle vit l'amour qui brillait en eux.

— Tu m'as tellement manqué, chuchota-t-elle.

Il frôla ses lèvres avec les siennes.

— Tu m'as trop manqué.

Ils se regardèrent, émerveillés par tout cela. Puis ils se jetèrent l'un sur l'autre dans une frénésie furieuse de baisers et de vêtements arrachés jusqu'à ce qu'ils soient unis physiquement.

Unis par leur amour.

Unis pour la vie.

ÉPILOGUE

Après avoir vécu ensemble pendant un mois de passion, ils révélèrent leur relation au public en sortant ensemble en plein jour. Jake continua à trouver cette intrusion dans leurs moments intimes irritante, mais Claire lui avait appris à rester gracieux sous la pression, à donner l'impression à la presse qu'ils avaient obtenu quelque chose d'important de sa part – alors qu'ils ne recevaient ce qu'ils voulaient bien leur donner – et comment séparer ce qui était public de ce qui était privé. Ils faisaient le buzz en tant qu'adorable couple 'in' surnommé Jaire, et ce n'était pas grave, car il avait la femme de ses rêves.

Son investissement dans la campagne marketing de *Désir Féroce* avait fini par porter ses fruits, comme il s'y était attendu. Blake avait vite compris la direction que prenaient les choses et il faisait de son mieux pour vanter Claire et les films Féroce. Les tickets pour l'avant-première avaient tous été vendus trois mois à l'avance pour la sortie de décembre.

À présent ils marchaient sur le tapis rouge de l'avant-première, des barrières sur un côté, des agents de sécurité et d'autres barrières de l'autre, et il était presque aveuglé par les flashs des appareils photo. Blake passa en premier avec une mannequin canon, il fut suivi par les membres du Club de lecture Happy End, puis par Jake et Claire, Frank tournant discrètement autour d'elle. Jake voyait Frank différemment depuis que Claire lui avait raconté toutes les histoires d'horreur des fans agressifs et franchement tarés.

Hailey salua de la main et sourit à quelques fanatiques qui hurlaient. Elle en rajouta pour les photos tout en agitant le livre dédicacé de *Désir Féroce*. Elle s'était attribué le mérite de la relation de Claire et Jake et elle faisait pression pour être l'organisatrice de leur mariage depuis leurs fiançailles confidentielles, mais Claire et lui souhaitaient quelque chose d'intime. Dans un lieu non communiqué à une heure non communiquée avec des invitations ne partant que deux semaines à l'avance et pour quelques personnes sélectionnées, comprenant sa famille et ses amis les plus proches, la famille de Claire et les membres du club de lecture. En réalité, ils attendaient les vacances et le retour de son frère de sang Parker Shaw. Park rentrait définitivement à la maison maintenant que son service dans l'Air Force était terminé.

Mad donna un coup de coude à Hailey et elles eurent une discussion brève et sévère. Ces deux-là s'étaient rapprochées, ce qui était assez étonnant si l'on considérait leurs différences. Mad avait laissé Hailey la faire belle avec une coiffure et du maquillage pour l'événement de ce soir, mais elle avait insisté pour porter un costume à pantalon au lieu d'une robe. À côté de toutes les autres robes des femmes du club de lecture, sa sœur sortait encore plus du lot que d'habitude avec ses cheveux teints couleur rouge pompier.

— Claire ! Claire ! Par ici ! crièrent les reporters.

Claire s'arrêta à l'angle du tapis devant le cinéma, souriant et bougeant subtilement dans sa robe argentée scintillante pendant que les appareils photo se déclenchaient. Jake lâcha sa main afin qu'elle puisse faire son travail et il la regarda rayonner et rire avec grâce. Il se surprit à sourire d'un air amoureux et sans doute idiot, mais il s'en moquait. C'était réel et il n'avait jamais été aussi heureux.

Ils entrèrent dans le cinéma pour regarder son film ensemble pour la première fois. Julia, l'écrivaine réputée pour être extrêmement recluse, avait vu une projection privée du film chez elle. Claire n'avait même pas essayé de la faire venir jusqu'à Los Angeles, car Julia était complètement gaga de sa fille Grace qui venait de naître. Claire et lui allaient fonder une famille dès qu'elle aurait terminé la trilogie Féroce.

Quand ils se furent installés, il chuchota à l'oreille de sa fiancée :

— Je veux une performance privée de toutes les scènes de sexe simulées dans ce film, Madame Jake Campbell.

Elle sourit et elle se tourna vers lui avec des yeux brillants. Il adorait le fait que 'Madame Jake Campbell' la fasse toujours sourire. Bien que ce n'était pas encore officiel, il l'appelait ainsi depuis qu'il avait fait sa proposition de mariage. Pour le public elle resterait toujours Claire Jordan. C'était une marque rentable qui continuerait aussi longtemps qu'elle le souhaitait.

Il sourit et il ajouta :

— Tu me le dois bien puisque tu m'obliges à te regarder avec ce faux amant au physique ingrat.

Il indiqua l'écran. Peu importe que Blake venait d'être nommé Homme le plus Sexy. C'était Jake qui l'avait poussé dans cette direction. Tout cela faisait partie de la campagne marketing du film Féroce. Si les fans ne pouvaient pas avoir Claire et Blake ensemble, ils pouvaient focaliser leur obsession sur Blake et s'imaginer avec lui. C'était gagnant-gagnant.

— Je ne crois pas, dit-elle d'une voix espiègle.

— Et pourquoi pas ?

— Tout ce que nous avons fait est réel à cent pour cent. Pas de simulations, pas de faux-semblants.

Il porta la main de Claire à ses lèvres et il frôla ses doigts.

— Mais oui.

Elle leva un sourcil et il vit un éclat diabolique dans ses yeux noisette.

— En outre, je ne suis pas certaine que tu puisses égaler

ce niveau de mâle dominant.

— Oh, ce défi est accepté.

Ils se regardèrent dans les yeux en souriant comme des idiots.

Les lumières du cinéma s'estompèrent. Il l'embrassa rapidement et il s'installa pour ce qui allait sûrement être la première de nombreuses avant-premières. Il était toujours propriétaire de Dat Cloud, mais il avait diminué ses heures de travail, prenant plus de temps libre pour voyager avec Claire. Elle était au sommet de sa carrière et il allait l'accompagner partout où elle irait. Ils finiraient par se poser un jour et par fonder une famille, mais pour l'instant tout tournait autour de la grande opportunité suivante. Il aimait le côté commercial de son entreprise de production et il avait lancé une campagne publicitaire massive en ligne avec un beau site internet.

Le titre du film, *Désir Féroce*, s'afficha à l'écran et il sut en son cœur ce que signifiaient ces mots. Ce désir de remplir la douleur vide de la solitude au fond de soi. C'était quelque chose que Claire et lui avaient tous deux ressenti avant de se rencontrer. Et il savait également au plus profond de lui ce que signifiait le dernier titre de la trilogie, *Amour Féroce*. D'aimer entièrement, complètement, férocement. Pour toujours.

~ ~ ~

Chers lecteurs,

Que pensez-vous de Hailey et Josh ? Vont-ils finir ensemble ou pas ? Je pense qu'ils aiment trop être meilleurs ennemis pour s'arrêter. LOL. Savez-vous qui a vraiment besoin d'un happy end ? Mad Campbell. Cette fille coriace en pince secrètement pour l'homme qu'elle vénérait depuis son adolescence. L'histoire suivante sera celle de Mad Campbell, *Au-devant des ennuis*, le tome 2 de la série du Club de lecture Happy End. Rejoignez le club et réclamez votre happy end !

Au-devant des ennuis (Club de Lecture Happy End, Tome 2)
Madison Campbell vénère Parker Shaw, le meilleur ami de son grand frère, depuis des lustres. Ainsi, le soir précédent le départ de Parker pour l'Air Force, elle décide de le faire quitter la ville avec sa virginité. Il lui suffit de transformer son côté garçon manqué en femme sexy avec un peu de maquillage emprunté et quelques choix de mode créatifs. Le résultat ? Un baiser ivre dont Parker ne se souvient même pas.

Dix ans plus tard, aucun homme n'a touché son cœur comme l'a fait Parker. Et maintenant qu'il est de retour, la très peu féminine Madison refuse de gâcher sa deuxième chance. Mais lorsque ses tentatives courageuses pour attirer son attention — 'Oups ! J'ai fait tomber ma serviette.' — échouent lamentablement, elle fait une chose complètement folle : elle cède et accepte un relooking de la part de l'entremetteuse indiscrète responsable du Club de Lecture Happy End. Hé, Park, qu'est-ce que tu penses de ça ? Madison est sur le point de le découvrir.

Inscrivez-vous à ma newsletter afin de ne rater aucune de mes nouvelles publications: Kyliegilmore.com/FRnewsletter

Autres livres de Kylie Gilmore

La série Clover Park

The Opposite of Wild (Book 1)
Daisy Does It All (Book 2)
Bad Taste in Men (Book 3)
Kissing Santa (Book 4)
Restless Harmony (Book 5)
Not My Romeo (Book 6)
Rev Me Up (Book 7)
An Ambitious Engagement (Book 8)
Clutch Player (Book 9)
A Tempting Friendship (Book 10)

La série Clover Park STUDS

Almost in Love (Book 1)
Almost Married (Book 2)
Almost Over It (Book 3)
Almost Romance (Book 4)
Almost Hitched (Book 5)

La série du Club de Lecture Happy End

Hollywood incognito (Tome 1)
Au-devant des ennuis (Tome 2)
Même pas cap (Tome 3)
Entente formelle (Tome 4)
Erreur sur le bad boy (Tome 5)

Au sujet de l'auteur

Kylie Gilmore est l'auteur de best-sellers sur la liste de *USA Today* de la série du Club de Lecture Happy End, la série Clover Park et la série Clover Park STUDS. Elle écrit des romances comiques qui vous feront rire, vous feront pleurer et vous donneront un coup de chaud.

Kylie vit à New York avec sa famille, deux chats et un chien complètement fou. Quand elle n'est pas en train d'écrire, de courir après ses enfants ou de prendre des notes lors de conférences sur l'écriture, vous la trouverez sur la pointe des pieds, cherchant à atteindre sa cachette secrète de chocolat tout en haut du placard.